KB261067

이방손

이명랑 소설

입술

문학동네

차례

널래 날래 까우리로 까이라?

흘러간 것들은 되돌릴 수 없다. 그러나 떠나간 시간을
저토록 아파할 수 있다면 아직 싸우고 있는 사람이 아닐까?
어진은 한순간이나마 만개한 꽃처럼 찬란하게 저를 몽땅 피워본 사람만이
저토록 오래 앓을 수 있다고 믿고 싶었다.

1

모든 것이 뒤죽박죽이었다. 최선생의 행방은 알 수 없었고, 어진이 퍼즐 짜맞추듯 세심한 주의를 기울여 계획했던 일정늘은 쓸모가 없어졌다.

"최선생은 왜 만나려고 하는 겁니까?"

한인식당의 카운터를 지키고 있던 사내가 다가와 어진의 앞자리에 앉았다. 어진은 어디에서부터 이야기를 풀어나가야 할지 알 수 없었다. 수상스포츠나 즐기고 태국 미녀들과 하룻밤을 보내는 일에만 관심이 있어 보이는 이 낯선 사내가 과연 자신의 이야기에 흥미를 가져줄지 또한 자신이 없었다.

인천국제공항에서 타이항공 629편에 올라타 방콕에 도착하기 전까지만 해도 어진이 최선생을 만나려고 했던 이유는 분명했다. 그 분명하던 이유도 이곳, 카오산 로드에서 맞닥뜨린 최선생의 실종 앞에서는 아무 의미도 갖지 못했다.

구 년 전 겨울, 어진은 진눈깨비로 뿌예진 서울의 하늘을 뒤로하고 방콕으로 떠나왔었다. 지금 뒤돌아보면 평범해도 너무 평범한 사박 오일의 신혼여행일 뿐이었지만 그때 어진은 스물여섯이었고, 한국에서 방콕으로 가는 다섯 시간의 비행이 짧게 느껴질 만큼 남편과 함께할 여행에 대한 기대로 부풀어 있었다.

어디를 가나 엇비슷해 보이는 사원들뿐이었고, 길거리 여기저기에 누워 힘겨운 듯 졸린 눈을 부릅뜨고 있는 거지들과 털 빠진 개들 사이를 돌아다니다 관광이랍시고 구색을 맞추듯 가이드가 데려간 수상 뷔페에서 야경을 내려다보며 저녁 한 끼를 먹는 것이 일정의 전부였다. 그래도 어진의 눈에는 남편과 함께 나눈 그 모든 풍경이 아름다웠다. 방콕 시내가 한눈에 내려다보이는 별 다섯 개짜리 호텔의 스카이라운지에 갔을 때는 세상에서 제일 행복한 신부의 얼굴을 하고 지금 죽어도 좋다고까지 말했었다. 그러나 남편은 이런 식의 여행은 늙어서도 얼마든지 할 수 있는 건데…… 하며 무언가 부족하다는 듯한 얼굴을 해서 어진을 맥빠지게 했었다.

어진은 남편의 그, 뭐가 하나 모자라다는 듯한 얼굴을 빈틈없이 채워주고 싶었다. 돌아갈 날짜를 하루 남겨두고 남편이 여행사의 일정을 모두 취소하자고 했을 때, 그래서 어진은 남편보다도 먼저 배낭을 꾸렸다.

"방콕 시내 한복판에 이구아나가 있다고 하면 믿겠습니까? 한 마리도 아니고 일곱 마리나 있는데 아는 사람이 없다니."

어진 부부는 갑자기 들려온 한국말에 놀라 뒤를 돌아봤다. 어진 부부와 눈이 마주치자 오십 중반의 남자는 이리 와서 앉으라며 돌로 만들어진 벤치에 신문지 두 장을 까는 것이었다.

"저기, 저겼다! 봤어요? 지금 나왔다 들어갔는데."

"뭐가 있다고…… 저거요? 세상에, 저게 진짜 이구아납니까?"

남편은 남자가 깔아준 신문지 위에 앉아 남자의 손가락이 가리키는 호수의 한 점을 바라다보며 소리쳤다. 어진도 덩달아 눈을 부릅떴다. 주의를 기울여 한참을 쳐다보자 과연, 이구아나처럼 생긴 파충류 몇 마리가 호수에서 기어나와 어슬렁거리는 것이 보이기 시작했다.

"웃기지 않습니까? 보세요. 저렇게 큰 놈들이 제집처럼 들어갔다 나왔다, 이 주변을 하루 종일 돌아다니는데도 저놈들을 보는 사람이 없어요. 여기 있는 방콕 사람 아무나 붙잡고 한번 물어보십시오. 여기 이구아나가 있다는데 어디 있는지 아십니까, 하구요. 다들 고개를 내저을 겁니다. 별 이상한 사람 다 보겠다고 오히려 미친 사람 취급할걸요."

남자의 말을 듣고 보니 어진 부부 역시 눈뜬장님이었다. 남자와 말을 트기 훨씬 전부터 어진 부부는 호숫가에 앉아 있었고, 공원 안에 발을 들여놓자마자 시내에서 아주 멀리 떨어져 있는 듯이 평화롭게 펼쳐진 호수에서 눈을 떼지 못했던 것이다. 최선생은 그렇게 버젓이 눈앞에 존재하는데도 보지 못하던 것을 어진 부부의 눈앞에 들이대며 그들과 인연을 맺었다.

이쪽에서 먼저 사례를 해서라도 안내를 부탁하려던 참에 최선생이 먼저 점심이나 같이 하자며 어진 부부를 시내의 한인식당으로 데려갔다. 그 일대에서는 꽤 알려진 인물인지 최선생이 식당 안으로 들어서자 여기저기에서 알은체를 했다.

"뭐 학자는 아니지만, 여기저기 떠돌다보니 우리 것에 관심이 가더라구요. 젊었을 때 유엔에서 일을 했는데, 어떻게 동남아 일대만 떠돌게 됐지요. 소수부족들을 많이 보다보니 어, 이거 이상한데? 이 사람들 이거 우리 민족 아니야? 뿌리를 캐봐야겠다는 생각을 하게 된 거지요."

어디에서 어떻게 만들었는지 몰라도 도저히 된장국이라고 할 수 없는 된장국과 출처 불명의 김치를 앞에 놓고, 최선생은 우리 것과 뿌리에 대한 이야기를 하고 있었다. 최선생의 말에 의하면, 한국 내에서도 우리 민족의 '우랄알타이어족설' 과 '단일민족설' 을 부정하는 학자가 있는데 이곳 동남아 일대에 퍼져 있는 소수민족들과 오래 지내다보니 그 학자의 의견에 공감할 수밖에 없다는 것이었다. 몇몇 소수부족의 경우에는 말이나 춤, 의복이 우리 것과 너무 똑같아서 이들을 우리 민족과 떼어서 생각한다는 것 자체가 기이하게 느껴진다고도 했다.

남편은 아이처럼 눈을 빛내며 최선생의 이야기를 들었다. 점심을 먹고 자주 들른다는 여행사 사무실에 가서 최선생이 표지에 자신의 이름이 뚜렷이 인쇄되어 있는 책 두 권을 주었을 때는, 무언가 부족하다는 듯이 남편의 얼굴에 뚫려 있던 빈틈은 남김없이 메워져 있었다.

한국으로 돌아오는 비행기 안에서도 남편은 최선생의 저서를 손에서 놓지 않았다. 여행사의 판에 박힌 일정을 포기하자마자 얻게 된 최선생과의 하루를 남편은 값진 선물처럼 여겼고, 심지어는 '한국어족' 을 창설해야 한다는 최선생의 의견을 박사논문 주제로 다뤄봐야겠다고까지 말해서 어진을 놀라게 했었다.

이제는 전남편이 되어버린 남자가 서랍 속에 처박아두고 잊어버린 그 두 권의 책을 배낭에 꾸려넣고 어진은 이곳, 카오산 로드로 최선생을 만나러 온 것이다.

"치앙라이 일대에 고구려 후손이 있다고……"

그렇게 말해놓고 어진은 얼른 눈을 내리깔았다. 다리를 떨어댈 때마다 목에서 흔들리는 금목걸이를 부적이나 되는 듯이 만지작거리는 사내 앞에서는 고구려니 후손이니 하는 말들이 턱없이 공허하기만 했다.

"아, 소수부족? 그거 뭐 꼭 최선생이 있어야 되나. 가이드 한 명 붙여줄까요? 하루 일당 팔만원만 주면 되는데. 어때, 불러요?"

2

허리춤에 칼을 꽂은 조련사들이 쓰레빠를 끌고 다니듯 여기저기로 코끼리들을 끌고 다녔다. 코끼리들의 배설물 위로 또다른 배설물처럼 쏟아져내리는 이국의 언어와 낯선 얼굴들 사이에서 어진의 시선은 어쩔 수 없이 한 사내에게 붙박여 있었다.

치앙라이 공항으로 어진을 마중 나온 사내는 통성명을 하기도 전에 일당을 먼저 요구했다. 어진이 지갑을 꺼내자 사내는 뻔뻔스러울 만큼 빤히 어진의 지갑을 들여다보았다. 오로지 어진의 지갑이 얼마나 두툼한가에만 관심이 있어 보였다.

"빳빳하네."

어진에게서 건네받은 달러를 청바지 앞주머니에 쑤셔넣고, 사내는 그제야 생각났다는 듯이 검은 선글라스를 눈썹 위로 밀어올리며 '타이 한'이라고 자신을 소개했다. 사내와 눈이 마주쳤을 때 어진은 온몸이 얼어붙는 듯했다. 까맣게 잊고 있던 인물이 과거 속에서 걸어나와 말을 건넨 것이다. 어진의 입술은 제멋대로 벌어졌고, 사내는 어진의 얼굴이 갑자기 붉어지는 것을 보자마자 눈썹 위로 추켜올렸던 선글라스를 재빨리 밑으로 내렸다. 자신의 얼굴을 알아본 어진에게 화가 난 듯도 했고, 어진이 기억해낸 자신의 과거에 화가 난 듯도 했다.

어진이 타이 한의 입장이었다고 해도 마찬가지였을 것이다. 불과 서너 해뿐이었다고는 해도 한때는 그 이름만 대도 대한민국 대부분의 십대가 열광했던 스타였으니 말이다. 최소한 자신의 화려했던 전성기를 기억하는 사람들에게만은 '몰락'이라고 해도 될 만큼 초라하게 변해버린 모습을 보이고 싶지 않을 테니까.

통성명을 한 뒤로 타이 한은 어진에게 내처 등만 보이고 있었다. 그러다가 가끔씩 걸음을 멈추고 어진에게 말을 걸어올 때라고는 오로지 돈 내라고 할 때뿐이었다. 한두 번인가 어진은 다 관두고 한국으로 돌아가야겠다는 생각도 했다. 그러나 이미 돈은 건네졌고, 돌아가기에는 너무 멀리 와버렸다. 타이 한이라는 사내를 믿고 따라가보는 것 외에 어진에게 달리 뾰족한 수는 없었다.

새벽녘의 알싸한 공기 속에서 어진이 자신의 팔목보다도 가는 대나무 기둥을 붙들고 서서 발아래 펼쳐진 아수라장을 내려다보는 동안에도 타이 한은 어진에게 등을 돌린 채 코끼리 조련사와 흥정하기에 바빴다.

"이 바나나도 원래는 돈 주고 사야 되는 겁니다."

코끼리 등에 올라탄 어진에게 바나나 한 다발을 던져주면서도 타이 한은 생색내는 것을 잊지 않았다.

어진을 태운 코끼리는 당장이라도 붉은 흙이 쏟아져내릴 듯한 민둥산을 기어오르기 시작했다. 산 사이로 난 길은 비좁았고 군데군데 도랑이 파여 있어 코끼리는 자주 걸음을 멈췄고, 그때마다 코끼리의 목덜미에 앉아 있던 조련사는 낡은 쓰레빠로 코끼리의 귀를 걸어찼다. 얼마나 오랜 시간 걸어차였는지 조련사의 쓰레빠가 닿는 부분이 허옇게 닳아 있었다. 조련사의 쓰레빠 밑창도 코끼리의 귀만큼이나 나달나달해져 있기는 마찬가지였다.

경사가 심한 언덕 몇 개를 넘어 평지가 나오자 조련사는 엉덩이를 한 번 들썩이는가 싶더니 어느새 몸을 날려 길 위로 내려섰다. 그러고는 한마디 말도 없이 앞으로 걸어가버렸다.

어진을 태운 코끼리는 바나나를 주면 걷고, 바나나를 주지 않으면 걸음을 멈췄다. 하는 짓이 괘씸해 주지 않으려고 해도 어찌나 무서운 기세로 콧바람을 불어대는지 주지 않고는 배겨낼 수가 없었다. 바나나가 떨어져서 이거 곤란하게 됐구나 싶으면 바로 코앞에 바나나를 파는 가게가 나타났다. 어떻게 그렇게 잘 아는지 바나나 가게만 나타나면 이 코끼리란 놈이 먼저 알고 멈춰 서는 것이었다. 치앙라이에 도착한 뒤로 타이 한이라는 사내뿐만 아니라 짐승까지도 자신의 지갑을 노리는 것 같아 어진은 어쩐지 등골이 오싹해졌다.

그러다 저 멀리 무슨 보호구역이나 되는 듯이 빙 둘러 울타리를 쳐놓은 마을이 보이기 시작하고, 그 앞에 늘어선 수많은 코끼리들과 외국인 관광객들이 눈에 띄자 등골이 오싹해지는 듯하던 스산함은 감쪽같이 속았다는 배신감으로 변해버리고 말았다.

"사진이나 몇 장 박지 그래요?"

타이 한이 나무로 엉성하게 지은 집에 엉덩이를 맞대고 앉아 있는 카렌족 여자들을 손가락으로 가리켰다. 그녀들 모두 목에 놋쇠고리를 걸고 있었다. 이들이 왜, 언제부터 목에 놋쇠고리를 걸기 시작했는지는 밝혀지지 않았지만 카렌족 여자들의 목 늘이기는 대대로 전해내려오는 그들 부족만의 풍습이었다. 목에 놋쇠고리를 걸어 목을 늘여놓으면 타 부족과의 전쟁에 패했을 때도 그 흉측한 모습 때문에 타부족 남자들에게 유린당하는 일만은 막을 수 있다는 생각에서 시작되었다는 설도 있다. 목에 아무리 많은 놋쇠고리를 걸어도 목뼈가 늘어나는 데에는 한계가 있다. 목뼈는 부러지고 목뼈 대신 놋쇠고리가 목을 받치게 된다. 날이 더워 놋쇠고리를 건 자리에 염증이라도 생기면 그걸 빼내다 그 자리에서 죽고 만다. 그러나 어찌되었든 카렌족 여자들은 목이 긴 여자야말로 이 세상 최고의 미인이라고 생각한다는 것이다.

목에 놋쇠고리를 걸고 초점 없는 시선으로 멍하니 앞만 바라보던 여자들이 어진을 향해 미소지었다. 어진은 그녀들의 판에 박힌 미소가 마음에 들지 않았다. 그녀들은 태국 정부가 인위적으로 만들어 입장료를 받는 부락에 거주하면서 목 늘이기를 하고 있었는데, 어진에게는 그녀들이 마치 바나나 가게 앞에 멈춰 서서 바나나를 사 내놓을 때까지 연신 콧김을 내뿜던 코끼리처럼 느껴지기도 했다. 어진도 물론 알고 있었다. 그녀들이 더이상 목 늘이기를 하지 않으면 이 부락에서 쫓겨날 수도 있다는 사실을. 어찌됐든 그녀들의 목 늘이기는 짭짤한 관광사업이 되고 만 것이다.

그러나 어진은 보고 싶었다. 한때는 자신들이야말로 이 세상 모든 종족의 형님뻘이었다고 자부하던 사람들, 사람이 죽으면 죽음의 왕인 쿠시두가 지배하는 죽음의 나라로 들어가 내세에서도 현세와 마찬가지로 농사를 짓고 가축을 기른다고 믿던 사람들, 사랑하는 처녀를 만나기 위해 그 집 앞에 서서 몇 번이고 유혹의 노래를 부르는 사내들과 한 개, 두 개, 그녀들의 목에 걸리는 놋쇠고리가 늘어날 때마다 행복해지는 여자들을. 늘 앞만, 자기만 바라보는 한 여자만을 사랑하는 남자와, 죽을 때까지 고개 한 번 옆으로 돌려보지 못하지만 기꺼이 그 한 남자만을 바라보기 위해 목에 놋쇠고리를 거는 여자를. 목에 건 놋쇠고리를 벗어 던지면 곧 목이 부러져 죽고 마는 운명을 기꺼이 선택하는 여자와 그 여자의 운명이 된 선택을 끝까지 책임지는 남자를, 어진은 보고 싶었다. 타인의 이해를 거부하는 그들 부족만의 사랑의 모습을.

타이 한은 얇은 종이에 대마를 말아 피우며 지나가는 금발의 여자들에게 신통치 않은 영어 몇 마디로 수작을 걸고 있었다. 그 옆에 앉아 풍습이라기보다는 단지 신기한 구경거리로 전락해버린 목 늘이기를 바라보다 어진은 벌떡 일어나 타이 한의 눈에서 선글라스를 벗겨냈다.

타이 한의 두 눈을 똑바로 들여다보며 나는 관광이나 하러 온 것이 아니라고 어진이 소리치는 동안에도 그는 여전히 대마를 입에 물고 있었다. 어진이, 나는 고구려의 후손을 만나러 왔다고 악에 받치듯 소리치자 타이 한은 약기운이 퍼지는지 점점 더 붉어져가는 눈동자를 치켜뜨며 어진에게 물었다.

"지프 하나 구해야 되는데…… 그 돈은 있구?"

3

낡은 지프의 바퀴가 구를 때마다 바싹 마른 건기의 숲은 매캐한 흙먼지를 일으켜 시야를 가렸다. 흙먼지와 나뭇가지에 가려 앞을 분간하기 힘든데도 타이 한은 속도를 늦추지 않았다. 끝이 누렇게 말라버린 잡초와 나무들 사이에서 아랫도리를 내놓은 아이들이 튀어나오기도 했다. 그때마다 지프는 급브레이크를 밟으며 멈춰 섰고, 어진은 진땀을 흘리며 조수석 천장에 달린 손잡이를 부여잡아야 했다. 갑자기 튀어나와 길을 가로막은 소가 똥을 싸지를 때도 어진은 손잡이를 부여잡은 손에서 힘을 뺄 수 없었다. 타이 한은 엉덩이가 얼얼해질 만큼 거칠게 지프를 몰았고, 급브레이크를 밟으며 멈춰 설 때처럼 아무런 예고 없이 액셀을 밟곤 했다.

처음엔 숲에서 새 한 마리만 날아올라도 푸드덕 소리에 놀라 비명을 내지르던 어진도 이제 어지간한 일에는 마음을 졸이지 않게 되었다. 그러나 타이 한이 입에 물고 있던 대마가 운전대 위로 떨어지고 거칠 것 없다는 듯이 내달리던 지프가 자갈길 위에 급하게 멈춰 섰을 때는 어진의 입에서 다시 울음 섞인 비명이 터져나오고야 말았다. 나뭇가지에 가려 지붕이 반쯤 보이지 않는 움막 뒤에서 시작되어 지프의 차창까지 뒤흔든 것은 분명히 총소리였다.

"누가 죽었나본데?"

누구에게랄 것도 없이 혼자서 주절거리는 타이 한의 목소리는 이제 막 잠에서 깨어난 사람의 그것이었다. 모처럼 곤하게 자고 있는데 누가 흔들어 깨우는 바람에 영 기분을 잡쳤다는 얼굴로 타이 한은 움막을 가리켰다. 저기 나무 뒤로 마을이 하나 있는데, 그 부족 사람들은 사람이 죽으면 총을 쏜다는 것이었다.

"그 사람들은 소리를 듣고 신이 응답한다고 믿기 때문에 사람이 죽으면 바로 총을 쏘고 화약을 터뜨리는데, 중국 쪽에서 넘어온 풍습 같기도 하고……"

중국이라는 말에 어진은 또 속았구나, 하는 생각이 들었다. 어진의 마음을 읽었는지 타이 한은 씨발, 뭐 속아서만 살았나, 라고 들으라는 듯이 혼잣말을 하고는 지프를 마을 입구에 가져다댔다.

마을 입구에서부터 어진의 눈을 사로잡은 것은 마을 정중앙에 우뚝 솟아 있는 신목(神木)이었다. 외부인의 공격이나 접촉으로부터 마을을 지키려는 듯이 얕은 산들이 마을을 둥글게 에워싸고 있었고, 마을의 움막들은 다시 신목을 에워싸고 있었다.

그러나 이 마을의 신목은, 어설픈 못질로 대충 지어 틈 사이로 집 안의 내부가 훤히 들여다보이는 움막들이나 야트막한 산들의 보호 따위는 필요 없다는 듯이 저 혼자 하늘로 솟구쳐 있었다. 네 개의 기둥이 마른땅에 뿌리를 내려 땅의 정기를 빨아들이고, 하늘로 내뻗은 가지들은 태양의 기운을 빨아들여 그 생기로 헐벗은 마을을 푸르게 물들였다.

메마른 바람이 불어올 때마다 신목 끝에 매달린 원색의 천들이 나부 꼈다. 그러면 신목 아래 머리를 조아리고 있던 사람들은 그들의 기도에 신이 응답이라도 해준 듯이 기뻐하며 춤췄다. 뒤늦게 산에서 나무 한 그루씩 뽑아들고 내려온 사내들은 가져온 나무를 서둘러 집 앞에 세워 두고 신목 주위를 돌며 춤추고 노래하는 사람들의 무리 속으로 뛰어들 었다.

설이 가까워오면 신이 강림했다고 생각되는 나무를 집마다 세워놓고 신목 주위를 돌며 춤추는 사람들, 그들을 바라보다 어진은 미소지었다. 최선생이 이야기했던 사람들, 그러니까 우리 민족이 그랬던 것처럼 솟 대를 세우고, 집집마다 돌아다니며 지신밟기와 흡사한 춤을 춘다는, 고 구려의 후손일지도 모르는 바로 그 부족 사람들을 이제야말로 직접 보 게 된 것이다.

어진은 남다른 감회에 젖어 마을을 둘러보았다. 마을의 움막들은 하 나같이 부실해 보였고, 그 부실한 벽에 아무렇게나 박아놓은 못에는 고 깃덩이와 빨래 들이 내걸려 있었다. 빨지 않아 때에 찌든 치마를 입은 여자는 엄지손톱만한 파리들이 다닥다닥 붙어앉은 고깃덩이들 아래에 서 젖가슴을 드러내고 앉아 갓난아기와 집에서 기르는 새끼 돼지에게 양쪽 젖을 물리고 있었다. 그 앞에서 아이들은 밑창이 뜯겨나간 운동화 를 공 대신 차며 놀았다. '가난'이나 '배고픔'이라는 단어 몇 개로는 도 저히 설명할 수 없을 만큼 열악한 환경에서 살고 있는 이 사람들과 비행기로 불과 다섯 시간 정도의 거리에 살고 있는 자신이 한민족일 수도 있다는 생각에 어진은 이상하게도 가슴 한쪽이 저려왔다.

"굿이나 한판 보고 갈래요?"

무슨 스포츠중계라도 보러 가자는 투로 타이 한은 어진의 팔을 잡아 끌었다. 마을에 들어서자마자 손바닥을 내밀고 일 달러를 구걸하는 아이들에게 에워싸여 손등으로 붉어진 눈시울을 훔쳐 닦던 어진은 아직 젖멍울도 생기지 않은 여자애의 엉덩이를 툭툭 치고 있는 타이 한을 보자 목구멍으로 욕지기가 치밀어오르는 기분이었다. 그러거나 말거나, 어진의 기분 따위야 내 알 바 아니라는 듯이 타이 한은 입구에 빨강, 노랑, 파랑, 원색의 천들이 내걸려 있는 움막 안으로 들어가버렸다.

움막 안에는 남자 무당과 몇몇의 여자들이 둥글게 둘러앉아 나뭇가지를 태우고 있었다. 나뭇가지 위로 불꽃이 일어날 때마다 향냄새를 풍기며 연기가 피어올랐다. 아마도 그 연기가 환각작용을 일으키는 듯했다. 샤먼과 여자들 모두 불꽃이 일어나면 콧구멍을 벌름거리며 다투듯 연기를 들이마셨다. 르아보라는 이름의 무당은 사십팔 년 동안 무당생활을 했는데 슬하에 아들 셋, 딸 셋을 두고 있다고 말하고는 까맣게 변색된 이빨을 내보이며 웃었다.

"그쪽도 이거나 하나 씹어요. 이거 많이 하면 저 사람들처럼 이빨이 까매지기는 해도 약발은 조금 먹히거든. 뭐, 대마보다는 못하지만."

어진이 고개를 가로젓자 타이 한은 어진에게 내밀었던 후추 열매까지 챙겨가지고 가서 구석에 자리를 잡았다. 타이 한의 입술은 후추 열매에서 흘러내린 즙으로 벌써 검붉게 물들어 있었다. 굿은 언제 시작되는 거냐고 어진이 묻자 타이 한은 어진의 목에 걸린 폴라로이드 사진기를 가리키며 사진이나 몇 방 박아주라고 했다.

불꽃이 잦아들 때마다 나뭇가지 하나를 집어던지고는 그렇게 하면 신이 내려오기라도 할 것처럼 움막 천장을 올려다보던 무당이 어진을 향해 돌아앉았다. 어진은 폴라로이드 사진을 찍어 무당에게 건네주었다. 무당과 여자들은 사진 속에 들어가 박힌 자신들의 얼굴을 손끝으로 가리키며 킬킬거렸다.

움막 입구로 서양인들 몇이 카메라를 들고 들어올 때까지 어진은 굿이 시작되기를 기다리며 몇 번이고 폴라로이드 사진을 찍어서 건네주어야 했다. 굿을 보기 위해 온 서양인들과 함께 쭈그려 앉아 어진은 지금이라도 당장 무당이 벌떡 일어나 온몸을 떨어대며 불붙은 기름을 입에 물기를 기다렸다. 신이 내려와 무당의 몸을 뒤흔들면 무당은 이 세상의 논리나 법칙으로는 설명할 수 없는 그 어떤 힘에 이끌려 사람들의 머리 위로 불붙은 기름을 내뿜으며 축복의 말을 전하리라.

그러나 이제 곧 자기 머리 위로 신이 내려올 거라고 장담했던 무당은 어진이 찍어준 폴라로이드 사진들을 챙겨가지고는 움막 밖으로 나가버렸다. 이 마을에서 사람이 죽었기 때문에 신이 죽은 이에게로 가서 이쪽으로는 올 수 없다는 것이었다. 서양인들 몇이 무당의 등뒤에다 대고 왜 이제야 그 이야기를 하느냐고 고함을 질러댔다.

몇몇의 여자들은 여전히 연기를 들이마시고 있었고, 또 몇몇의 여자들은 나뭇잎에 싼 찹쌀밥을 베어물고 있었고, 또 몇몇의 사내들은 후추 열매를 씹으며 서로의 어깨나 등짝을 두드려대며 킬킬거렸고, 그 옆에서 타이 한은 다리를 뻗고 누워 초점이 풀린 눈으로 천장을 올려다보고 있었다. 움막 밖에서는 아직도 한 무리의 사람들이 신목 주위를 돌며 춤추고 있었다. 어진은 밖에서 들려오는 노랫소리를 들으며, 저 노래가 바로 싸움에 져서 다시는 고향에 돌아갈 수 없는 사람들이 부르는 노래, 설이 가까워오면 신목을 세우고 지신밟기를 하고 고구려식 절을 하는, 우리 민족일지도 모르는 사람들의 노래라고 스스로에게 되풀이해서 말해보았다. 그러나 이곳, 치앙라이의 깊은 산속까지 찾아와 보고자했던 것이 과연 이런 것이었나, 하는 생각에 어진은 또 어쩔 수 없이 허탈해지고 말았다.

4

"세상에는 두 부류의 인간이 있지. 이해 못 하는 걸 무서워하는 인간과 이해 못 하는 걸 찾고 만들려 하는 인간."

타이 한은 어진의 성화에 못 이겨 다시 지프의 운전대를 잡았다. 타이 한의 어깨 너머로 저녁 어스름이 내려앉고 있었다. 서쪽으로 한 무리의 구름이 몰려 있는 저녁 하늘을 올려다보며 어진은 타이 한의 말을 곱씹었다. 한때는 텔레비전을 통해 하루에도 몇 번씩 그 얼굴을 봤다고는 해도 어디가 어떻게, 얼마나 변했는지도 모르는 남자를 앞세우고 낯선 곳을 향해 가고 있는 자신의 행동이야말로 이해하지 못하는 걸 찾고 만들려는 건지도 모른다. 그러나 낯선 곳에서 하룻밤을 보내다 뜻하지 않은 봉변을 당하게 된다 해도 이대로 차를 돌려 한국행 비행기를 타고 싶지는 않았다. 이곳까지 와서 라후족 마을을 들르지 않고 갈 수는 없었다. 이곳 치앙라이 일대에 살고 있는 소수부족들 중에서도 색동옷을 입고 씨름을 하고 호랑이를 숭배하며 정선아리랑 가락의 노래를 부른다는 라후족이야말로 고구려 유민의 후예가 틀림없다고, 최선생은 몇 번씩이나 강조했던 것이다.

라후족 마을은 산의 등줄기에 납작하게 엎드려 있었다. 마을 밑으로 비탈길이 나 있고, 비탈길 위로 트럭과 오토바이 들이 남긴 바퀴 자국이 어수선하게 흩어져 있었다. 어진을 태운 지프가 짧아진 나무 그림자들을 밟고 마을 안으로 들어섰다. 지붕에 태국 국기가 꽂혀 있는 학교 건물 앞에 일렬로 줄지어 서 있던 아이들의 시선이 일제히 지프에 와서 꽂혔다. 어찌나 빤히 쳐다보던지 어진은 자신의 빈손이 부끄러워질 지경이었다.

일본 혹은 중국에서 온 듯한 사내들 몇이 커다란 종이상자에서 학용품을 꺼내 나눠주고 있었다. 사내들의 손이 상자 속에 들어갔다 나올 때마다 아이들은 안도의 한숨을 내쉬었다. 제 차례가 돌아오기 전에 물건이 떨어지면 어쩌나, 애를 졸이면서도 아이들은 저보다 먼저 공책이나 연필 하나씩을 받아들고 뛰어가는 제 동무의 모습을 부러운 눈길로 바라보았다.

한쪽에서는 이박자의 태국 가요가 흘러나오고 있었다. 마을의 청년들은 노랫소리에 맞춰 다리를 떨어대며 사내들이 나눠준 헌옷을 서로 바꿔 입었다. 그나마 마음에 드는 옷을 얻어 입은 청년들은 벌써 중고 오토바이에 올라타 마을 아래로 내려가는 비탈길을 향해 전조등을 비추고 있었다. 마을의 소녀들은 당장이라도 떠날 준비가 되어 있다는 듯이 뒤꽁지에 TOYOTA라고 씌어 있는 트럭 짐칸에 다닥다닥 붙어앉아 산 아래로 미끄러져내려가는 오토바이를 바라보았다. 그 소녀들의 눈은 어스름한 저녁 길을 달려내려가는 오토바이보다도 먼저 산 아래 도시로 달음박질치고 있었다.

땅바닥에 놓인 돌 위에 합판 하나를 올려놓고 그 위에 펩시콜라와 과자 따위를 늘어놓고 앉아 있던 사내가 타이 한을 알아보고는 달려나와 움막 뒤로 그를 끌고 갔다. 잠시 후에 타이 한은 배가 불룩한 누런 종이 봉투를 들고 나왔는데, 안에 든 대마를 어진에게 보여주며 이렇게 씨가 없는 게 진짜 좋은 거라며 흐뭇해하기까지 했다.

모처럼 질 좋은 대마를 구하게 되어 기분이 좋아졌는지 타이 한은 어진이 부탁하기도 전에 전통의상을 입은 소녀를 보여주겠다고 했다. 기역자 모양으로 늘어서 있는 움막들 중에서도 꽤 큰 움막 안으로 타이 한이 먼저 고개를 들이밀었다.

"씨발놈!"

움막 안으로 고개를 들이밀던 타이 한은 뭐에 또 마음이 상했는지 인상을 쓰며 밖으로 나왔다. 어진이 흘낏 안을 들여다보자 어린 소녀를 곁에 두고 앉아 있던 백인 사내 한 명이 멋쩍게 웃었다.

"저 새끼도 저거 에이즈 환자야."

타이 한은 백인 사내를 가리키며 피우던 대마를 땅바닥에 집어던졌다. 현재 태국의 에이즈 환자 수는 백만 명이 넘는데, 이곳 치앙라이 일대의 소수부족들도 빠른 속도로 감염되고 있다는 것이었다. 어떤 소수부족의 마을이든 저런 서양놈 한 명씩 없는 곳이 없는데 에이즈나 죽을 병에 걸리면 재산을 다 정리해가지고 들어와서는 일 달러짜리를 뿌려대며 왕처럼 살다가 뒈진다는 것이었다.

"여기 사는 여자애들은 에이즈가 뭔지도 모른다구."

일 달러를 벌려다가 뭔지도 모르는 병에 걸려 죽어가는 소녀들, 그 소녀들의 몸과 그 소녀들의 연인과 그 연인의 아비와 어미와, 헐벗었으나 수천 년 동안 힘들게 지켜온 그네들만의 삶을 만신창이로 만들어버리는 일 달러에 대해 다른 사람 아닌 타이 한이 말하고 있었다. 그래서 어진은 그 순간만큼은 타이 한의 눈시울이 붉어진 것이 약기운이 아니라 부당함에 대한 분노 때문이라고 믿고 싶었다.

그러나 허름한 움막 안으로 들어가 청바지 뒷주머니에서 꺼낸 일 달러짜리 몇 장을 흔들며 부족의 아낙에게 어린 소녀를 불러오라고 소리치는 타이 한의 얼굴은 방금 전의 그 사람이라고는 생각할 수도 없을 만큼 딴판이 되어 있었다.

부족의 아낙은 주름과 검버섯으로 뒤덮인 손으로 타이 한이 들이민 돈을 받아들고 밖으로 나갔다. 아낙이 나가고 아이들에게 학용품을 나눠주던 사내 둘이 움막 안으로 들어왔다. 사내들은 일본에서 왔다고 자신들을 소개했다. 그러자 타이 한은 여기는 내 고향이나 마찬가지다, 여기서 무슨 일을 하려면 내 도움 없이는 어려울 거라며 거들먹거렸다. 일본에서 온 사내들은 타이 한이 내민 손을 잡으며 이곳에 숯공장을 하나 세울 계획인데 앞으로 잘 부탁한다고 말했다. 몇 차례 그런 식의 대화가 오고 간 뒤에, 타이 한은 사내들에게 여기서 하룻밤을 보낼 작정이라면 여자를 사서 같이 자보지 않겠느냐고 떠보기 시작했다. 사내들은 자기들끼리 이것저것 따져보더니 그럼 하룻밤에 몇달러나 내면 되느냐고 물었다. 사내들에게서 반응이 오자 타이 한은 옳거니, 내가 던진 미끼를 물었구나, 눈을 번뜩이며 사내들 앞으로 바싹 붙어 앉았다.

그 꼴을 보자 어진은 그곳에 잠시도 더 머물고 싶지 않았다. 밖으로 나간 아낙이 전통의상을 입은 소녀를 데려온다 해도 어차피 몇 달러에 볼 수 있는 값싼 구경거리일 뿐이라는 생각이 들었다. 이 깊은 산중에서 우리도 지켜내지 못한 우리의 전통을 지키며 살아가는 사람들, 한 뿌리에서 나온 사람들을 만났다는 감격까지는 아니라고 해도 그 손을 맞잡았을 때 아주 작은 떨림도 경험할 수 없는 만남이라면 차라리 한국으로 돌아가 잘 찍어놓은 사진을 들여다보는 것만도 못할 것이다.

어진은 밖으로 나와 숙소를 향해 걸어갔다. 등뒤로 사내들과 여자 값을 흥정하는 타이 한의 목소리가 들려왔다. 어진은 체념하듯 몇 번인가 고개를 내저었다.

5

코끝을 스치는 밤공기가 차가워지고 있었다. 움막 앞에 모여앉아 베틀을 돌리던 여자들은 댓잎으로 짠 바구니에 색실들을 꾸려 담고, 공터에 모여 돼지를 잡던 사내들은 커다란 나뭇잎으로 칼에 묻은 피를 닦아내고는 서둘러 털을 뽑기 시작했다. 저만치 공터 뒤로 어진이 하룻밤을 보낼 잠자리가 마련되어 있는 초등학교 건물이 보였다. 계집애들 몇이 초등학교 입구의 계단에 모여앉아 실뜨기 놀이를 하고 있었다. 손가락에 실을 걸고 있는 아이나 그 실을 들여다보는 아이 모두 주변에서 무슨 일이 일어나도 모를 만큼 놀이에 몰두해 있었다. 골목길이 아이들로 넘쳐나던 시절에 어진도 곧잘 하던 놀이였다.

어진이 다가가 실 사이로 손가락 네 개를 밀어넣어 별 모양을 만들어 보이자 여기저기서 와— 하는 탄성이 쏟아져나왔다. 저희들의 놀이를 관광객인 어진도 알고 있다는 사실이 아이들의 눈에는 신기하기만 한 듯했다. 신기하기는 어진도 마찬가지였다. 오늘날 서울의 골목길에서는 사라진 지 오래인 놀이를 오지라 불러도 좋을 이국의 숲속 마을에서 마주친 것이다.

계집애들은 삼삼오오 모여앉아 실뜨기 놀이를 하고, 사내아이들은 시간 가는 줄 모르고 팽이치기를 하다, 컹컹 개 짖는 소리에 섞여 난데없이 제 이름을 부르는 엄마의 목소리가 들려오자 서둘러 집으로 뛰어갔다. 어진의 눈에는 이 모든 풍경이 너무도 낯익어서 그 낯익음이 오히려 낯설 정도였다.

어진은 빈 교실로 들어가 한쪽에 마련된 간이침대 위에 배낭을 내려놓았다. 똑바로 앉아 책상이며 의자를 보고 있으려니 오늘 낮에도 이곳에 나란히 늘어앉아 수업을 들었을 아이들의 모습이 눈에 보이는 듯했다. 태국 정부에서 운영하는 학교라고 했으니 이제 이곳의 아이들도 태국말을 배울 것이다. 얼마 안 가 아이들은 제 부족의 말을 잊거나 잃어버릴 테고 나중에는 산을 내려가 도시에 정착해 어엿한 태국 시민이 될 것이다.

"라후족을 통해 내가 밝혀보고 싶은 건, 고구려 포로들이 과연 언제까지 중국인으로 동화되지 않고 독자적으로 살아남았느냐는 거야."

신혼여행에서 최선생을 만난 뒤로 전남편은 한동안 이 주제에 매달렸다. 최선생이 준 두 권의 책에 붉은 펜으로 밑줄을 긋고, 여백마다 빼곡히 메모를 하는가 하면 미심쩍은 부분이 있으면 태국의 최선생에게 편지를 보내 자문을 구하기도 했다. 석사를 마치자마자 학원이나 기업체로 옮겨가 그럭저럭 먹고는 살 만하게 되었다는 국문과 동기들과 어울려 술잔을 기울이다 들어온 날이면, 전남편은 괜히 박사 실업자 되지 말고 너도 빨리 먹고살 궁리를 하라는 친구들의 충고를 비웃기라도 하듯 더 열심히 참고서적들을 들여다봤다.

어진은 배낭에 꾸려온 최선생의 책 두 권을 꺼냈다. 책장을 몇 장 넘기자 전남편이 붉은 펜으로 밑줄을 그어놓은 부분이 눈에 띄었다.

중국 서남부, 미얀마 동북부, 라오스 서북부, 태국 북부가 접경한 일명 황금의 삼각지대 일대에는 약 50만 명의 라후족이 살고 있다. 이 연구는 왜 라후족의 언어, 풍속, 탄생설화, 체질 등이 우리 민족과 그렇게도 유사한가 그 내력을 밝히기 위해 역사학적으로 고찰한 것이다.

고구려가 나당 연합군에 의해 망하고 옛 고구려 영토에 반당 독립운동이 일자 당나라는 붙잡아왔던 보장왕을 다시 옛 고구려 영토로 보내 무마

하려 했다. 그러나 보장왕마저 반당 집단에 연계되자 당나라는 보장왕을 공주로 귀양 보내고 고구려 백성 상당수를 당나라 서북부 농우로 보내 정착시켰다.

세월이 흐르면서 다른 지역으로 끌려갔던 고구려 백성들은 모두 한족화(漢族化)되었는데, 오직 강족과 이웃하고 살았던 농우 지역의 고구려 백성들은 10~13세기 중국의 서남쪽 운남 지역으로 이주했다. 이 사실은 오늘날 운남성에 거주하는 이족, 강족의 기록과 라후족의 구전과 일치한다. 즉 고구려 유민의 후손들인 라후족은 고구려 옛 영토 마메무메(?) – 하북성 동남부(뻬핑) – 내몽고(천혜) – 청해성 서부(농우) – 운남성(대리)의 경로로 이동해왔음이 확실해 보인다.

"고구려의 옛 영토 마메무메라, 그게 도대체 어디였을까?"
전남편은 마메무메에 대한 기록을 찾겠다고 도서관들을 뒤지고 다녔다. 그러나 도움이 될 만한 책 한 권 찾아내지 못했다.
어진은 들여다보던 책을 내려놓고 다른 한 권을 펼쳐보았다.

삼국사기의 기록을 살펴보면, 당시 당군은 고구려 유민들을 가족 단위로 붙들어가서 정착시켰다. 고구려 포로들은 광막한 땅에 옮겨졌는데, 사람이 살지 않는 허허벌판에서 고구려 포로들만 따로 살게 된 것이다. 이것은 고구려 포로들이 그들끼리 마을을 이루고 고구려의 언어, 풍속 등을 지키며 독자적으로 살았을 가능성을 시사하고 있다. (……) 그러나 라후족과 거의 동시대에 운남성 일대로 이주해왔으리라고 추측되는 이족은 자체 문자가 있어

일부 기록이 남아 있지만, 라후족은 기록해둔 것이 없다. 더욱이 몇십 대를 살아오는 동안 인멸되어 남은 것은 오직 빈약한 구전(口傳)뿐이다. 라후족 구전의 대부분은 시가(詩歌)의 형태로 되어 있다. 그 내용을 보면 중국 군대와의 처절한 싸움을 담은 서사시적인 것이 많은데, 그것이 사실이라면 라후족은 수백 년 동안 중국 군대와 싸우며 쫓겨다니는 과정에서 그들의 역사와 문화를 잃어버렸을 것이다.

그러니까 전남편이 책을 들여다보다 말고 어진을 향해, "라후족을 통해 내가 밝혀보고 싶은 건, 고구려 포로들이 과연 언제까지 중국인으로 동화되지 않고 독자적으로 살아남았느냐는 거야"라고, 뜬금없는 말을 한 뒤 다시 책상 앞으로 돌아앉았을 때는 이 페이지에 밑줄을 긋고 난 직후였는지도 모른다.

어진은 전남편의 그때 그 열정의 흔적이 고스란히 남아 있는 두 권의 책을 들고 앉아, 이름난 논술강사로 성공한 뒤로는 더이상 이런 책은 읽지 않게 된 그의 얼굴 위에 붉은 펜으로 밑줄을 긋던 남자의 얼굴을 겹쳐보려고 애썼다. 그리고 또 그 위에 실뜨기 놀이를 하는 계집아이들의 모습을 겹쳐보려고 했지만 그러면 그럴수록 바른 자세로 늘어앉아 칠판에 씌어진 글자들을 따라 읽으며 열심히 태국말을 배우는 소수부족 아이들의 모습만이 또렷해지는 것이었다.

6

밤은 빠르게 검은빛으로 변해갔다. 어둠 속에서 사람들의 말소리와 나무들이 바람에 흔들리는 소리가 뒤섞였다. 울타리에 묶인 말이 달려오는 밤을 향해 목을 길게 빼고 되게 한 번 울고는 잠잠해졌다.

모닥불이 탁탁 튀는 소리와 밤이슬에 젖은 풀들이 몸을 낮추는 소리 위로 누군가 다급하게 뛰어오는 소리가 들려왔다. 무슨 일인가 싶어 들고 있던 책을 내려놓는데 요란하게 문이 열리며 타이 한이 뛰어들어왔다. 다짜고짜 어진의 품속으로 파고들며 타이 한은 자꾸만 살려달라고 했다. 부들부들 떨며 무섭다고 외쳐대는데, 얼마나 겁을 먹었는지 식은땀까지 흘리고 있었다. 사자가 쫓아온다는 거였다. 그러나 타이 한을 쫓아 들어온 것은 사자가 아니라 비쩍 마른 개였다.

그 개의 꼬락서니가 어찌나 형편없던지 어진은 어이가 없어서 웃고 말았다. 무슨 큰일이라도 난 줄 알고 머리를 쓰다듬어주기까지 했는데 이게 다 수작이었다고 생각하니 저절로 손이 올라갔다. 어진이 있는 힘껏 따귀를 올려붙이고 밀쳐내는데도 타이 한은 어진에게서 떨어지려고 하지 않았다. 사방으로 눈알을 굴려대다 문가에 서 있는 개를 보고는 간이침대 위로 펄쩍 뛰어올라 어진의 등뒤로 숨는 것이었다. 어진의 팔뚝을 꽉 붙든 타이 한의 손은 심하게 떨리고 있었다. 타이 한의 눈에는 그 비쩍 마른 개가 정말 사자로 보이는 모양이었다. 마약이 불러온 환각이라고는 해도 왜 하필 저를 잡아먹겠다고 달려드는 야수란 말인가. 발톱을 세우고 쫓아와서는 당장이라도 목에 송곳니를 박겠다고, 물어

뜯어버리겠다고 버티고 서 있는 야수를 지금, 타이 한은 보고 있는 것
이었다.

어진은 타이 한에게로 돌아앉아 공포로 부릅떠진 그의 두 눈을 들여다
봤다. 불행을 피해 달아났다가 더 불행해진 사람의 얼굴이 거기 있었다.

타이 한의 얼굴 위로 또 한 사람, 과거의 실패를 인정하지 않으려다
더 엄청난 실수를 저지른 사람의 얼굴이 겹쳐졌다. 지도교수가 논문의
주제와 연구성과를 가로채어 한 학회지에 소논문을 발표했을 때, 남편
은 권모술수가 판치는 세상과 싸우는 대신 자신을 끝장낸 지도교수보
다 더 비열해지는 것으로 앙갚음을 했다. 학문에 기울였던 노력을 협박
과 책략의 기술을 습득하는 데 쏟아부었고, 학원가로 자리를 옮긴 뒤로
는 돈을 벌게 해주겠다고 순진한 후배들을 꼬드겨 원고를 쓰게 하고는
그것들을 묶어 제 이름으로 교재를 출판하는 짓까지 하게 되었다. 과거
의 실패를 인정하지 않기는 어진 역시 마찬가지였다. 다니고 있는 출판
사의 동료들은 물론 가족에게까지 이혼 사실을 털어놓지 못하고 있는
것이다.

어진은 타이 한의 눈에서 전남편의 얼굴과 자기 자신의 얼굴을 들여
다보고 있었다. 마약에 취하거나 돈에 집착하거나 여행을 떠나거나 결
국은 모두, 더 불행해지지 않으려는 안간힘일 뿐이다. 어느새 어진은
타이 한의 머리를 제 가슴으로 끌어당기고 그의 등줄기를 쓸어내리고
있었다. 둘 사이의 거리가 완전히 사라지고 타이 한의 공포까지도 자신
의 것처럼 느껴졌다. 창문 밖에서 들려오던 사람들의 발소리가 부산해
지고 라후족 처녀가 불붙인 초 하나를 들고 타이 한을 찾아 교실로 들

어설 때까지 어진은 그렇게 제 몸이나 된 듯이 타이 한을 끌어안고 있었다.

처녀가 등지고 서 있는 문 너머로 마을 사람들이 밝혀든 촛불들이 보였다. 밤을 낮인 듯 밝히고 있는 그 불빛들을 향해 타이 한은 비척거리며 걸어나갔다. 굶주린 짐승이 본능적으로 피냄새가 나는 곳을 찾아가듯이 타이 한은 어둠을 등지고 나가 불빛 속으로 뛰어들었다.

"신이 태초의 어둠에 빛을 주셨네."

무당의 주술이 울려퍼졌다. 신목 주위에 꿇어앉아 있던 사람들이 손에 쥔 쌀을 일제히 머리 위로 높이 던지며 일어섰다. 생황 소리가 무당이 외우는 주문 소리를 뒤덮고 밤이 웅성거리며 살아났다. 마을 사람들 모두 서로의 손을 잡고 신목 주위를 돌며 춤추기 시작했다. 오른발 앞, 왼발 앞, 왼발 뒤, 오른발 앞, 타이 한도 한데 어울려 발을 구르고 머리를 흔들었다. 한때는 대한민국 최고의 가수라 불리며 쏟아지는 박수갈채 속에서만 노래하던 사내가 이제는 무대에서 내려와 관객 한 명 없는 곳에서 울부짖듯 노래를 부르고 있었다.

그 모습을 보며 어진은 그가 김민이라 불리던 시절과 가수 김민의 사진을 책상 앞에 붙여놓고 들여다보던 자신의 소녀 시절을 기억해내려고 애썼다. 그때 어진은 가수 김민을 보기 위해 〈화요일에 만나요〉라는 공개방송을 보러 다녔고, 어느 날인가에는 정동극장 입구에 줄지어 서 있던 소녀들이 질러대는 비명 속에서 실제로 그의 얼굴을 보기도 했다. 그날 김민은 양쪽 어깨에 푸른색 구슬이 박힌 흰색 재킷을 입고 허리띠 아래로는 어깨에 박힌 구슬과 같은 색의 바지를 입고 나타나 소녀들을 향해 손을 한 번 흔들어 보이고는 곧장 극장 안으로 미끄러져들어갔다.

그날의 그 빛나던 가수는 어디로 갔으며, 그 가수를 본 감격에 울음까지 터뜨렸던 그 소녀는 또 어디로 사라져버린 것일까?

그 소녀를 어디에 버려두고 나는 여기까지 흘러들어온 것일까?

타이 한이라면 자신의 물음에 대답을 해줄 수도 있을 것 같았다. 그러나 어진이 다가가 당신은 왜 김민이라는 이름을 버리고 타이 한이 되었느냐고, 무엇 때문에 모든 것이 낯설고 불편하기만 한 이 오지로 들어왔느냐고 묻기도 전에 타이 한은 그 언젠가처럼 또 어진에게 등을 돌리고 어둠 속으로 미끄러져들어갔다.

춤추다 말고 무슨 급한 볼일이라도 있는 사람처럼 옆에서 춤추던 라후족 처녀의 팔목을 붙들고 움막 뒤로 뛰어가더니 타이 한은 말없이 앉아 있기만 했다. 엉겁결에 끌려온 처녀는 어쩔 줄 몰라하며 타이 한의 등뒤에 서 있는 어진을 바라보았다. 이 난처한 상황에서 저를 좀 구해달라는 듯도 했고, 당신이 있어서 부끄러우니 제발 자리를 피해달라고 부탁하는 듯도 했다.

어진이 몇 발짝 앞으로 걸어가자 라후족 처녀는 눈을 내리깔며 타이 한 앞으로 바싹 다가가 앉았다.

"너 날래 나 하외라?"

타이 한이 처녀의 손을 그러쥐었다. 희미한 불빛 아래서도 처녀의 두 뺨이 붉게 달아오르는 것이 보였다.

"너 날래 나 하외라? 말해봐. 너 나 사랑하니, 응?"

타이 한의 말에 처녀는 내리깐 눈을 들어 제 앞에 앉은 사내의 얼굴을 들여다보았다. 옷 가장자리의 테두리마다 손으로 정성스레 수를 놓은 색동저고리를 입고 앉아 라후족 처녀는 제 부족의 말로 타이 한에게 무언가를 묻고 있었다. 그러자 이번에는 타이 한 쪽에서 다시 처녀에게 물었다.

"나랑 갈래? 널래 날래 까우리로 까이라? 너랑 나랑 같이 한국으로 갈래? 그럴래?"

처녀에게서는 아무 대답이 없었다. 네 말은 영 믿지 못하겠다는 듯한 얼굴로 타이 한을 쳐다보다 라후족 처녀는 다시 눈을 내리깔았다. 타이 한은 흐느껴 울기 시작했다. 그러쥐고 있던 처녀의 손을 더 꼭 움켜쥐고 혼잣말하듯 몇 번씩이나 나랑 같이 한국으로 가자며 어깨를 들썩이며 울었다.

등을 돌리고 앉아 있어서 어진으로서는 타이 한의 얼굴을 볼 수 없었다. 그러나 들썩이는 어깨와 토해내듯 '한국'이라는 말을 내뱉어놓고는 그 말이 불러일으킨 파문에 휩싸여 감정을 제어하지 못하고 흐느껴 우는 목소리만으로도 어진은 알 수 있었다. 타이 한이라는 사람이 이 말을 얼마나 오래 참아왔는지를. 겉으로는 모든 것에 초연한 듯 보이지만 실제로 타이 한의 내면을 채우고 있는 것은 과거에 대한 기억이었다. 마약을 하거나 뚜쟁이 노릇을 하면서 아무렇게나 되는대로 살아가는 것도 실은 실패와 후회로 얼룩진 과거의 기억으로부터 달아나기 위해서였던 것이다.

흘러간 것들은 되돌릴 수 없다. 그러나 떠나간 시간을 저토록 아파할 수 있다면 아직 싸우고 있는 사람이 아닐까? 어진은 한순간이나마 만개한 꽃처럼 찬란하게 저를 몽땅 피워본 사람만이 저토록 오래 앓을 수 있다고 믿고 싶었다. 지금 제 눈앞에서 울고 있는 타이 한이나, 고구려니 고구려의 후손이니 하는 말만 들어도 모욕을 당한 것처럼 화를 내게 된 전남편이나, 그런 전남편 보란 듯이 그가 내팽개친 논문의 주제로 책을 내고야 말겠다고 이곳까지 찾아온 자신이나…… 실은 아직도 포기하지 않은 것이 아닐까?

어진은 비로소 자신이 찾으려고 했던 것이 무엇인지 알게 된 듯도 했다. 무엇을 찾아 이곳까지 왔는지. 어진은 등 돌리고 앉아 있는 타이 한을 향해 걸어갔다. 그러고는 타이 한의 등에 대고 자신 역시도 오래 참아왔던 말을 하기 시작했다.

"널래 날래 까우리로 까이라?"

저만치 사람들이 모여 있는 곳에서 노랫소리가 들려왔다. 세상의 모든 노래는 신께만 바치는 노래이기 때문에 평상시에는 절대로 노래를 부르지 않는다는 사람들이 노래를 부르고 있었다. 노래를 부르는 이도 그 노래를 듣는 이도 모두가 귀를 막고서 신께만 바치는 노래가 어둠 속으로 스며들어가 숲속에 뿌리를 내리고 있었다.

* 작품에서 인용된 글은 필자가 1998년 태국에서 만난 김병호 선생에게 건네받은 자료 「라후족의 기원에 관한 연구」에 실린 것임을 밝힙니다.

그림 앞의 장미와 꽃병

밤에는 기억에 휩쓸려들어가지 않으려고 구슬 꿰는 일에 몰두한다.
구슬을 꿰는 것이 그 여자에게는 기억을 지우는 일이라면,
이 검은 구슬들을 꿰며 그 여자는 지난밤의 어떤 기억을 지운 것인가.

1

　여자는 여러 개의 방을 갖고 있다. 방마다 문 위에 이름이 나붙어 있다. 라면상자나 사과상자에 철 지난 옷들을 집어넣은 뒤 상자 위에 "겨울옷—여자" "겨울옷—아이들"이라고 써넣어 뚜껑을 열지 않아도 안에 든 내용물을 확인할 수 있게 했듯이, 여자는 자신의 그 많은 방에도 문마다 이름을 써붙여두었다.

　그 밤에 여자는 자주 찾지 않아 문 위에 붙여놓은 종이의 글자들이 먼지에 뿌옇게 흐려진 방 하나를 기억해냈다. 여러 개의 방들을 지나 그 방으로 통하는 좁은 복도를 걸으며 여자는 복도에 울려퍼지는 자신의 숨소리를 들었다. 피아노 위에 올려놓은 메트로놈처럼 일정한 속도로 울려퍼지는 숨소리, 낮고 희미하게 그러나 끊이지 않고 계속되는 숨소리, 그것은 살아 있는 동안에는 언제까지고 계속되리라는 의미에서 악착같이 뒤통수에 와서 달라붙는 타인의 시선만큼이나 불쾌한 것이었다. 그래서 여자는 좀더 속도를 내어 걸었다. 여자의 발소리가 여자의 숨소리를 지웠고, 커다란 고딕체로 '동굴'이라는 두 글자를 써놓은 방문 앞에서 다시 여자의 거친 숨소리가 여자의 발소리를 지웠다.

방문을 열자 오래 갇혀 있던 공기가 여자를 휘감았다. 퀴퀴한 공기 속에서 여자는 땀과 정액으로 얼룩진 여관방의 이불 냄새와 알싸한 스킨 냄새와 촛불 냄새, 그리고 담배 냄새를 맡았다. 여자에게 냄새란, 그 어떤 말보다도 직접적이고, 그 어떤 소리보다도 강한 그 무엇이었다. 냄새는 묘사나 설명을 필요로 하지 않는다. 냄새는 정직해서 은유와 상징으로 포장할 수도 없다. 냄새는 그저 발가벗는다.

여자는 등뒤로 손을 뻗어 문을 잠갔다. 언제나 발가벗을 뿐인 냄새 속으로 걸어들어가 발가벗기 시작했다. 몸을 휘감고 있던 상징들이 한 겹씩 떨어져나갔다. 너는 누구냐. 세상이 끊임없이 던지는 질문들, 타인에게 스스로를 증명해야 할 때면 언제나 따라붙게 마련인 수식어들, 몸에서 떼어내자마자 담장 밖으로 떨어져 길바닥에 나뒹구는 목련꽃잎만큼이나 추해지는 허물들을 여자는 잠깐 내려다보았다. 진저리치듯 크게 한 번 어깨를 떨고는 여자는 곧장 이불 속으로 뛰어들었다.

이불에 배어 있는 땀냄새 속에는 '동굴'이라는 단어가 떠다니고 있었다.

너는 동굴 같아. 네 속으로 들어가면 동굴 안으로 기어들어가는 것처럼 까매져. 분명하던 것들의 윤곽이 흐려지고 어둠만 남는 거야. 그러면 이렇게 가만히 어둠 속에 쪼그려 앉아 있다가 사라져버리는 거야.

네 동굴로 감쪽같이 나를 지워줘.

여자는 자신의 동굴 속으로 들어가 어둠 속에 울려퍼지던 남자의 목소리를 집어삼켰다. 남자의 말처럼 아내가 있는 남자를 사랑하는 일은 동굴이 되는 것에 다름아니었다. 빛이 들지 않는 구멍, 아무도 엿볼 수 없는 남자만의 그늘이 되어 세상의 편견과 타인의 시선을 피해 점점 더 깊은 땅속으로 좁은 길을 내다 문득 멈춰 서서 뒤돌아보면 어느새 남자는 출구를 향해 바삐 되돌아가고 있었다. 남자가 밖으로 빠져나가버린 뒤에도 여자는 쉽게 동굴을 빠져나오지 못했다. 남자가 여자의 몸에 뚫어놓은 동굴은 깊고 넓어서 빠져나오려고 하면 할수록 더 깊은 어둠 속으로 빨려들어갈 뿐이었다. 여자는 빠져나가는 것을 포기했다. 대신 남자가 파놓은 그 빈 구멍을 메우기로 했다.

빈 구멍을 다시 채워넣기는 쉽지 않았다. 흙을 긁어모아 동굴 벽에 바르고, 자갈을 주워와 틈새를 막는 동안 여자의 손톱은 닳아 뭉툭해져갔고, 여자의 이마에서 흘러내린 땀으로 바닥은 늘 질퍽거렸다. 어느 날 여자는 질퍽거리는 동굴 바닥에 주저앉아 뭉툭해진 손톱으로 제 심장을 잡아뜯었다. 투둑, 몸에서 심장이 떨어져나가는 소리, 동굴이 무너져내렸다.

무너져내린 동굴을 등지고 서서 여자는 눈앞의 광장을 바라봤다. 광장의 분수대 위로 시계탑의 초침 소리가 떨어져내리고 있었다.

째각째각―째각째각―

잡아뜯어, 손바닥 위에 올려놓은 심장이 빠른 속도로 뛰기 시작했다. 여자는 광장을 향해 걷기 시작했다.

째각째각-째각째각-째각째각-째각째각-

시계탑의 초침 소리가 여자의 어깨를 후려쳤다. 여자의 발걸음이 빨라졌다. 시계탑의 초침 소리가 여자의 등을 후려쳤다. 여자의 발걸음이 빨라졌다. 시계탑의 초침 소리가 여자의 엉덩이를 후려쳤다. 시계탑의 초침 소리가 여자의 사지를 후려칠 때마다 여자는 조급해졌다. 저 소리를 따라잡지 못하면 여자만 또다시 혼자 뒤에 남겨질 것만 같았다. 여자는 더, 더, 빨리 걸음을 재촉했지만 오래도록 동굴 속에 갇혀 있던 여자는 세상의 속도를 따라잡지 못했다.

째각째각-째각째각-째각째각-째각째각-째각째각-째각째각-째각째각-째각째각-

여자는 목이 말랐다. 혓바닥이 타들어가는 듯했다. 잡아뜯어, 손바닥 위에 올려놓은 심장을 여자는 이빨로 물어뜯었다. 피로 쩍쩍 갈라진 혀를 축이고, 심장과 실핏줄로 허기진 배를 채웠다. 제 심장을 게걸스럽게 먹어치우고 나서야 비로소 여자는 시계탑의 초침 소리를 따라잡았다.

광장의 분수대로 가서 여자는 그 앞에 무릎 꿇었다. 의식을 치르듯 두 손을 모아 분수 밑바닥에 고여 있는 시간을 퍼담았다.

째각째각-째각째각-째각째각-째각째각-째각째각-째각째각-째각째각-째각째각-째각째각-째각째각-째각째각-째각째각-째각째각-째각째각-째각째각-째각째각-

시계탑의 초침 소리가 여자의 혈관을 따라 흐르기 시작했다. 이제 여자는 광장 중앙으로 가서 세상을 향해 길게 뻗어 있는 계단 아래 앉았다. 미간에 굵은 주름이 깊게 패어 있는 사내가 와서 여자의 무릎을 베고 누웠다. 미간에 굵은 주름이 깊게 패어 있는 사내가 여자의 블라우스를 풀어헤치고 젖을 빨기 시작했다.

네 젖으로 나를 채워줘. 여자의 젖은 그런 힘을 갖고 있지. 네가 네 젖으로 나를 채워주면 나는 전사가 될 거야. 전사가 되어 날이 시퍼런 도끼로 뿔 달린 짐승들을 때려잡을게. 그것들이 울부짖는 소리로 네 귀를 채워줄게. 들어봐. 그것들이 내 발밑에 엎드려 애원하는 소리를. 네 젖으로 나를 채워줘. 그럼 난 내 도끼로 그것들의 두개골을 부수고 뿔을 뽑아올게. 그 뿔로 나팔을 만들 거야. 너를 위해 노래할 거야. 너를 위해 부르는 내 노래가 세상을 전부 뒤덮고, 뿔 달린 짐승들이 두려움에 떨며 너를 숭배하는 소리, 네가 네 젖으로 키워낸 전사가 네게 세상을 갖다바치는 소리를 들어보란 말이야.

여자는 자신의 유방을 두 손으로 감싸쥐었다. 미간에 굵은 주름이 깊게 패어 있는 사내가 부르던 노래를 흥얼거렸다. 라라라. 네 젖으로 나를 채워줘. 미간에 굵은 주름이 깊게 패어 있는 사내의 말처럼 세상을 향해 날을 벼리는 사내를 사랑하는 일은 자신의 젖으로 전사를 키워내는 것에 다름아니었다. 밤마다 뿔 달린 짐승들의 뿔에 찔려 피를 흘리며 돌아와 가슴으로 파고드는 사내의 입에 젖을 물리고, 사내의 미간에 새겨진 주름을 혀로 핥아 반듯하게 펴놓으면 사내는 다시 도끼를 들고 뛰어나갔다. 사내가 밖으로 나가면 여자는 사내의 나팔 소리로 자신의 배를 불렸다. 뿔 달린 짐승들이 두려움에 떨며 여자를 숭배하는 소리, 여자가 여자의 젖으로 키워낸 전사가 여자에게 세상을 갖다바치는 소리로 여자의 배는 점점 더 크게 부풀어올랐다. 어느 밤, 여자의 배가 더

이상 커질 수 없을 만큼 크게 부풀어오르자 사내는 진짜 전사가 되었다. 전사가 되어 여자의 배를 도끼로 내려찍었다. 미간에 굵은 주름이 깊게 패어 있는 사내가 여자를 때려잡는 소리, 여자가 울부짖는 소리, 여자가 사내의 발밑에 엎드려 애원하는 소리로 사내는 여자의 귀를 채워주었다. 투둑, 부풀어오른 세상이 빠져나가는 소리, 여자의 배가 푹 꺼졌다.

그 밤에 여자는 제 몸 깊숙한 곳에 묻어둔 동굴 속으로 들어가 제 가슴을 감싸쥐며 투둑, 몸에서 심장이 떨어져나가는 소리, 투둑, 부풀어오른 세상이 빠져나가는 소리로 제 귀를 채우고 있었다. 거실 쪽에서 전화벨 소리가 들려왔을 때 그래서 여자는 아주 잠깐이지만 그 소리 또한 문 위에 '동굴'이라는 글자가 나붙은 방 안에서만 맴도는 것들 중의 하나라고 착각했다.

전화벨 소리는 요란하게 계속되었다. 여자는 서둘러 동굴을 빠져나왔다. 노트 위에 펜을 내려놓고 주방을 지나 거실로 나갔다. 시계는 열시 십오분을 가리키고 있었다.

열시 사십오분에 상영되는 영화를 함께 보러 가지 않겠느냐는 전화였다.

여자는 함께 영화를 보러 가자는 그 여자의 목소리를 들으며 그 여자의 목소리와 그 여자의 얼굴을 연결시키려고 애썼다. 같은 아파트 단지에 살면서 하루에도 몇 차례씩이나 서로 얼굴을 보고 지나쳤지만 여자는 그 여자의 목소리는 알지 못했다. 그 여자 또한 여자의 목소리는 알지 못했으리라. 여자는 그 여자의 아이들의 이름과 그 여자의 남편의 직업은 알고 있었다. 여자는 그 여자가 목까지 올라오는 터틀넥과 물 빠진 진을 즐겨 입는다는 것과 아파트 단지에서 십 분 거리에 있는 마트의 미용실에서 머리를 자른다는 사실은 알고 있었다. 그러나 그 여자의 목소리가 코맹맹이 소리가 섞인 비음이라는 사실은 그 여자와 전화 통화를 하게 된 지금에서야 알게 되었다.

여자는 다시 시계를 올려다보았다. 열시 이십분이 되어가고 있었다. 남편과 아이들은 무료한 일요일 하루를 보내고 일찍 잠자리에 들어 있었다. 밖으로 나가 그 여자와 함께 심야영화를 한 편 보고 돌아온다 해도 남편과 아이들은 자신의 부재를 알아채지 못하리라. 여자는 그 여자에게 아파트 정문 앞에서 차를 대고 기다리겠노라고 말했다. 여자는 그 여자가 먼저 내려놓은 수화기에서 들려오는 신호음을 몇 초쯤 더 듣고 있다가 수화기를 내려놓았다.

여자는 다시 방으로 돌아갔다. 다용도실을 개조해 책상 하나를 들여놓고 혼자만 사용하는 방이었다. 여자는 노트 위에 내려놓은 펜을 집어 연필꽂이에 꽂았다. 책상 오른쪽에 붙어 있는 서랍에서 풀을 꺼내 펼쳐진 페이지에 발랐다. 풀칠한 페이지에 옆 페이지를 대고 눌렀다. 자주 찾지 않아 문 위에 붙여놓은 종이의 글자들이 먼지에 뿌옇게 흐려진 방 하나가 종이와 종이 사이로 사라졌다. 누군가 풀로 붙인 그 페이지들을 억지로 떼어낸다 해도 그 방의 온전한 모습을 재현해낼 수는 없을 것이다. 여자는 노트를 서랍에 넣고 시계를 들여다보았다. 어쩌면 그 여자는 먼저 나와 여자가 나타나기를 기다리며 사방을 두리번거리고 있을지도 모른다.

2

여자는 사방을 두리번거렸다. 지상 일층 주차장은 만차였다. 여자는 기어를 후진에 놓았다. 지하주차장으로 내려가는 입구에 셔터가 내려와 있었다. 여자는 오른쪽 사이드미러를 보는 척하며 그 여자의 안색을 살폈다. 그 여자의 얼굴은 무표정했다. 그 여자의 시선은 시계에 고정되어 있었다. 열시 사십일분. 여자가 그 여자의 얼굴을 보고, 그 여자가 시계를 들여다보는 동안에도 시계 속의 숫자들은 깜빡거렸다.

지하주차장은 백화점 영업시간에만 개방하는 모양이지?

여자는 기어를 중립에 놓고 그 여자의 그다음 말을 기다렸다. 그 여자는 아무 말도 하지 않았다. 여자는 다시 차를 세울 만한 곳을 찾아 헤맸다. 몇 번의 전진과 후진을 거듭한 뒤에야 여자는 빈자리 하나를 찾아냈다.

주차는 자신이 없어요.

앞뒤로 차들이 서 있는 자리에 과연 주차를 시킬 수 있을지, 여자는 그 여자를 바라보았다. 그 여자는 들여다보던 시계를 여전히 들여다보고 있었다. 열시 사십육분.

어차피 늦었잖아.

여자는 그 여자의 말투가 거슬리기 시작했다. 이건 반칙이었다. 이 여자는 왜 내게 말을 놓는 걸까. 여자와 그 여자가 살고 있는 아파트 단지 내에도 눈에 보이지 않는 서열이 있다. 아이들의 나이에 의해 엄마들의 서열이 결정된다. 본인의 나이가 아무리 많아도 아이가 어리면 언니 노릇은 할 수가 없는 것이다. 나이 차이가 많이 나는 엄마들끼리는 또 절대로 말을 놓지 않는다. 나이가 어린 쪽에서도, 나이가 많은 쪽에서도 서로를 누구누구 엄마로 부른다. '언니'나 '너'라는 호칭은 서열을 신경쓰지 않아도 될 만큼 절친한 사이에서만 가능하다. 여자의 아들과 그 여자의 아들은 나이가 같다. 아이들의 나이에 의해 아파트 단지 내에서의 서열이 결정된다고 하면, 여자와 그 여자는 같은 위치에 있는 셈이다. 그 여자는 분명히 말했다. 어차피 늦었잖아. 여자도 분명히 말해야 할 것이다. 그래요, 가 아니라 그래, 라고. 뒤로 미뤄서도 안 된다. 한번 서열이 결정되고 나면 뒤엎을 수가 없기 때문이다. 아이들도 알고 있는 사실이다.

단지 내에 있는 놀이터에서였다. 여자의 아들은 일곱 살이었고, 제또래의 고만고만한 아이들과 놀고 있었다. 여자는 벤치에 앉아 소설을 읽고 있었다. 몇 페이지쯤 읽다가 고개를 들어보니 여자의 아들만 그룹에서 떨어져나와 혼자 모래놀이를 하고 있었다. 함께 어울려 놀던 아이들 그룹에서 무슨 일이라도 있었던 걸까. 여자는 아들에게서 시선을 떼지 못했다. 그때 낯선 남자아이가 놀이터로 들어섰다. 낯선 남자아이는 놀이터 입구에 서서 모래밭 한쪽에 혼자 떨어져 있는 여자의 아들과 미끄럼틀 위에서 놀고 있는 여러 명의 아이들을 번갈아 쳐다봤다. 낯선 남자아이의 시선은 미끄럼틀 위에서 놀고 있는 아이들에게 좀더 오래 머물렀다. 그때 여자의 얼굴이 화끈거렸다.

낯선 남자아이는 모래밭으로 걸어갔다. 모래밭에는 여자의 아들이 혼자 놀고 있었다. 낯선 남자아이가 여자의 아들 옆에 자리를 잡고 앉았다. 여자의 아들은 더이상 도드라져 보이지 않았다.

여자는 다시 소설을 읽기 시작했다. 몇 페이지쯤 읽다가 고개를 들어

보니 낯선 남자아이가 허리께에 두 손을 가져다붙이고 서서 여자의 아들을 노려보고 있었다.

너, 몇살이야?

일곱 살이다. 그러는 넌?

일곱 살. 그럼 너희 엄만 몇살인데?

서른네 살이다. 너희 엄만? 너희 엄만 몇살인데?

낯선 남자아이의 말에 기가 꺾였는지 여자의 아들은 대답을 하지 못했다. 그때 여자는 서른두 살이었다. 낯선 남자아이는 뒤꿈치를 들어 제 키를 늘이고는 여봐란듯이 여자의 아들을 내려다보았다. 여자의 아들은 벤치에 앉아 있는 엄마를 쳐다봤다. 도움을 청하는 듯한 눈빛이었다. 여자는 무슨 말인가를 하려고 했지만 목소리가 밖으로 나오지 않았다.

그럼 너희 아빤 몇살인데?

여자의 아들이 물었다.

서른일곱 살이다.

낯선 남자아이가 대답했다.

우리 아빤 마흔두 살이야!

이번엔 여자의 아들이 뒤꿈치를 들어 제 키를 늘이고는 낯선 남자아이를 내려다보았다. 낯선 남자아이는 허리께에 가져다붙였던 두 손을 밑으로 내렸다. 여자의 아들은 다시 모래밭에 쪼그려 앉아 모래로 성벽을 만들기 시작했다. 낯선 남자아이는 그 옆에 앉아 여자의 아들에게 모래를 긁어다주기 시작했다.

두 아이가 모래성벽으로 미니 정글짐을 둥글게 에워쌌을 때, 여자보다 두세 살쯤은 더 나이가 들어 보이는 여자가 놀이터로 들어섰다. 낯선 남자아이의 엄마였다. 낯선 남자아이의 엄마는 여자가 앉아 있는 벤치로 다가와서 오늘 101동 509호로 이사했다고 말했다.

친구를 사귀어서 참 다행이에요.

모래밭에서 놀고 있는 두 아이를 바라보며 509호가 말했다. 여자는 509호에게 자일리톨 껌 하나를 내밀었다. 509호는 여자가 건네준 껌을 받아 씹었다.

시간이 흐른 뒤에도 여자는 자주 그날의 일을 떠올리곤 했다. 지금 그 낯선 남자아이는 호주에 가 있다. 집은 전세를 주고 가족이 모두 호주로 옮겨갔다. 남편의 직장에서 돈을 대주기로 하고 이 년간 공부를 하러 간다고 했던가. 지금 509호에는 여자의 아들과 같은 나이의 여자애가 살고 있다.

내가 내려서 봐줄까?

그 여자가 말했다. 여자는 그 여자를 쳐다봤다. 여자는 이제부터 그 여자에게 말을 놓을 생각이다. 여자와 그 여자는 같은 아파트 단지에 살고 있고, 여자의 아들과 그 여자의 아들은 나이가 같다.

그럴래?

여자는 핸들을 잡았고, 그 여자는 조수석에서 내려 밖으로 나갔다. 점퍼에 달려 있는 모자가 바람에 떠밀려 위로 올라갔고, 곧 그 여자의 머리를 덮었다. 유리 너머에서 그 여자는 한 손으로 점퍼에 달린 모자를 붙잡고 서서 운전석에 앉아 있는 여자를 향해 소리쳤다. 여자는 그 여자가 무슨 말을 하는지 알아들을 수 없었다.

3

여자는 그 여자가 두 장의 카드를 사용한다는 사실을 알게 되었다. 그 여자는 지갑 속에서 신한비씨카드와 엘지카드를 꺼내 매표소 직원에게 보여주었다. 매표소 직원은 두 카드 모두 할인을 받을 수 있는데 어느 카드로 계산을 하겠느냐고 물었다. 그 여자는 신한비씨카드로 두 사람 몫의 영화표를 사고, 엘지카드로 카푸치노 한 잔과 버터구이 오징어를 샀다.

여자는 카푸치노 컵을, 그 여자는 버터구이 오징어를 들고 상영관으로 올라가는 에스컬레이터 위에 올라섰다.

남편이랑 하는 섹스는 꼭 자위 같아. 에스컬레이터에 올라탄 것처럼 어쨌든 저절로 올라가지. 그런데 그때 느끼는 오르가슴이란 게 어쩜 그렇게 매일 똑같니. 자위랑 다를 게 없어.

그 여자는 여자보다 한 계단 위에 올라서 있었고, 너도 그렇지, 하는 표정으로 한 계단 아래에 있는 여자를 내려다보았다.

왜 내게 이런 이야기를 하는 걸까. 그것도 이런 장소에서?

여자는 지금은 호주로 떠나고 없는 509호의 말을 떠올렸다.

그 여자, 너무 맞아서 어딘가 좀 이상해진 것 같아.

509호의 말에 의하면, 그 여자는 매 맞는 아내다. 남편에게 따귀를 맞거나 발로 차인 다음날이면 그 여자는 509호에게 찾아왔다고 한다. 509호가 어제는 또 무슨 일로 맞았는데, 라고 물으면 그 여자는 전날의 폭행과 폭언에 대해 얘기한다. 여덟시쯤 남편이 집에 돌아왔어. 늘 그렇듯이 남편은 맥주를 꺼내려고 냉장고 문을 열었지. 맥주병들 옆에 반쯤 남은 소주 한 병이 있었어. 이건 왜 여기다 놨어? 남편이 소주병을 들고 묻더라. 갈비 잴 때 넣으려고 남겨뒀다고 했지. 그랬더니 버리라는 거야. 뭐 하러 이런 걸 냉장고에 처넣어두느냐, 이딴 거 아끼지 말고 다른 데서 절약해라, 살림을 이따위로 하느냐, 트집을 잡는 거야. 그 여자가 그런 이야기를 하면 509호는 언제나 똑같은 충고를 한다. 버리라고 하면 그냥 버리지 그랬니. 일일이 말대꾸하는 여자, 남자들이 얼마나 싫어하는데. 그러나 509호의 충고는 그 여자에게는 감동을 주지 못한다. 그 여자는 곧장 반격을 시도한다. 아니, 509호 네 말은 틀려. 나의 경우에는 맞지 않아. 언젠가 이런 일이 있었지. 늘 그렇듯이 남편은 맥주를 꺼내려고 냉장고 문을 열었어. 맥주 한 병을 꺼냈지. 쭉 들이켜더라. 그때 소주병이 남편의 눈에 띄었어. 냉장고 옆에 반쯤 남은 소주병이 있었던 거야. 이걸 왜 여기다 놨어? 남편이 소주병을 들고 묻더라. 버리려고 꺼내놨다고 했지. 그랬더니 다시 냉장고에 넣어두라는 거야. 갈비 잴 때 쓰면 되는데 왜 아까운 걸 버리느냐는 거지. 너는 도대체가 아낄 줄을 모른다, 살림을 이따위로 하느냐, 트집을 잡는 거야. 결국, 그 여자의 남편은 그 여자의 모든 것이 못마땅한 거다. 그 여자가 그런 말로 이야기를 끝냈을 때, 509호는 차마 묻지 못했다고 한다. 그럼, 네 남편은 너를 왜 그렇게 싫어하는데? 오히려 문제는 네 쪽에 있는 게 아닐까? 내가 네 남편이라도 너를 때리고 싶을 거야, 라는 말을 참느라 얼마나 애를 썼는지 모른다고, 509호는 말했다. 제 남편한테도 사랑받지 못하는 여자들은 비슷한 데가 있는 것 같다는 말도 덧붙였다. 509호가 말한 그런 여자들의 공통점이란, 따지고 들기를 좋아한다는 거였다.

여자는 한 계단 위에 서 있는 그 여자를 올려다보았다. 왜 내게 이런 이야기를 하는 거냐고 따져묻고 싶었지만 아무 말도 하지 못했다. 여자는 논쟁이라면 질색이었다.

실내로 들어간 뒤에도 여자는 영화에 집중하지 못했다. 영화를 보는 내내, 그 여자는 팔걸이에 올려놓은 여자의 오른손을 자주 건드렸고, 여자가 쳐다보면 여자의 귀에다 대고 귓속말을 하곤 했다.

신기록이래. 국민 대부분이 한 영화에 이렇게 열광하는 나라, 이상하지 않아? 이 영화가 그렇게 대단하니? 남들이 다 봤다니까 나도 꼭 봐야만 할 것 같은 거지. 나라 전체가 미쳐가고 있어. 권장도서만 해도 그래. 아, 맞다! 자기, 글짓기 강좌 듣는다며? 그러면 더 잘 알 거 아냐. 일학년 권장도서, 이학년 권장도서, 삼학년 권장도서…… 이게 말이 된다고 생각하니? 어렸을 때부터 똑같은 책을 읽고 자란 아이들이 커서는 똑같은 영화를 보는 어른이 되는 거지. 이 나라는 자유라고는 찾아볼 수가 없다니까!

그 여자의 말은 다 옳았다. 그 여자의 말을 듣고 있으면 그 여자가 하는 말이 모두 다 옳다고 느껴졌기 때문에 여자는 그 여자를 더욱더 두들겨패고 싶어지는 것이었다. 그렇게 잘난 년이 왜 매를 맞고 사니, 여자는 실수로라도 그런 말이 튀어나올까봐 그 여자가 말을 건네올 때마다 미소를 지어야 했다.

영화가 끝나자 그 여자는 더이상 여자의 손등을 두드리지 않았다. 귓속말을 걸어오지도 않았다. 여자는 오른쪽 사이드미러를 보는 척하며 조수석에 앉아 있는 그 여자의 안색을 살폈다. 그 여자의 얼굴은 무표정했다. 그 여자의 시선은 시계에 고정되어 있었다. 열두시 삼십육분. 여자가 그 여자의 얼굴을 보고, 그 여자가 시계를 들여다보는 동안에도 시계 속의 숫자들은 깜빡거렸다. 시계 속의 숫자들이 깜빡거릴 때마다 그 여자의 얼굴 위로 그늘이 드리워졌다.

내 방에 가서 커피 한잔 하고 갈래?

말과 함께 그 여자의 얼굴에서 표정도 사라져버렸기 때문일까. 여자는 어느새 그 여자를 제 방에 들여놓고 그 여자에게 말을 걸고 있었다.

4

그 여자는 여러 개의 상자를 갖고 있다. 상자마다 구슬로 채워져 있다. 그 밤에 그 여자는 상자들을 모두 꺼내놓고 실에 꿸 구슬들을 고르기 시작했다. 상자 깊숙이 손가락을 찔러넣고 구슬들을 뒤적이다보면 어둠 속에서 뒤척이는 소리가 들려왔다.

그러면 그 여자는 관 뚜껑을 열고 들어가 부모 옆에 누웠다. 그 여자가 이불을 머리끝까지 끌어올리면, 장롱 밑바닥에서 뱀 한 마리가 기어나왔다. 허물을 벗은 뱀은 잠든 아버지의 귓속으로 미끄러져들어가 자신의 말로 아버지의 몸을 채웠다. 아버지는 뱀처럼 허물을 벗고 일어나 잠든 어머니의 귓속에다 대고 속삭였다. 뱀의 말이 아버지의 입을 통해 흘러나왔다.

나만이 허물을 벗을 수 있지. 내가 네 허물을 벗겨줄게. 다시 태어나게 해줄게. 네 빈 자궁을 채워줄게.

아버지의 말이 잠든 어머니를 흔들어 깨우면 어머니는 부시시 눈 뜨고 일어나 아버지를 향해 가슴을 내밀었다. 그러나 어머니의 가슴은 바짝 말라 있었고, 끝이 뾰족한 바위를 성벽처럼 두르고 있어 그 어떤 말로도 열리지 않았다.

아버지는 손으로 제 가슴을 찢어 뜨겁게 달군 칼 하나를 뽑아냈다. 아버지의 칼이 어머니의 가슴을 뚫고 들어갔다. 아버지의 칼 밑에서 어머니의 가슴이 양쪽으로 갈라지고 피가 솟구쳐 아버지의 칼을 붉게 물들였다. 아버지는 붉은 칼을 들고 어머니의 살가죽을 벗겨냈다. 어머니의 고통으로 일그러진 입술 사이로 뱀의 말이 흘러나왔다. 어머니의 신음을 반주 삼아 아버지는 노래했다. 붉은 칼을 횃불처럼 들고 춤췄다. 아버지의 칼이 어머니의 살가죽을 벗겨내는 소리, 어머니의 메마른 가슴 밑바닥에 갇혀 있던 여자가 어머니를 찢고 나오는 소리로 어두운 관 속이 뜨겁게 달구어졌다.

장롱 밑바닥에서 기어나온 뱀이 아버지를 휘감고, 아버지의 몸속으로 들어간 뱀이 어머니의 자궁 속에 똬리를 트는 밤이면 그 여자는 그저 어린 계집아이였다. 아무것도 몰라야 하는 계집아이는 이불을 머리 끝까지 뒤집어쓰고, 제 주먹으로 제 입을 틀어막고, 어머니를 찢고 나온 여자가 아버지의 붉은 칼을 집어삼키는 소리를 견뎌야 했다. 어둠 속에서 허물을 벗은 뱀들이 제 몸을 태워 불꽃을 피워올리고, 그 불길에 휩싸여 마지막 껍질까지 태워버리고 나서야 비로소 밤은 잦아들었다.

아침이 되어 반지하의 셋방으로 희미한 빛이 스며들면, 계집아이는 이불 속에서 나와 잠들어 있는 부모의 얼굴을 들여다보곤 했다. 다시 허물을 뒤집어쓰고, 서로에게 등을 돌리고 누워 있는 아버지와 어머니의 얼굴은 낯익은 제 부모의 얼굴이면서 또 동시에 전혀 모르는 사람의 얼굴이기도 했다.

때로 계집아이는 잠들어 누워 있는 어머니의 옷을 들추고 배를 들여다보기도 했다. 뱃가죽은 늘어져 어머니의 얼굴을 뒤덮은 잔주름들만큼이나 고단해 보였다. 아버지가 어머니의 가슴을 반으로 가르고 불러낸 여자가 어머니를 찢고 나와 아버지의 붉은 칼을 집어삼키는 밤이면, 어머니는 달려드는 불길에 살과 뼈를 다 내어주고 재만 남은 시체처럼 생기 없는 얼굴로 누워 있었다.

밤사이 더 늙은 여자가 되어버린 어머니의 뱃가죽을 들여다보고 있으면 눈물이 났다. 수많은 밤이 찾아오고 또 수많은 밤이 잦아들면, 언젠가는 어머니의 몸을 찢고 나온 그 여자가 내 뱃가죽도 찢고 나오리라, 계집아이는 안으로 울음을 집어삼키다 관 뚜껑을 열고 밖으로 뛰쳐나갔다.

아버지와 어머니가 서로에게 등을 돌린 채로 누워 있는 관 하나를 등지고 서서 계집아이는 눈앞의 강을 바라봤다. 한 여자가 강가에 앉아 머리를 빗고 있었다. 계집아이의 이모였다. 계집아이는 강가로 가서 이모 옆에 앉았다.

이모가 빗어내린 검은 머리카락들이 강 위로 흘러내렸다. 이모의 검은 머리카락들이 스며들면서 강물은 점점 어두운 색으로 변해갔다. 멀리 강 너머에서 한 남자가 걸어왔다. 이모는 머리를 빗어내리다 말고 손으로 머리카락들을 잡아뜯었다. 멀리 강 너머에서 한 남자가 헤엄쳐오고 있었다. 계집아이의 이모부였다. 이모는 머리카락들을 잡아뜯어 강에 던졌다. 이모의 검은 머리카락들이 스며들면서 강물은 점점 불어났다. 불어난 강물은 아침을 집어삼키고 한낮의 태양도 덮어나갔다. 이제 아무것도 보이지 않았다. 모든 것들이 강물에 휩싸여 허우적거렸다. 나무들은 제 가지를 꺾으며 흐느끼고, 개들은 높고 시끄러운 소리로 짖고, 이모는 해산의 진통을 겪는 여자처럼 신음했다.

불어난 강물 속에서 커다란 손 하나가 나와 이모의 머리채를 휘어잡았다. 이모부의 손이었다. 계집아이는 이모의 허리를 끌어안았다. 이모는 끌려들어가지 않으려고 이모부가 움켜쥔 머리카락들을 제 손으로 전부 잡아뜯었다. 이모의 머리카락들이 휩쓸려들어갈 때마다 강물은 빠른 속도로 불어났다. 불어난 강물이 이모를 집어삼켰다. 강물 속으로 끌려들어가며 이모는 자신의 허리를 끌어안고 있는 계집아이의 손등을 어루만졌다. 사방이 어두워 그 순간의 이모의 얼굴은 보지 못했지만 물소리에 지워져 희미하게 들려오는 울음소리로 계집아이는 이모가 울고 있다는 것을 알았다.

이모부와 이모를 집어삼키고 강물은 흘러갔다. 계집아이는 강가에 혼자 남아 이모부와 이모를 집어삼킨 강이 계집아이가 모르는 세상의 어느 어두운 기슭으로 흘러가는 소리를 들었다. 그 소리는 낮고 희미하게 그러나 영원히 계속될 듯했기 때문에 계집아이는 저 역시도 저 소리에 휩쓸려들어가지나 않을까, 하고 언제까지나 겁을 집어먹게 되었다.

어둠 속에서 부스럭거리는 소리가 들려오기 시작하면, 숨이 턱턱 막혀. 남편의 손이 팬티 속으로 미끄러져들어오면, 어머니의 배를 찢고 나온 그 여자가 내 뱃속에서 꿈틀거리기 시작하지. 그 여자가 내 배를 찢고 나오려고 발버둥치고 소리치면 남편은 제멋대로 그년을 불러내서는 그년의 머리채를 휘어잡고 강으로 끌고 들어가는 거야. 그러면 어느새 모든 것들이 강물에 휩싸여 허우적거려. 나는 끌려들어가지 않으려고 발버둥치지. 아무거라도 잡으려고 손을 휘젓는 거야. 그런데…… 손에 잡히는 게, 아무것도 없잖아! 아무거에라도 집중을 하고 있지 않으면 그것들이 당장이라도 나를 집어삼킬 것만 같아!

울음이 그 여자를 집어삼켰다. 그 여자의 우는 얼굴은 아이처럼 순진무구했다. 어른이 되어서도 저렇게 울 수 있는 사람이 몇이나 될까, 여자는 문득 그런 생각을 했다. 그러고 보면, 그 여자는 너무 맞아서 어딘가 좀 이상해진 것이 아니라 어른이 되지 못한 계집아이인지도 모른다. 어른들 속에 섞여 살면서 이 아이는 얼마나 힘들었을까, 여자는 책상 너머로 손을 뻗어 그 여자의 손을 잡아주었다. 잡을 게 아무것도 없어서 밤이면 거실 구석에 쪼그려 앉아 구슬을 꿴다는 그 여자는 여자의 손을 두 손으로 움켜쥐었다.

그리고 또 뭘 봤는데? 무슨 소릴 들었는데? 단칸방에서 살면서 부모가 섹스하는 거, 이모가 이모부와 섹스하는 거, 그거 말고도 또 뭔가를 봤을 거야. 남한테는 절대로 말할 수 없는 거, 또 있을 거야. 노트를 하나 마련해봐. 거기다 다 써버려. 쓰다보면 기억이 날걸? 네가 네 속에 숨겨놨던 것들이 너를 찢고 나올 거야. 다 받아적어. 그리고 묻어버려.

여자의 말에 그 여자는 부들부들 떨기 시작했다. 두려움에 사로잡혀서 떨리는 손으로 제 입을 틀어막았다. 무섭다고 했다. 종이에 뭔가를 써서 남긴다는 생각만으로도 심장이 터질 것 같다고 했다.

난 못 해! 그걸 어떻게 기억해내! 난 있지, 지금도 밤만 되면 이렇게 무섭단 말이야.

그 여자는 섹스가 두렵다고 했다. 섹스가 두렵기 때문에 섹스를 원하는 남편이 두렵다고 했다. 그 여자는 울었고, 여자는 일어나 책상 너머로 가서 그 여자를 안았다. 여자가 가슴을 내어주자 그 여자는 여자의 가슴속으로 파고들었다.

네 젖으로 나를 채워줘. 네가 네 젖으로 나를 채워주면 나는 전사가 될 거야. 전사가 되어 날이 시퍼런 도끼로 뿔 달린 짐승들을 때려잡을게.

여자는 그 여자에게 젖을 물리고 싶었다. 자신의 젖으로 그 여자를 채워주고 싶었다. 그러면 그 여자는 전사가 되어 날이 시퍼런 도끼로 밤을 때려잡을 수도 있었겠지만 그 순간에 여자와 그 여자의 귀를 찢어발길 듯이 다급하게 울려퍼진 것은 그 여자의 핸드폰 소리였다.

그 여자는 핸드폰의 액정화면을 바라봤다. 네시 십일분.

여자가 그 여자의 얼굴을 들여다보고 그 여자가 액정화면을 내려다보는 동안에도 화면 속의 숫자들은 깜빡거렸다.

남편이야.

그 여자는 서둘러 여자의 방을 빠져나갔다. 엘리베이터의 버튼을 누르고 그 여자는 점퍼에 달린 호주머니에 두 손을 찔러넣었다. 손으로 핸드폰을 쥐고 있는지, 진동으로 맞춰놓은 핸드폰이 울릴 때마다 그 여자의 오른쪽 팔이 떨렸다.

여자는 그 여자가 타고 내려간 엘리베이터를 몇 초쯤 더 보고 있다가 현관문을 닫았다. 문을 걸어잠그고 거실을 지나 안방으로 갔다. 문을 열자 남편의 숨소리가 들려왔다. 낮고 희미하게 그러나 일정한 속도로 울려퍼지는 숨소리, 살아 있는 동안에는 언제까지나 계속될 그 숨소리를 들으며 여자는 남편 옆에 가서 누웠다. 얼마 지나지 않아 남편이 여자의 허벅지 위에 다리 하나를 올려놓았고, 여자는 잠결에 손으로 남편의 다리를 밀쳐내며 몇 번인가 몸을 뒤척였다.

5

학교에 간 아이가 돌아오기에는 이른 시각이었다. 여자는 거실 벽에 걸린 시계를 올려다보았다. 열한시 십삼분. 여자가 거실에서 현관으로 걸어가는 사이에도 초인종 소리는 계속되었다.

엘리베이터 앞에 그 여자가 서 있었다. 여자는 옆으로 비켜서서 그 여자가 안으로 들어올 수 있도록 틈을 만들어주었지만 그 여자는 집 안으로 들어오려 하지 않았다. 여자는 그 여자의 팔을 끌어당겼다. 그 여자는 여자의 손을 뿌리치며 상자 하나를 내밀었다.

이게 뭐야.

여자가 물었지만 그 여자는 여자와 눈을 맞추려 들지 않았다. 그 여자는 여자에게 등을 돌리고 서서 엘리베이터의 버튼을 눌렀다. 여자는 그 여자가 내던지듯 떠맡기고 간 상자를 들고 서서 그 여자가 타고 내려간 엘리베이터를 몇 초쯤 더 바라보다가 현관문을 닫았다.

여자는 다용도실을 개조해 책상 하나를 들여놓고 혼자만 사용하는 방으로 들어갔다. 책상 위에 상자를 내려놨다. 상자 속에는 검은 구슬들을 꿰어 만든 목걸이가 들어 있었다. 여자는 그 목걸이를 한동안 들여다보았다.

그 여자는 낮에는 동네의 문화센터에서 비즈공예 강좌를 듣고 있다. 밤에는 기억에 휩쓸려들어가지 않으려고 구슬 꿰는 일에 몰두한다. 구슬을 꿰는 것이 그 여자에게는 기억을 지우는 일이라면, 이 검은 구슬들을 꿰며 그 여자는 지난밤의 어떤 기억을 지운 것인가.

여자는 상자의 뚜껑을 닫았다. 책상 오른쪽에 붙어 있는 서랍을 열고 노트를 꺼냈다. 노트가 들어 있던 자리에 상자를 내려놓았다. 그 여자의 상자는 여자의 서랍 속에 유폐되었다.

여자는 노트를 들고 주방으로 갔다. 식탁 위에 노트를 내려놓고 냉장고 문을 열었다. 토르티야 한 장, 스파게티 소스 한 병, 양파 하나, 피클과 올리브를 꺼내 식탁 위에 늘어놓았다. 여자는 양파는 다져서 볶고 피클과 올리브는 잘게 썰었다. 스파게티 소스를 토르티야 위에 바르고 다져놓은 것들을 골고루 뿌렸다. 냉동실에 처박아둔 피자치즈를 꺼내 토르티야 위에 뿌리자 꽤 그럴싸해 보였다.

여자는 뒷베란다로 가서 폐지 속에 처박아둔 피자상자를 꺼내왔다. 상자 속에 풀로 붙인 노트를 내려놓고 그 위에 쿠킹 포일을 깔아 자기 식대로 만든 피자를 올렸다.

여자는 피자상자를 들고 101동을 향해 걸었다. 여자가 103동 앞을 지날 때 102동 놀이터 안쪽에서 웃음소리가 들려왔다. 단지 내에 사는 몇몇의 여자들이 벤치에 모여앉아 이야기를 하고 있었다. 그 여자도 무리에 끼여 있었다. 얼마 전에 종영된 드라마에 관한 이야기를 하고 있는지, 그 드라마에 출연했던 연기자들의 이름이 몇 번씩이나 들려왔다.

여자가 103동을 지나 102동 앞에 이르렀을 때 무리 속에 앉아 있던 그 여자와 여자의 눈이 마주쳤다. 그 여자는 네트 너머로 날아온 공을 되받아치듯 여자의 시선을 튕겨내고는 곧 무리 속의 한 여자에게로 고개를 돌렸다. 그때 여자의 얼굴이 화끈거렸다.

여자의 등뒤로 코맹맹이 소리가 섞인 그 여자의 목소리가 들려왔다. 여자는 좀더 속도를 내어 걸었다.

여자가 101동 509호의 초인종을 눌렀을 때, 509호는 식탁 위에 올려놓은 전단지에 이제 막 동그라미 하나를 그려넣고 있었다. 단지에서 십분 거리에 있는 평생학습관에서 가져온 전단지였다. 509호는 새 달부터 탈 만들기 강좌를 들으러 다닐 생각이다. 신경정신과 담당의사의 말대로 빛이 잘 드는 집으로 옮겨왔더니 무언가 새로 시작할 마음이 생겼다.

초인종 소리에 509호는 시계를 올려다보았다. 열한시 오십칠분. 학교에 간 아이가 돌아오기에는 아직 이른 시각이다.

누구세요.

509호는 인터폰을 들고 물었다.

예, 107동에 사는 민석이 엄마예요.

몇 번인가 놀이터에서 본 적이 있는 여자였다. 509호의 딸이 여자의 아들과 한 반이었다. 509호는 인터폰을 들고 서서 집 안을 둘러보았다. 다행히 흠을 잡힐 만큼 어수선하지는 않았다.

509호가 열어놓은 문으로 여자가 들어왔다. 여자는 피자상자를 식탁 위에 내려놓았고, 509호는 싱크대로 가서 찻잔을 꺼내며 여자에게 말했다.

맥심밖에는 없는데……

여자는 아무거나 괜찮다고 대답했고, 509호는 가스불 위에 주전자를 올려놓았다. 쟁반 위에 나란히 내려놓은 커피잔 속에 일회용 커피믹스를 부으며 509호는 식기건조대 아래 붙어 있는 시계를 내려다보았다. 열두시 사분. 여자와 이야기를 나누다보면 아무래도 약 먹을 시간을 놓칠 것 같아 509호는 커피를 준비하다 말고 정수기 위에 올려놓은 약병에서 알약을 꺼내 삼켰다. 삼 년 전부터 복용해오던 약을 끊고 얼마 전부터 새로 먹기 시작한 약이다. 이 약을 해피메이커(Happy maker)라고도 부른다고 했던가. 의사의 말로는 부작용이 거의 없다고 했다.

이 집 여주인하고는 언니, 동생처럼 친하게 지내던 사이였어요. 우리 아들이 한 반이 된 걸 보면 이 집에 사는 사람들이랑은 무슨 인연이 있나봐요.

509호의 등뒤로 여자의 목소리가 들려왔다. 509호는 여자의 말을 건성으로 흘려들으며 커피를 저었다. 509호가 커피 두 잔을 준비하는 사이에 여자는 어느새 거실 창 쪽으로 걸어갔다.

이 집은 햇빛이 너무 많이 드는 거 말고는 꽤 괜찮은 집이에요. 전에 살던 여자도 늘 블라인드를 내리고 있었어요. 훨씬 낫죠?

509호가 무슨 말인가를 하기도 전에 여자는 벌써 거실 창에 블라인드를 치고 있었다.

누군가 목덜미를 잡아챘다

모든 것이 0과 1로 단순화되는 디지털 세계의 일원이 되기 위해
자신의 삶을 변화시키는 한 주변인의 이야기란,
죽은 자에게 목덜미를 잡혀 자신의 삶으로 죽음을 대신해야 했던
영식이 아저씨의 이십 년 세월 앞에서는 가짜일 수밖에 없었다.

폐휴지나 빈 상자, 앞바퀴가 떨어져나간 세발자전거 따위의 고물을 등지고 낯선 사내 둘이 라면을 끓이고 있었다.

"영식이? 요새 안 와…… 뭐라더라……"

뚜껑을 연 냄비에서 올라오는 뿌연 김이 사내들의 그다음 말을 흐려놓았다.

그러니까 영식이 아저씨가 요새는 왜 안 오는 거냐고 내가 다시 물었지만 그들은 안 온다고만 대답했다. 난감했다.

그저 단순히 고물이나 주우러 다니는 고물장수의 이야기라면 이 사내들에게 몇 마디 묻는 것으로 족하겠지만 새로 구상중인 소설을 완성하려면 어쩌다 이곳까지 떠밀려오게 된 뜨내기들의 몇 마디로는 어림도 없었다. 1970~1980년대에도 리어카를 끌고 영등포 일대를 제집 안마당처럼 돌아다닌 고물장수, 영등포의 변모에 발맞추어 자신도 변화했고 또 그 변화의 내력을 내게 들려줄 수 있는 고물장수. 그런 인물은 영식이 아저씨밖에는 없었다.

나는 고물상 주인 내외의 집으로 찾아갔다. 주인 여자 역시 "영식이는 요새 여기 안 와"라며 고개를 내저었다. 찾아보면 어디 영식이 핸드폰 번호가 있을 거라면서 주인 여자는 안으로 다시 들어가려 했다. 그러나 그런 방식으로 영식이 아저씨를 만나고 싶지는 않았다. 안으로 들어가려는 주인 여자를 돌려세워 나는 내 핸드폰 번호를 적어주었다.

한 달이 넘도록 영식이 아저씨에게서는 전화가 없었다. 처음으로 영식이 아저씨가 궁금해지기 시작했다. 그러고 보니 영식이 아저씨와 우리 가족의 인연은 남다른 데가 있었다. 일정한 거처가 없던 영식이 아저씨는 꽤 오랫동안 우리집 주민등록등본에 동거인으로 올라와 있었다. 병원 접수창구에 내려고 의료보험증을 펼치면 우리 가족들 이름 맨 밑에 김영식이라는 이름 석 자가 기재되어 있었다. 한때는 동거인으로 공문서마다 그 이름이 나란히 올라 있던 사람이 어디에 있는지조차 나는 모르고 있었다.

굳이 소설이 아니더라도 영식이 아저씨를 한 번쯤은 만나봐야 될 것 같은 생각이 들기 시작할 즈음에 영식이 아저씨에게서 연락이 왔다.

"지금?"

나는 끼고 있던 고무장갑을 싱크대 설거지통에 내던졌다. 서둘러 고물상으로 뛰어갔다. 어느 날 갑자기 시적(詩的) 영감이 찾아오듯 영식이 아저씨가 내 핸드폰으로 전화를 걸어온 때가 저녁을 먹고 설거지를 하던 중이었으니까 일곱시 전후였을 것이다.

차라리 내일, 날 밝은 다음에 만나자고 할까?

아파트 단지를 빠져나와 건널목 앞에 서자마자 나는 되돌아갈 생각을 하고 있었다.

시장통의 구둣방 건물 삼층에서 빠져나와 새로 살림을 시작하게 된 아파트에서 고물상까지는 뛰면 이 분, 작정하고 느리게 걸어도 오 분이면 도착하는 거리였다. 그런데 엎어지면 코 닿을 거리에 있는 그 고물상이 한없이 멀게만 느껴졌다. 그 순간에 내가 느낀 그 아득함이 실제의 물리적 거리에서 비롯된 것이 아니라 심리적 거리감이라는 사실에 나는 더 당황하고 있었다.

이렇게 빨리 멀어져버렸구나.

아파트 단지와 시장으로 통하는 골목 사이에 무슨 경계선처럼 버티고 있는 건널목 앞에 서서 신호등의 빨간 불이 보행신호로 바뀌기를 기다리는 그 짧은 순간에 나는 내가 시장으로부터 얼마나 멀리 떨어져나왔는지 인정하지 않을 수 없었다. 그러나 비단 나만 변한 것은 아니었다. 내 앞에 펼쳐져 있는 건널목 저편의 풍경도, 저 풍경 속에 스며 있는 소리와 사람과 심지어는 공기마저도 달라져버린 것이다.

노련한 솜씨로 비좁은 가게 앞에 트럭을 갖다대며 "신월동에 갈 물건 아직 다 안 내려왔어? 신월동 들렀다가 인천에도 가야 되는데 왜 이리 느려!" 클랙슨을 울려대던 용달차 기사들과, "일단 들어왔으니까 물건은 안 사도 커피라도 한잔 마시고 가야지! 어이, 거기, 커피!" 지나가던 커피장수를 소리쳐 불러대거나 "안 사면 말지, 괜히 멀쩡한 물건 갖고 지랄이여, 지랄이" 물건은 안 사고 오줌만 싸고 간다고 손님 뒤통수에 대고 입을 삐죽거리던 그 많은 장사꾼들은 사라져버렸다. 사라진 것은 그들, 장사꾼들만은 아니었다. 그들은 떠나면서 멱살잡이와 욕지거리와 아귀다툼을 하면서도 한시도 놓지 않고 움켜쥐고 있던 생의 활기마저도 함께 그들의 봇짐에 싸가지고 갔다.

그리고 이제 무엇이 남았나.

자정이 넘도록 미련을 버리지 못하고 알전구를 내건 채 대로변에 내놓은 사과 몇 짝, 귤 몇 바구니를 앞에 놓고 장사꾼들이 손님을 기다리던 그 자리에 의경 몇이 서서 어둠을 노려보고 있었다. 지나가는 손님들의 눈을 끌기 위해 가게 앞 대로변에 내놓은 사과나 배가 얼면 어쩌나, 저녁나절 동안에도 몇 번씩이나 상자를 들었다 놨다 하느라고 상인들이 부산을 떨어대던 그 자리에 기둥처럼 붙박여 서 있는 의경들에게서 살아 움직이는 활기를 느끼기란 쉽지 않았다. 시장이 이사를 가게 되었고, 새벽이면 입찰 종소리가 울려퍼지던 공판장 자리에 한 정당의 당사가 들어섰다. 그러나 시장을 떠나 새로운 삶을 시작할 다른 어떤 방편도 없는 사람들은 이곳에 남았고, 내가 단지 몇 달 만에 아파트 생활에 익숙해진 것처럼 그들은 '공판장과 당사'라는 전혀 뜻밖의 결합에도 금방 적응해나갔다.

신호등에 보행신호가 켜졌다.

그래. 다들 나름대로 적응해나가고 있는 것이다.

나는 몇 달 전과는 딴판으로 달라져버린 풍경 속으로 걸음을 내디뎠다. 고물상까지 걸어가는 동안, 귀청이 찢어질 듯한 클랙슨 소리와 소음 대신 골목에 가라앉은 침묵이 두텁게 느껴질수록 내 걸음걸이에는 힘이 들어갔다. 태어나 자란 고향이 확연히 변해가고 있다는 사실이 실감나면 실감날수록 구상중이던 소설은 구체적이 되어가고 있었다.

 고물장수는 언제부터 하게 되었냐는 내 물음에 영식이 아저씨는 "내가 마, 1975년 4월 28일에 신체검사를 받았어" 하고 내 물음과는 전혀 상관없는 말을 내뱉는 것이었다. 그래서 나는 다시, 그게 아니라 고물장수는 언제부터 하게 됐는데요, 하고 묻지 않을 수 없었다. 그러자 영식이 아저씨는 소 눈보다 더 크고 호랑이 눈보다 더 부리부리한 눈을 잔뜩 부라리며 "그건 와?" 하고 오히려 질문자인 내게 질문을 던지는 것이었다. 소설 쓰려고 그런다잖아, 하며 내가 아저씨 앞으로 녹음기를 갖다대자 영식이 아저씨는, "치워라 마. 이기 뭐 소설이 되나? 재미없다!" 입으로는 관두라고 하면서도 녹음기 안에서 돌아가고 있는 테이프를 유심히 쳐다보았다.

 "그러니까 너, 나를 가지고 소설을 쓴다 이 말이야? 음…… 저, 그게……"

 이런 순간에는 담배를 하나 빼어물어야 제격이라고 생각했는지 영식이 아저씨는 다방 천장을 올려다보며 길게 담배연기를 내뿜었다. 영식이 아저씨의 표정은 심각하다 못해 비장했다. 그 얼굴에 대고 차마 "아저씨 이야기를 소설로 쓸 건 아니야"라고 말할 수는 없었다.

 소설가랍시고 고향 이야기를 책으로 몇 권 묶어내는 동안 가끔씩 인터뷰다 뭐다 해서 기자들이 시장에 찾아오기도 하고 시장을 배경으로 사진을 몇 장 찍기도 했다. 내가 기자들과 인터뷰를 하고 있을 때 때마침 그 앞을 지나가게 되면 어김없이 쫓아와서 한마디씩 거들곤 하던 사

람이 바로 영식이 아저씨였다. 망한 공장에서 뜯어온 고철 따위의 고물
이 부려져 있는 리어카를 길 한쪽에 세워두고 쫓아와서는 다음엔 내 얘
기를 소설로 써라, 내 이야기만 썼다 하면 대박이다, 한 권 가지고는 어
림도 없고 장편을 써도 대하장편소설로 쓸 만한 이야기가 나한테 다 있
는데 너는 왜 나한테 막걸리 한 병을 안 받아주느냐, 네가 막걸리 한
병, 아니 한 병은 너무 짜고 두 병만 받아줘도 내가 인마, 너 당장에 뜨
게 해줄 수 있다, 네가 아무리 작가 나부랭이 어쩌고 해봤자 내 눈에는
아직도 기저귀 차고 다니던 계집애로밖에는 안 보인다야, 나보다는 내
옆에 있는 기자 들으라는 듯이 목청을 높이던 사람이 또 이 영식이 아
저씨였다.

뒤늦은 감이 없는 것은 아니지만 이제라도 네가 나 살아온 이야기를
소설로 쓰겠다니 네 뜻이 가상해서라도 내가 내 살아온 지난날을 꺼내
놓긴 꺼내놔야겠는데, 어디서부터, 무엇부터 시작해야 되나……, 마,
이거 환장하겠다. 영식이 아저씨는 애꿎은 담배 몇 대를 작살내고 커피
도 연거푸 두 잔이나 들이켰다.

"뭐가 알고 싶은데? 니가 인마 물어봐. 아저씨도 옛날에는 마, 머리
좋았다. 이제는 오십이 넘으니까 머리가 갔어. 혹시라도 있지, 아저씨
말에 정확하지 않은 게 있으면 머리 좋은 니가 다 알아서 할 수 있나?"

정작 소설을 쓸 나보다도 영식이 아저씨가 더 걱정이 많았다. 그래서
나는 또 이렇게 말하지 않을 수 없었다. 정확하지 않아도 상관이 없다,
그런 건 내가 다 알아서 할 테니까 아저씨는 그런 걱정일랑 말아라, 아
저씨는 그저 언제부터 고물장수를 하게 됐는지, 아저씨가 처음 고물장

수를 하기 시작했을 때 그때 영등포에서는 무슨 일이 있었는지, 어떤 사람들이 살았는지, 영등포가 얼마나, 어떻게 달라졌는지 그걸 말해달라. 인터뷰의 목적을 재차 설명하며 나는 눌러놨던 일시정지 버튼을 다시 눌렀다. 녹음기에 빨간 불이 들어왔다.

"마, 그게 아니다. 사람이…… 자기 살아온 인생이 있잖아…… 음…… 저, 저…… 고물장사 하게 된 이야기를 하려면 있잖아…… 순서가 말이야…… 내가, 사남 삼녀 중에 둘째로 태어났는데, 1975년 4월, 4월 28일에 신체검사를 받았어. 근데 떨어졌어."

다시 원점으로 돌아가 영식이 아저씨는 1975년 4월 28일에 받았다는 신체검사 이야기를 하고 있었다. 내가 듣고 싶은 이야기, 내가 알고 싶은 이야기는 사남 삼녀 중에 둘째로 태어나 1975년 4월 28일에 신체검사를 받았다는 한 남자의 이야기는 아니었다. 나는 내가 태어나 자란 내 고향, 한때는 역전의 창녀촌과 중앙의 단란주점들과 삐끼들로 유명(?)했고 지금은 뉴타운 지역으로 선정되어 새롭게 변모할 것이라는 내 고향, 영등포의 이야기를 듣고 싶었다. 삼십 년 가까운 세월 동안 리어카를 끌고 이 일대의 골목이란 골목은 다 누비고 다닌 고물장수, 영식이 아저씨야말로 내 고향의 역사를 증언해줄 수 있는 인물이었다. 나는 1975년 이후의 그 어느 시기, 영식이 아저씨가 영등포로 흘러들어와 고물장수를 하게 되었을 그 어느 날부터 지금 현재에 이르기까지의 내가 모르는 이곳의 속내를 알고 싶었을 뿐이다.

그러나 다방 탁자를 사이에 두고 나와 마주 앉은 영식이 아저씨는 내 앞에서 자신의 껍질을 한 꺼풀 벗겨내고 있었다. 단단하게 굳은 껍질을 일부러 벗겨내 그 안에 든 속살을 다시 들춰내는 일이 쉽지는 않은 듯했다. 영식이 아저씨의 표정에서는 어떤 결의마저도 느껴졌다. 나는 꼼짝없이 1975년 4월 28일에 신체검사를 받았다는 한 남자의 생애를 견뎌야 할 판이었다.

"마, 마, 상처가 있으니까 못 갔지. 뭐? 니, 마산에 백바지라고 아나? 조폭 두목이야. 마산에 한일합섬이라고 있었는데 거 다니는 가시내를 두고 백바지하고 내가 그때 싸웠다. 내가 졌어. 그 가시내는 백바지한테 뺏기고 있쟈, 네 군데, 다리, 옆구리, 그렇게 찔렸지. 내가 다리 한쪽 절잖아. 그때 다리를 찔려서 그래. 그리고 인자 스물한 살! 경남 마산에 정비공장 보링을 고치는 사람이 하나 있었는데 첫 월급 타고 내가 쥑이삐렸다. 왜? 성격이 안 맞는 사람이 있어. 직장 동료들이랑 술 먹다가 마음이 안 맞아서 조지게 팼다."

"아까는 스물네 살에 신체검사를 받았다면서? 스물한 살은 또 뭐야?"

녹음기를 비롯해 기계는 별로 신용하지 않는 터라 나는 다방 탁자에 노트북을 올려놓고 영식이 아저씨의 말을 받아적고 있었는데, 아저씨의 이야기는 스물네 살에서 스물한 살로 또 거꾸로 가고 있었다. 영식이 아저씨가 자꾸 건너뛰기를 하다보니 나도 어느새 세월을 훌쩍 건너뛰어 영식이 아저씨가 군인 모자 삐딱하게 눌러쓰고 다니던 시절, 아저씨의 리어카 옆에서 고무줄놀이 하던 일곱 살 계집애로 돌아가 있었다. 동네 어른들 모두가 사람 구실 못 할 놈이라며 손가락질해대는 천덕꾸러기 따위한테 존댓말이 다 뭐냐, 반말을 해대던 일곱 살 계집애가 되어 있었다.

"그거는 그냥 내가 1975년 4월 28일에 신체검사를 받았는데, 네 군데! 다리, 요기 옆구리 칼자국이 있어서 군대를 못 갔다 이 말이고. 너, 내가 고물장수 어떻게 하게 됐는지 알고 싶어? 그거는 말이야…… 내가 스물한 살! 경남 마산에서 한 놈을 조지게 패고 강원도로 도망을 갔다. 강원도 삼척에서, 탄광에서 아마 삼 년? 아니다, 사 년인가보다, 사년!"

영식이 아저씨의 말을 정리해보면, 스물한 살에 함께 정비공장에서 일하던 동료 한 사람을 팼고, 그 사건으로 고향인 경남 마산을 떠나 강원도 삼척의 한 탄광에서 일을 하게 된 듯했다. 그럼, 백바지와의 사건은 또 언제였다는 소리야? 아마도 그 사건은 아저씨가 아직 마산에 있을 때, 그러니까 강원도 삼척으로 도망 오기 전, 스물한 살 이전의 일인 듯싶었다. 그러나 나는 그것까지 따져 묻고 싶지는 않았다. 그런 것까지 일일이 따지다가는 영식이 아저씨가 영등포로 흘러들어온 그 어느 날의 이야기는 시작도 못 해보고 날이 저물 테니까.

강원도 삼척의 삼마광업소에서 영식이 아저씨는 석탄을 캤다. 폭탄으로 돌을 깨가면서 굴속으로 깊숙이 들어갔다. 석탄이 나오면 다른 곳으로 이동했다. 다시 폭탄으로 돌을 깨뜨렸다. 굴속으로 들어갔다. 그 와중에 사고가 나서 동료를 두 번이나 죽게 만들기도 했다. 동료를 둘이나 죽이다니, 그게 무슨 소리냐고 내가 묻자, 영식이 아저씨는 내 눈을 똑바로 들여다보며 "그건 말 못 한다, 마!" 다방 탁자를 내려쳤다. 영식이 아저씨의 주먹 쥔 손이 덜덜 떨렸다. 그러다 1980년이 되었다.

1980년의 그 어느 날, 영식이 아저씨와 동료 몇몇은 삼척의 한 대폿집에서 술을 마시고 있었다. 갑자기 경찰들이 들이닥쳤다. 친구는 그 자리에서 바로 삼청교육대에 끌려갔다. 영식이 아저씨는 산으로 도망쳤다. 지금도 그 밤, 다리를 잡아채던 그 나무뿌리들을 생각하면 식은땀이 흐른다면서 영식이 아저씨는 흘러내려온 머리카락들을 뒤로 쓸어넘겼다.

"삼청교육대, 거기, 아저씨도 갔었지?"

문득 떠오른 과거의 기억들이 내게 그런 질문을 하게 만들었다. 고물을 주우러 다니는 고물장수들 중에는 한쪽 다리를 저는 사람, 눈알 하나가 없는 사람도 있었는데, 그들은 단지 육체의 어느 곳 하나가 멀쩡하지 않았을 뿐이지만 그 당시의 영식이 아저씨는 육체든 정신이든 어느 하나 멀쩡한 구석이라곤 없었다. 내 눈에 영식이 아저씨는 제정신이 아닌 사람이었다. 유리가 박혀 피가 철철 흐르는 주먹으로 전봇대를 두들겨대던 망나니. 불덩이가 치솟아오르면 술잔을 내던지고 탁자를 뒤엎고 웃통을 벗어던진 채 온 동네를 휘젓고 다니던 불한당. 그 망나니가 삐딱하게 눌러쓰고 다니던 군인 모자에는 계급장이 떨어져나가고 없었지만 그 망나니는 고물상에 매여 살던 고물장수들 그 누구보다도 계급이 높았다. 법보다는 주먹이 앞서는 세상을 그야말로 제 한 몸 다바쳐 실현했던 사람이 바로 그 망나니였으니까.

"니, 머리 좋지? 머리 좋아야 소설 쓰쟈, 그쟈? 내가 내 동료랑 1980년에 삼척에서 술을 먹다가 친구는 삼청교육대 끌려가고 나는 그해 8월! 1980년 8월에 영등포로 오게 됐다. 니, 생각해봐. 그사이에 거기를 언제

갔다 오냐?"

드디어, 영식이 아저씨의 입에서 영등포의 1980년이 흘러나오고 있었다. 본론이 시작되는 순간이었다. 삼청교육대에 끌려갔었든 아니든, 그런 걸 따져 무엇 하랴, 나는 다시 노트북 자판 위에 두 손을 올려놨다.

"대지주유소라고 있었어. 조광약국 쪽에. 니 아나? 대지주유소 옆으로 술 도매장사 하는 데가 있었거든. 거기서 지방에서 올라오는 거, 서울서 내려가는 거, 그런 거 잡아서 덤핑을 많이 쳤다."

"누가?"

"누가? 내가! 니 승배 알지? 승배도 거기서 술장사를 했는데 나랑 승배랑 거래처를 놓고 경쟁도 많이 벌였다. 승배랑 싸우기도 참 많이 싸웠지……"

이 대목에서 영식이 아저씨는 다시 담배 한 대를 빼어물었고, 마담 아줌마를 불러 다방 커피도 진힌 걸로 한 잔 더 주문했다. 내가 말릴 사이도 없이 과거의 어느 한때로 되돌아가 영식이 아저씨는 그때 그 시절을 회상하고 있었다.

젊은 시절 영식이 아저씨가 망나니, 불한당이었다면 승배 아저씨는 영국 신사였다. 두 사람 모두 리어카를 끌고 똑같이 고물을 주우러 다니는 고물장수였지만 둘은 외모에서부터 차이가 났다. 성인 남자의 평균 머리 사이즈보다 족히 두 배는 더 큰 대두(大頭)에 박혀 있는 영식이 아저씨의 부리부리한 눈은 사납기 그지없었고, 백바지에게 맞아 주저앉았다는 코는 술기운으로 늘 벌게져 있었다. 반면에 승배 아저씨는 입자가 고운 밀가루를 쫙 펴발라놓은 듯한 흰 피부에 쌍꺼풀진 눈하며 얄상한 입술까지, 고물이나 주우러 다니기에는 아까운 인물이었다.

그 잘생긴 승배도 나한테는 어림없었지, 승배 아저씨 얘기가 나오자 영식이 아저씨는 자주 입술을 실룩거렸다. 술장사 하면서 문래동 정비 공장 사장들이랑 화투를 치곤 했는데 화투 치다가 돈 다 날리고, 스탠드바에 술 대주다가 돈 떼이고, 다 망해먹었다, 망해서 고물상에 갔더니 승배도 다 망해먹고 고물장수를 하고 있더라, 고물장수는 승배가 먼저 시작했는데 나중엔 내가 훨씬 나았지, 나는 종이 같은 거, 그런 하빠리는 취급도 안 했지, 이래 봬도 나는 구리, 스텐, 맑은 쇠만 취급했어…… 이제 영식이 아저씨의 이야기는 자신의 리어카에 쓸어모았던 고물의 종류에까지 뻗어나가고 있었다.

시간은 벌써 열시가 넘어 있었다. 아무거라도 하나쯤은 수확이 있어야 했다. 나는 탁자 앞에 바짝 달라붙었다.

"그런 거 말구, 있잖아. 고물장수를 하다보면 역전에도 갔었을 거 아니야. 신세계 옆에 붙어 있는 창녀촌, 거기는 옛날에 어땠는데요?"

"갔지. 영등포 역전에서 자기 마누라가 포주, 삐끼 노릇을 하는 사람이 하나 있었어. 그 사람하고 내가 거래처를 놓고 서로 경쟁을 하다가 싸웠어. 철우아파트 뒤에서 내가 죽이게 패줬지."

그래서 나는 다시 그런 거, 사람 죽이게 팬 거 말고 다른 거, 가령 신세계니 롯데니 하는 백화점이 들어서기 전의 영등포역 주변 풍경은 어떠했으며, 동네 어른들이 흔히들 하꼬방이라고 부르는 쪽방에는 어떤 사람들이 어떤 모습으로 살고 있었는지, 그런 것들을 좀 자세히 말해줄 수 없겠느냐고 부탁하지 않을 수 없었다.

내 말이 끝나자 영식이 아저씨는 탁자 위의 물컵을 들었다 났다. 컵 속에 든 물이 튀어 테이블 위를 굴러갔다.

"마, 니! 니 거, 니 소설 거 무슨 얘긴데?"

영식이 아저씨는 내 입을 뚫어져라 쳐다봤는데, 들어봐서 시답지 않으면 넌 내 손에 죽었어, 하는 표정이었다.

'그들도 가끔은 포르노그래피를 꿈꾼다' 라는 제목의 이 소설은 이렇게 시작된다.

선기라는 고물장수가 있다. 이 고물장수, 평소 안면을 트고 지내는 공장장에게서 시디 몇 개를 얻는다. 망한다, 망한다, 하더니 정말로 공장이 망하는 바람에 이 공장장은 선기를 불러 뒤처리를 부탁하게 되고, 자신은 신물이 나게 봐서 순서까지 외우게 된 포르노 시디 한 장을 선기에게 이별의 선물로 넘겨준 것이다.

이게 그 말로만 듣던 포르노라는 거구나, 선기는 감개가 무량하다. 그도 그럴 것이 선기는 나이 오십이 되도록 포르노 한 번 못 본 위인이다. 불알 달고 나와서 포르노도 한 번 안 보다니? 선기라는 인간, 이거 굉장히 도덕적인 인간 아니냐, 고 생각할 사람도 있겠지만 선기라는 위인은 도덕이라면 도덕교과서만 봐도 치를 떠는 망나니다. 선기가 포르노를 못 본 이유는 딱 하나, 컴퓨터가 없기 때문이다. 포르노를 안 본 이유는 포르노를 봐야 할 필요를 느끼지 못할 만큼 잦은 성생활을 하기 때문이다.

오로지 포르노 시디를 보겠다는 일념으로 선기는 영등포 일대를 헤집고 다닌다. 선기가 누군가? 직업이 직업인 만큼 돈 주고 컴퓨터를 사는 일은 있을 수 없는 것이다. 실내 인테리어를 바꿀 때마다 선기가 뒤처리를 해주러 가는 백화점이라든지, 부도가 나서 망한 공장이라든지, 중고 컴퓨터 하나 구하는 일쯤은 선기에게는 앉아서 식은 죽 먹기보다 더 쉬운 일이다.

세 들어 사는 방에 컴퓨터를 들여놓긴 했는데 그런데 그 다음부터가 문제다. 작동법을 모르니 있으나 마나다. 하루 종일 무슨 짓을 하고 다녔나, 컴퓨터 앞에 내동댕이쳐놓은 시디 한 장을 보고 있자니 울화가 치밀어오른다. 시디 안에 들어 있을 온갖 음탕한 체위가 눈앞에 가물거리면서 슬금슬금 성욕도 솟아오른다. 남이 하는 걸 못 보면 나라도 해야지, 동거중인 다방 마담에게 전화를 걸어 빨리 오라고 닦달을 해댄다. 선기의 성화에 다방 마담은 영업도 끝내지 않고 달려온다. 방문을 열기가 무섭게 멧돼지처럼 달려드는 선기. 아이, 왜 이래…… 선기의 가슴팍을 꼬집으면서도 팬티를 벗기는 선기의 수고를 조금이라도 덜어주고자 엉덩이를 번쩍 들어주는 다방 마담. 아, 이이가 오늘은 왜 이렇게 열정적일까? 모처럼 맛있는 성생활을 만끽한 다방 마담, 이제는 선기보다도 더 간절히 바라는 것이다. 뭘 바라는데? 그야, 포르노 시디를 보겠다는 거지. 다방 마담 생각에는 그랬다. 포르노 시디를 보기도 전에 이 정도면 본 다음에는 어느 정도라는 말인가? 그래서 둘은 포르노 시디를 보기 위하여 컴퓨터를 다룰 줄 아는 인물을 수배한다. 전문대에 다니는 고물상 주인 아들을 특별 초빙해 윈도우 미디어 플레이어의 작동법을 배우고, 그 작동법을 공책에 빠짐없이 적어놓기까지 한다. 고물장수와 다방 마담이 갑자기 컴퓨터를 사용하고자 하는 이유가 포르노 시디 때문이라는 것을 알게 된 이 대학생, 방문을 닫으며 한마디 내뱉는다.

"인터넷에 들어가면 이런 건 수백 개도 더 있어요. 다 공짠데……"

순간, 선기와 다방 마담의 눈에 느낌표가 여러 개 뜬다.

공짜!!!!!

그날로 전화국에 전화를 걸어 인터넷을 설치한 선기. 비록 포르노 시디에서 비롯되었다고는 하지만 자신이 인터넷을 하고 있다는 생각을 하자 또 선기는 가슴이 뻐근하다. 고물장수를 해도 남들은 트럭 몰고 다니는데 자기는 여전히 리어카나 끌고 있어 겉으로 내색은 안 하지만 속으로는 낙오자라는 생각을 항상 하고 있던 선기였다. 뒤처지지 않고 시대의 변화에 발맞추어 뛰고 있구나, 긍지라고 불러도 좋을 희열이 선기의 전신을 꿰뚫고, 다방 마담과 선기는 인터넷의 바다를 향하여 힘차게 마우스를 휘젓기 시작한다.

검색창에 '섹스(SEX)'라고 치고, 어찌어찌해서 포르노 사이트에 접속을 하긴 했는데 뭘 좀 제대로 보려고만 하면 회원가입을 하란다. 시작을 안 했으면 몰라도 도중에 관둘 수야 없지, 선기는 회원가입을 한다. 회원가입을 했더니 이번에는 결제를 하란다. 신용카드가 있을 리 없는 선기, 화가 머리끝까지 나서 컴퓨터를 박살내려고 하는데 "이거, 이거!" 다방 마담이 신용카드 한 장을 들이민다. 평소라면, 이게 뭐냐, 너, 나 모르게 딴 주머니 차고 있었냐, 마담 배때기에 돌려차기를 해줬을 선기이지만 때가 때이니만큼 참는다.

모니터 앞에 한동안 붙박여 앉아 있던 두 사람, 똑같이 일그러진 얼굴로 서로를 쳐다본다. 둘의 눈에 똑같은 느낌표가 여러 개 뜬다.

뭐가 이래!!!

보긴 봤는데 어째 입맛만 버린 느낌이다.

내일은 이런 거 말고 확실한 걸로 보자구!

둘은 내일의 확실한 포르노를 꿈꾸며 화끈한 섹스를 나눈다.

'그들도 가끔은 포르노그래피를 꿈꾼다' 라고, 제목까지 미리 붙여둔 이 소설이 그럼 그냥 이렇게 끝나고 마는가? 물론, 아니다.

1970~1980년대의 영등포 일대의 모습이라든지, 1975년 이후의 그 어느 시기, 영식이 아저씨가 영등포로 흘러들어와 고물장수를 하게 되었을 그 어느 날부터 지금 현재에 이르기까지의 내가 모르는 이곳의 속내는 또 이 소설과 무슨 상관인가?

'그들도 가끔은 포르노그래피를 꿈꾼다' 라는 제목의 소설을 통해 나는 표현하고 싶었다. 우리는 컴퓨터나 인터넷, 포르노로 대표되는 디지털 시대에 살고 있다. 그러나 우리 주변에는 디지털 시대의 상징인 컴퓨터나 인터넷, 포르노와는 아무런 상관이 없는 삶을 살고 있는 사람들도 분명히 존재한다. 디지털의 세계로 편입되지 못한 채 금 밖으로 밀려났다는 상실감에 젖어 살던 한 주변인이 어느 날 우연히 디지털 세계로 들어가는 입장권을 손에 쥐게 된다. 모든 것이 0과 1로 단순화되는 디지털 세계의 일원이 되기 위해 이제 이 주변인은 자신을 어떻게 변화시키는가? 자신의 삶에서 무엇을 도려내는가?

소설의 바로 그 부분에서부터, 과거의 영등포의 모습, 아날로그 시대의 삶이 나와줘야 했다. 선기의 생활상의 변화는 영등포의 변모와 맥이 닿아 있어야만 했다. 내가 1970~1980년대에도 리어카를 끌고 영등포 일대를 제집 안마당처럼 돌아다닌 고물장수, 영등포의 변모에 발맞추어 자신도 변화했고 또 그 변화의 내력을 내게 들려줄 수 있는 고물장수, 영식이 아저씨를 만나고자 한 것은 그 때문이었다.

구상중인 소설, 「그들도 가끔은 포르노그래피를 꿈꾼다」의 내용이라든가 주제를 어떻게 설명해야 하나. 내가 노트북 자판을 내려다보고 있는데 영식이 아저씨의 핸드폰이 울렸다.

"간다, 금방 간다."

집에서 걸려온 전화인지, 영식이 아저씨의 입가에 아랫목 같은 미소가 번지고 있었다.

핸드폰 폴더를 닫으며 영식이 아저씨가 내 쪽으로 상체를 바싹 붙여왔다. 들릴 듯 말 듯 나직하게 물었다.

"너…… 정아 얘기는 왜 안 묻냐?"

영식이 아저씨의 전혀 엉뚱한 질문에 나는 뒤로 물러났다. 군데군데 비닐이 벗겨져 있는 의자 등받이에 머리를 기대고 말았다.

지금 이 순간 정아라니!

영식이 아저씨가 말하는 정아는, 한동네 살던 정아라는 여자아이의 엄마였다. 동네 사람들 모두 정아 엄마를 "정아야!" 하고 불렀다. 심지어는 어린아이들까지도.

"잘 만났다고 생각한다. 잘했다고."

영식이 아저씨의 목소리에는 이제 막 무거운 짐을 내려놓은 사람의 안도감 같은 것이 배어 있었다. 나는 영식이 아저씨의 얼굴에서 시선을 비껴 영식이 아저씨 앞으로 밀어놓은 녹음기를 내려다보았다.

이쪽에서 저쪽으로 테이프는 일정한 속도로 돌아가고 있었다. 마지막 한 바퀴를 남겨놓고도 저 테이프는 돌아갈 것이고, 마지막이 되어 녹음 버튼이 위로 튀어올라갈 때까지 외부로부터 입력되는 소리를 제 살갗에 아로새기는 일을 멈추지 않을 것이다. 그러나 마지막 한 바퀴를 돌아 일단 녹음 버튼이 위로 튀어올라가면 테이프는 멈춘다. 누군가 리와인드 버튼을 눌러 테이프를 되돌려 감지 않는 한 더는 녹음이 불가능하다.

지금 영식이 아저씨는 리와인드 버튼을 누르려 하는 것이다. 끝까지 돌아간 테이프를 되돌려 감은 뒤에 또 한번 녹음 버튼을 눌러 모든 것을 처음부터 다시 시작하려는 것이다.

나는 영식이 아저씨가 그런 짓을 하도록 내버려두고 싶지 않았다. 테이프를 되돌려 감듯, 지나온 삶을 되돌려 감을 수 있는 사람이란 그 인생에 아직 시간이 남아 있는 사람이니까. 그러나 내가 기억하는 한 사람, 그는 리와인드 버튼을 한번 더 누를 시간마저 갖지 못했다. 설령 이제 누군가가 그를 기억해내어 그를 대신해 리와인드 버튼을 눌러준다 해도 끝까지 돌아간 그의 테이프는 절대로 되감을 수 없는 것이다. 그 사람은…… 죽었으니까.

나는 노트북의 전원을 껐다. 영식이 아저씨에게서는 어떤 말도 더는 듣고 싶지 않았다. 영식이 아저씨가 어떤 말을 한다 해도 죽어 땅속에 묻힌 그 사람, 정아 아버지는 살아 돌아오지 않는다. 죽음 앞에서는 어떤 말도 변명일 뿐이다. 참회를 하고 눈물을 흘려도 여기, 살아 숨쉬는 자의 참회와 눈물은 트로피를 거머쥔 승리자의 한때의 도취일 뿐, 그 이상도 그 이하도 아니다.

그런데, 잘 만났다고 생각한다니, 잘했다니!

나는 '정아' 라는 한마디에 갑자기 날이 서버린 내 마음처럼 영식이 아저씨를 향해 곧추서 있는 노트북의 모니터를 내려닫았다. 노트북의 은빛 표면 위로 영식이 아저씨의 얼굴이 어른거리고 있었다. 영식이 아저씨가 입술을 달싹였다. 노트북 표면 위에 맺혀 있던 얼굴 윤곽이 뭉개졌다.

"죽는 바람에…… 인자, 정아 아버지가 죽었으니까……"

죽었으니까…… 그 다음에 이어질 말이란, 정아 아버지가 죽었으니까, 정아 엄마랑 아예 살림을 차렸다, 쯤 되는 것일까?

나는 잔병치레가 잦은 아이였다. 자주 배가 아팠고 열에 들떠 헛것을 보곤 했다. 배꼽 아래에서 나도 모르는 그 무엇이 나를 잡아뜯으면 나는 맹렬한 살의를 느끼곤 했다.

죽어버려!

지금 내 뱃속에서 나를 쥐어뜯고 있는 저 정체 모를 통증…… 나쁜 짓을 한 것도, 내가 원한 것도, 내가 선택한 것도 아닌데 불쑥불쑥 나를 찾아와 들쑤셔대는 저 통증…… 동그랗게 말아쥔 주먹에 힘이 들어가고, 익숙하면서도 매번 낯설기만 한 저 통증을 향해 나는 주먹질을 했

다. 내 몸이 아파야 한다면 차라리 내 주먹으로 두들겨패서 내가 내 몸
에 멍을 만들리라, 내 배를 내 주먹으로 두들겨패다 아, 신음을 내뱉으
며 깔아놓은 요 위로 나자빠지면 콧구멍 가득 곰팡이 냄새가 들어찼다.

천장에서 내가 누워 있는 방바닥으로 검푸른 곰팡이가 뻗어내려오고
있었다. 얼마 가지 않아 나도 저 벽지처럼 떨어져나갈 것이다, 너덜너
덜해질 것이다. 천장에서 뻗어내려온 곰팡이가 내 몸을 뒤덮고, 참을
수 없는 그 무엇이 응어리가 되어 올라왔다.

내가 방문을 열고 뛰쳐나가 부엌 수챗구멍에 몸속의 것들을 다 게워
냈을 때, 누군가 내 목덜미를 잡아챘다. 팔에 오소소 잔소름이 돋아나
있었다. 나는 토사물이 묻어 물기로 번들거리는 내 입을 틀어막았다.
등 돌려 바라본 그곳에서…… 내가 이제 막 뛰쳐나온 골방과 똑같이
검푸른 곰팡이가 뻗어내려오고 있는 옆방에서…… 그는, 정아 아버지
는 허공을 향해 손 하나를 치켜들고 있었다. 그 손으로 무언가를 가리
키는 듯도 했고, 그 손을 제발 잡아달라는 듯도 했다.

나는 그 손이 가리키는 곳을 따라가 죽음을 눈앞에 두고도 정아 아버
지가 내게, 아니 그 아무에게라도 필사적으로 보여주고자 했던 것이 무
엇이었는지 볼 수도 있었다. 정아네 방으로 뛰어들어가 허공을 향해 들
어올린 그의 손을 잡아줄 수도 있었다. 그도 아니면 아직 입을 벌려 삶
을 들이마시고 있는 그의 곁으로 다가가 그의 마지막 말을 들어주었을
수도 있었다. 움직이지 않는 그의 입술을 대신해 내가, 내가 소리쳐주
었을 수도 있었다. 그의 마지막 말을 들어주지 못한 그의 아내의 귀와
치켜든 그의 손을 잡아주지 못한 그의 아내의 손과 그가 필사적으로 가

리키고 있는 곳을 보지 못한 그의 아내의 눈을 향해 비수를 던져줄 수도 있었다. 돌이킬 수 없는 말로 그의 아내의 인생을 갈가리 찢어놓을 수도 있었다.

그러나 당시, 나는 겨우 초등학교 이학년 계집아이에 불과했다.

온몸이 덜덜 떨렸다. 다리에 힘이 풀려 앉은 자리에서 한 걸음도 움직일 수 없었다. 부엌 수챗구멍 앞에 멍하니 앉아 내가 게워낸 밥알들 위에 내려앉은 파리들을 내려다보는 것 말고 내가 할 수 있는 일이라고는 없었다.

짐승처럼 기어 나는 방으로 되돌아가 요 위에 누웠다. 천장에서 방바닥으로 뻗어내려오고 있는 곰팡이를, 그것들이 벽지 위에 휘갈겨놓은 무늬들을 나는 바라보았다. 그러나 아무리 들여다봐도 그 무늬들이 무엇을 뜻하는지 알 수 없었다. 그런데도 나는 눈이 시뻘겋게 충혈될 때까지 해독이 불가능한 그 무늬들을 올려다보고 있었다. 무엇에라도 집중하고 있지 않으면 벽 하나를 사이에 두고 저 옆방에 도사리고 있는 죽음이 저 곰팡이들처럼…… 내게로 뻗어올 것만 같았다.

죽음과 벽 하나를 사이에 두고 나란히 누워 있는 사람이 왜 꼭 나여야만 하는지, 억울해서……, 눈물이 났다. 무슨 나쁜 짓을 저질러 내가 이런 벌을 받는 거라면, 그렇다면, 저 벽 너머에 널브러져 있는 정아 아버지는 무슨 나쁜 짓을 한 걸까?

정아 아버지는 청소부였다. 정아와 정선이, 두 계집애의 아버지였다. 지능이 모자라 어린아이들에게서조차 "정아야!" 하고 아이 취급을 받는 여자의 남편이었다. 간경화에 걸려 앓다가 어느 날 그 빈손에 죽음을 움켜쥐고 간 남자였다.

　어스름 여명을 뚫고 나가 쓰레기차와 함께 뒹굴다 돌아온 정아 아버지가 부엌문을 열면 온 집 안에 쓰레기 냄새가 났다. 정아네 방과 우리 식구가 세 들어 살던 방은 부엌 하나를 사이에 두고 서로 마주 보고 있었는데 두 집이 부엌 하나를 같이 사용했다. 아궁이 옆에 밀어놓은 정아네 냄비 바닥에는 늘 김칫조각이 말라붙어 있었고, 수챗구멍 앞에 던져놓은 정아네 양동이 속에는 밀린 설거짓거리가 수북했다. 정아 아버지의 손에는 늘 김칫국물이나 고춧가루가 묻어 있었다. 정아 아버지가 아궁이 앞에 달라붙어 김치를 썰어 찌개를 끓이고, 수챗구멍 앞에 쪼그려 앉아 말라붙어 잘 떨어지지 않는 밥알을 수세미로 긁어내고 있으면 부엌으로 나 있는 방문 안쪽에서 나직한 휘파람 소리가 흘러나왔다. 봄이면 산으로 나물을 뜯으러 갔다던 봄처녀들의 노랫소리가 저러하지 않을까, 싶을 만큼 흥이 나는 가락이었다.

　거울 앞에 달라붙어 휘파람을 불던 정아 엄마가 문턱까지 걸어나와 "바압……" 하고 아이처럼 조르면 정아 아버지의 얼굴은 그냥 그대로 꽃밭이 되곤 했다. 이제 막 화장을 끝내고 나와 문턱에 서서 정아 아버지를 내려다보던 정아 엄마는 봄처녀보다도 더 화사했다. 정아 엄마는 내 유년의 기억 속의 어떤 여자들보다도 아름다운 입술을 가진 여자였다. 양동이 앞에 쪼그려 앉아 수세미를 든 채 정아 엄마를 올려다보던 정아 아버지의 모습은 내게 늘 노트르담의 꼽추를 연상시켰다. 정아 엄마의 꽃처럼 붉은 입술이 벌어져 끝이 살짝 말려올라가고 그 입술을 바라보는 정아 아버지의 눈빛에 이상한 열기가 감돌면, 정아 아버지 옆에 붙어앉아 함께 설거지를 하고 있던 나는 괜히 사타구니가 가려워지곤 했다.

어쩌면 정아 아버지의 잘못은 그 냄새…… 퀴퀴하고, 씻어도 없어지지 않고, 사람의 마음을 바닥으로 곤두박질치게 만드는 그 쓰레기 냄새를 집 안까지 끌고 들어온 것인지도 모른다. 일을 끝내고 돌아와 정아 아버지가 비누거품을 많이 내어 세수를 하고 있으면 "으, 지독해!" 일부러 정아 아버지 보라는 듯이 나조차도 코를 틀어막지 않았던가.

정아 아버지의 몸에서 그 냄새가 나지 않았다면, 내가 코를 틀어막지 않았다면, 그랬다면, 정아 아버지는 죽지 않았을까?

열어놓은 창문으로 흘러들어오는 햇살과 검푸른 곰팡이와 부엌 수챗구멍에 토해놓은 밥알들 위를 떠도는 쇠파리떼의 붕붕거리는 날갯짓 소리와 삶이 빠져나간 육체에서 스멀스멀 피어올라온 죽음의 기운이 한데 뒤섞여 내 목을 옥죄고 있었다.

무언가를 찾듯 허공을 뒤적이다 죽음을 움켜쥔 정아 아버지 곁에서 내가 내 몫이 아닌 두려움에 치를 떨며 내 배를 주먹으로 때려대는 동안, 정아 아버지가 숨을 거두며 그토록 붙들고자 했던 그 아내의 손을 그 순간에 꽉 틀어쥐고 있던 사람, 그 사람이 영식이 아저씨, 바로 당신이 아니었던가.

그러고 보면, 내가 「그들도 가끔은 포르노그래피를 꿈꾼다」라는 소설을 구상하면서 굳이 영식이 아저씨를 만나려고 한 데에는 나조차도 의식하지 못한 다른 이유가 하나는 더 있었나보다. 토박이 고물장수라면 승배 아저씨도 있지 않은가.

죽어가는 남자의 아내를 끌어안고 그 여자의 몸 어디에 씨앗이 심어져 있는지, 어디에 물을 주어야 그 씨앗이 자라 꽃을 피우고 열매를 맺는지, 여자의 남편보다도 그 여자의 몸을 더 많이 알아버린 영식이 아저씨야말로 「그들도 가끔은 포르노그래피를 꿈꾼다」의 고물장수, 선기가 아니겠는가. 영식이 아저씨와 정아 엄마야말로 오로지 내일의 확실한 포르노만을 꿈꾸며 온갖 체위가 난무하는 모니터 앞에 붙박여 앉아 있는 고물장수 선기이고 다방 마담이 아니겠는가.

배꼽 밑에서 나도 모르는 그 무엇이 나를 잡아뜯기 시작했다. 아홉 살의 여름, 내 몸에 콱 박혀버린 응어리가 목젖까지 치밀어올라왔다.

그래, 어디 한번 떠들어봐라.

움직이지 않는 정아 아버지의 입술을 대신해 내가 소리쳐주리라. 그의 마지막 말을 들어주지 못한 그의 아내의 귀와, 그 귀를 핥던 당신의 입술과, 허공을 헤매던 그의 손을 잡아주지 않은 그의 아내의 손과, 그 손이 어루만지던 당신의 가슴을 향해 이제라도, 내가, 비수를 꽂으리라. 나는 영식이 아저씨의 눈을 똑바로 들여다보았다.

"정아가 여섯 살, 정선이가 세 살 때…… 내가, 정아를 만났다. 마, 나한테도 여자가 있었다. 부천에서 함양 여자랑 동거생활을 하는디, 인자, 정아 아버지가 죽었으니까, 그 바람에 내가…… 부천 일신동에서 동거를 하면서 정아 엄마를 만나고 있었는데…… 정아 아버지 죽는 날에도, 장례식에도 나는 안 갔다. 이런 생각, 저런 생각 하다가, 안 되겠다! 그때 내가 부천에서 헌책방도 하나 가지고 있었는데 그 여자한테

이거 너 다 가져라, 나는 영등포로 갈래, 그길로 정아랑 살아버렸다. 그렇게 정아랑 산 게 이십 년이 넘었다. 그 헌책방을 함양 여자한테 넘겨주면서 헤어지자고 그랬더니 그 여자가 쉽게 보내주더란 말이지. 나중에, 십칠 년 전에 함양 여자 오빠가 내한테 말해주더라. 십칠 년 전에 나도 내 아들이, 내한테도 핏줄이 있다는 걸 알고 있었다. 보고 싶어도, 안 만났다. 이 세상에 내 핏줄이 있다는 걸, 알고만 산다. 정아 아버지가…… 마, 죽었으니까……"

영식이 아저씨의 눈가를 가득 메운 잔주름들 위로 붉은 기운이 퍼져가고 있었다.

나는 이 사람을 알고 있었나. 알기는 했었나.

군인 모자를 삐딱하게 쓰고 다니던 고물장수, 욱하는 제 성질을 참지 못해 늘 주먹다짐을 하던 불한당, 남의 아내와 눈이 맞아 살림을 차려버린 망나니, 그것이 네가 영식이 아서씨에 대해 알고 있는 전부였다. 나는 영식이 아저씨가 마산의 대산중학교를 나와 창신고등학교를 중퇴했다는 사실도 몰랐고, 영식이 아저씨의 이마 한가운데 움푹 패어 있는 상처가 재건대 양아치들과 신문지 한 장을 놓고 싸우다 그쪽에서 던진 집게에 구멍이 뚫린 자리였다는 사실도 몰랐다. 그리고 또 나는 "정아 아버지가 죽었으니까……" 그 다음에, 죽음 다음에 이어질 말이란 이 세상에 존재하지 않는다는 사실을, 영식이 아저씨는 벌써 이십 년 전에 알아버렸다는 것도 모르고 있었다.

정아 아버지가 죽었으니까, 이제 모든 것이 죽음과 삶으로 나뉘어버린 세계에 영식이 아저씨는 내던져졌다. 그곳에서 살아가기 위하여 영

식이 아저씨는 자신의 아들 말고도 또 무엇을 그의 삶에서 도려내었을
까?

　정아 아버지의 죽음에 자신의 삶을 이어붙여 영식이 아저씨는 다른
남자의 아내를 위해 리어카를 끌고 다른 남자의 딸들을 위해 고물을 쓸
어담았다. 정아 엄마와 함께 산 이십여 년의 세월이 영식이 아저씨에게
는 정아 아버지의 죽음 뒤에 이어질 말을 대신하는 삶에 다름아니었다
는 사실을 알게 된 순간부터, 내가 쓰고자 했던 소설은 가짜가 되어 있
었다.

　모든 것이 0과 1로 단순화되는 디지털 세계의 일원이 되기 위해 자
신의 삶을 변화시키는 한 주변인의 이야기란, 죽은 자에게 목덜미를 잡
혀 자신의 삶으로 죽음을 대신해야 했던 영식이 아저씨의 이십 년 세월
앞에서는 가짜일 수밖에 없었다.

　영식이 아저씨를 만나 무엇을 알려고 했었는지, 지금 내가 이 자리에
왜 앉아 있는지, 무엇을 써야 할지도 더이상 떠오르지 않았다.

　"내 취직했다. 공장이 이사를 가면 있쟈, 큰 기계는 못 옮겨. 우리가
그런 기계 옮겨주고 조립까지 해준다. 여기, 저기, 지방으로 많이 도는
데, 요새는 있쟈, 내 월급날을 알아가지고 정아가 찾으러 오든가, 은행
으로 부치라고 그런다. 정아가…… 생활력은 강해. 살림도 깨끗이 잘
하고."

　영식이 아저씨가 입고 있는 점퍼 왼쪽에 세계중량(주)라고 씌어 있
었다. 웃통을 벗어젖힌 가슴팍의 문신을 세계중량(주)라는 글자가 대
신하고 있었다. 군인 모자가 삐딱하게 매달려 있던 자리에는 대신 흰머

리가 돋아나 있었고, 주먹을 꽉 쥐어 깨진 병조각을 움켜쥐던 손에는 핏방울 대신 잔주름들이 흐르고 있었다.

영식이 아저씨는 내게 명함 한 장을 내주며 혹시라도 소설을 쓰다가 앞뒤가 맞지 않는다든지, 알고 싶은 것이 있다든지 하면 언제든 핸드폰으로 전화를 하라고 했다. 들러서 가져갈 것이 있다면서 영식이 아저씨는 고물상을 향해 걷기 시작했다. 나는 영식이 아저씨를 등지고 걸어가 시장과 아파트 단지로 통하는 골목 사이에 무슨 경계선처럼 버티고 있는 건널목 앞에 섰다.

건널목 저편에서는 어둔 밤에도 공사가 한창 진행중이었다. 영세민 임대아파트를 헐고 그 자리에 스포츠센터를 짓고 있었다. 새로 살림을 시작하게 된 아파트 단지 내의 아주머니들은 오가다 마주치면 안부 대신 스포츠센터의 완공일자를 묻곤 했다. 내 눈은 수영장과 헬스, 어쩌면 골프 연습장이 들어설지도 모른다는 스포츠센터의 공사 현장을 바라보고 있었고, 내 손은 호주머니 속에 들어 있는 테이프를 만지작거리고 있었다.

내가, 1975년 4월 28일에 신체검사를 받았다는 한 남자의 생이 이쪽 원에서 저쪽 원으로 건너가고 있는 테이프를 매만지며 가짜와 진짜, 이쪽과 저쪽, 그 사이에서 소설의 자리는 어디인가, 혼자 묻는 사이에 신호등에 파란 불이 켜졌다.

건널목 저편에서, 신호등의 보행신호 속에서 한 사람이 한결같은 자세로 걷고 있었다. 보행신호 속에서 걷고 있는 한 사람의 모습 위로 새벽일을 나가던 정아 아버지의 모습이 겹쳐졌다. 비질을 하고 있는 정아

아버지의 구부정한 등 위로 리어카를 끌고 맑은 쇠를 모으러 가는 영식
이 아저씨의 모습이 겹쳐졌다.

　신호등의 파란 불이 깜빡거리고 있었다.

　나는 호주머니 속에 든 테이프를 가만히 움켜쥐었다. 검푸른 곰팡이
가 뻗어내려오고 있는 골방에서 숨을 거두며 정아 아버지가 허공을 향
해 치켜든 손, 그 손으로 가리키고자 했던 그 한곳을 향하여 나는 걷기
시작했다.

미니 초코파이

미니 초코파이의 포장을 또 한 개 벗긴다.
밥상 위에 떨어진, 초콜릿이 조금 묻어 있는 빵 부스러기를 줍는다.
손가락에 묻는 초콜릿. 순간 나는 멍해진다.

1

미니 초코파이의 포장을 벗긴다. 1999년 02월 06일. 유통기한 12개월. 오리온. 1박스 12개 입. 낱개 포장. 미니 초코파이를 먹는다. 혀끝에 달콤한 초콜릿이 묻어나온다. 입 안 가득 초콜릿향이 퍼진다. 입 안 가득 퍼지는 초콜릿향을 꼭꼭 씹는다. 곧 부서지는 향기.

세상은 아주 무서워. 그건 고래 같은 거야. 『백경』에 나오는 그 흰 고래 말야. 유령처럼 끈질기게 쫓아오고 또 쫓아가야 해. 암, 그렇고말고. 그래서 그놈의 등짝에다 죽창을 꽂고 그놈이 죽어가며 요동칠 때마다 갈라지는 파도를 타는 거야. 그 높은 파도를 말이야. 그가 어른처럼 말하면, 나는 그의 품속에 안겨 내 손바닥 안에서 커지고 있는 그의 것이 고래일까, 생각하곤 했다. 내가 그런 생각을 하고 있을 때면, 그는 죽어가는 고래 등짝에 죽창을 꽂은 승리자가 큰 파도에 흔들리는 것처럼 몸을 떨며 방바닥의 일부처럼 늘 깔려 있는 이불 위로 하얀 정액을 뿌려 대곤 했다.

그는 세상이라는 고래의 등짝에 정말로 죽창을 꽂아버릴지도 몰라. 축 풀어진 그의 다리가 내 허벅지에 올려지고 쉴새없이 떠들던 그의 입이 허공을 향해 벌어지면, 그의 배 밑에 깔린 난 상상하곤 했다. 지금 난 뗏목이야. 개줄처럼 그의 허리를 졸라매고 있는 허리띠를 풀어 죽창처럼 휘두르며 고래를 잡으러 가는 거지. 그럼 난 내 등에 매달린 그를 안심시키고 인디언처럼 용감하게 죽창을 휘두르며 고래를 향해 전진, 전진, 전진을 하는 거야. 그럼 그 거대한 흰 고래가 줄행랑을 치고 나는 계속 뒤쫓아가지. 그런데, 꼭 거기서가 문제야. 약삭빠른 그놈은 도망을 치다가도 옆으로 돌아서는 꼭 우리 방으로 뛰어들어와 방문턱을 훌쩍 넘어가버리는 거야.

그럼 난 죽창을 휘두르며 뒤쫓아가다가도 늘 거기에서 그놈을 놓쳐버리곤 했다. 방문턱을 넘는다는 건 상상 속에서도 금지된 일이기 때문이다. 문턱을 넘어서면 그곳엔 진짜 무서운 세상이라는 고래가 있기 때문이다. 또 나는 한 번도 저 문턱을 넘어본 적이 없기 때문이다.

미니 초코파이의 포장을 벗긴다.

식탁이랄 것도 없는 밥상 위에 떨어진, 초콜릿이 조금 묻어 있는 빵 부스러기를 줍는다. 손가락에 묻는 초콜릿. 끈적끈적한 느낌. 이런 걸 촉감이라고 부를 수 있는 걸까? 순간 나는 멍해진다. 그래, 난 매달려야 했어. 우리가 숨어 있던 방, 넘어서는 안 될 선, 그 방의 문턱을 그가 넘어서려 할 때 울며 매달려야 했던 거야. 그날, 우리의 모든 것이 무너지는 순간은 어쩜 그렇게 아무 일도 없는 것 같았을까?

미니 초코파이 정도야 하나 더 먹어도 상관없어. 어차피 이젠 저 문턱을 넘어 들어올 사람은 없는걸. 나는, 정말? 이라고 되묻는다. 그래, 이제 저 문턱을 넘어올 사람은 없는 거야. 그날 뗏목을 만들어 타고 흰 고래를 잡으러 지중해의 바다까지 갔다가 쫓기던 고래가 문턱만 넘어가지 않았어도 그는 떠나지 않았을 텐데. 늘 해오던 상상이었는데, 왜 그날은 유독 그렇게도 그 고래를 쫓아가고 싶었는지.

2

"세상이 뭔지 알아? 세상은 신문이야."

그와 난 우리들의 방에서 함께 저녁을 먹었다. 그를 위해 눈까지 말라버린 멸치의 배를 가르고 그를 위해 파란 福자가 씌어진 수저를 챙겼다. 그의 손에 들린 수저와 그의 입술 사이에서 튀어나오는 세상, 신문 속에 있다는 그의 세상은 우걱우걱 소리를 내며 하얀 밥알들을 씹어삼켰다. 스테인리스 수저 위의 밥, 그의 입술 사이에서 튀어나오는 세상의 부스러기들. 나는 갑자기 배가 아팠다. 자리에서 일어났다. 그는 스테인리스 수저를 들고, 왜? 라고 물었다.

"배가 아파."

내가 말했다. 곧 후회했지만 이미 내 입속에서 튀어나간 그 말의 파편 몇 개가 그의 귓속에 자리를 잡아버린 후였다.

"지금, 밥상 앞에서 배가 아프다고 말하는 거야? 내 밥이 아직 이렇게 남았는데, 배가 아프다고 말한 거야?"

황급히, 나는 다시 밥상 앞에 가 앉았다. 그는 파란 福자가 씌어진 스테인리스 수저를 다시 입속에 밀어넣었다. 그가 밥공기를 싹싹 비울 때까지 그의 입속으로 들어가는 하얀 밥알을 보며 나는 웃고 있었다.

배가 아픈 건 이유가 될 수 없어. 난 그가 원하는 곳에 있어야만 해. 그는, 아직 밥을 다 먹지 않았잖아.

3

나의 아버지는 나의 엄마를 사랑하셨다. 나의 아버지는 아버지의 차를 대하듯 나의 엄마를 대하셨다. 아버지의 타이탄 트럭은 아버지의 발이 브레이크를 밟으면 곧 멈춰 서고 아버지의 발이 액셀을 밟으면 앞으로 나아갔다. 아버지의 손이 오른쪽으로 핸들을 꺾으면 오른쪽으로, 왼쪽으로 꺾으면 왼쪽으로.

아버지의 트럭은 나의 엄마가 그러했듯이 온전히 아버지의 것이었다. 아침이면 나의 엄마는 아버지의 손과 발이 이끄는 대로 움직이는 아버지의 차를 타고 어딘가로 함께 떠나셨다. 아버지의 트럭이 시장 밖으로 사라지면 여름의 건조한 먼지가 문 앞에서 흩어지곤 했다. 그런 날 비가 내린 기억은 없다. 그래서일까? 아버지의 타이탄 트럭은 늘 뿌연 먼지와 함께 기억 속에 나타난다.

아버지의 차. 밤이면 늘 진흙을 묻히고 돌아오던 아버지의 트럭은 지친 적이 없다. 그것은 늘 지치지 않고 진흙을 묻히고 돌아왔다. 아버지의 트럭이 문 앞에 서면 지친 얼굴로 트럭에서 내린 나의 엄마와 나는 이빨을 닦듯 아버지의 차를 닦았다. 밤이면 아버지의 트럭에서 하얀 비누거품들이 까맣게 변해서 흘러내리는 걸 보곤 했다. 엄마와 나는 아버지의 트럭에서 흘러내린 검은 물을 양동이에 받아들고 집으로 돌아오곤 했다.

4

그가 밖으로 나가고 나면, 나는 우리들의 방에 남아 그가 남기고 간 신문을 뒤적였다. 거기 세상이 있어. 그는 그렇게 말했다. 나는 그가 흘리고 간 세상이 있나 몰래 신문을 뒤져보곤 했다. 그가 말한 세상은 꺼끌꺼끌한 촉감으로 손끝에 닿았다. 그러면 난, 그가 말한 세상이 어디 있나 보려고 신문을 뒤적이다가도 곧 다시 그를 생각하게 되었다.

"세상이 뭔지 알아? 세상은 신문이야."

우리들의 방에 앉아 그는 늘 그렇게 소리쳤다. 그렇게 소리치다 그가, 보던 신문을 집어던지고 그 위에 나를 내동댕이치면 나는 그 신문 위에서 그를 받아들이곤 했다. 그럴 때면 기분이 좋았다. 내 눈에는 보이지 않는, 신문 속에 있다는 세상이 내 등에 닿는 꺼끌꺼끌한 느낌이 나를 기분좋게 했다. 그가 심하게 요동치며 나를 내리누를 때면 나는 좋아서 환호성이라도 지르고 싶었다. 좀더 세게 나를 내리눌러주었으면. 그래서 신문지 위의 검은 글자들이 등에 문신처럼 박히게 되면 신문지 속의 글자들이, 그 속의 세상이 모두 내 것이 아니겠어? 혼자서 그런 생각을 하다보면 호호호 웃음이 나오곤 했다. 그렇지만 단 한 번도 소리내어 웃어본 적은 없다. 섹스 도중에 웃다니. 그건 그야말로 무식한 짓이다. 그는 무식한 여자를 싫어한다. 섹스 도중에 신음소리를 내는 여자도 그는 용서하지 못한다. 섹스 도중에 신음소리를 내는 건 배우지 못한 여자의 짓이다. 그리고 그는 그 생각에 믿음을 갖고 있다. 어쩌다 나의 벌어진 입술 사이에서 신음소리가 새어나오는 날이면 그는 용서하지 않았다. 그의 늠름한 주먹이 얼굴로 날아오곤 했다. 물론 그의 주먹질이 싫은 건 아니다. 그의 손은 주먹을 꼭 쥐면 파란 힘줄이 울퉁불퉁 튀어나오는 게 여간 늠름한 게 아니어서 나는 그 파란 힘줄을 보고 싶어서 일부러라도 맞고 싶었으니까. 그러나 그런 날이면, 그의 늠름한 주먹이 남긴 시퍼런 멍자국은 참을 수가 있었지만, 그가, 나를 무식한 여자라고 생각하게 되는 것만은 참을 수 없었다.

5

　엄마는 내 머리를 빗어주시길 좋아하셨다. 엄마의 빗이 내 머리카락을 헤치고 들어와 엉켜 있는 머리카락들을 빗어내리면 머리카락들이 풀어지는 소리가 났다. 엉켜 있던 머리카락들이 풀어지는 소리는 가끔

옷 벗는 소리를 내기도 했다. 그럴 때면 옷을 벗고 싶었다. 엄마의 빗질
에 풀어지는 머리카락들처럼 나도 그렇게 옷을 훌훌 벗어버리고 싶었
다. 엄마의 볼에, 엄마의 가슴에, 맨살을 비벼보고도 싶었다.

어느 날인가 나는 엄마의 손에 들려 있던 내 엄마의 빗을 뺏어들었
다. 엄마의 빗으로 내 엄마의 머리를 빗어드리고 싶었다. 나는 내 엄마
가 머리를 빗는 걸 본 적이 없다. 엄마는 늘 빗질이 필요 없는 짧은 머
리에 파마를 하고 계셨다. 엄마의 머리를 빗어드리고 싶었지만 엄마는
내게서 빗을 뺏어들고 다시 내 머리를 빗기기 시작하셨다. 왜 엄마는
머리를 빗지 않으셨던 걸까? 아니, 엄마는 왜 내가 엄마의 머리를 빗기
게 놔두지 않으셨을까?

나의 아버지는 엄마를 사랑하셨고 그분 곁에는 늘 온전히 그분 것인
타이탄 트럭과 부르릉 소리를 내며 흩어지는 뿌연 먼지와 엄마가 있었
다. 뿌연 먼지를 일으키며 아침이면 어딘가로 떠나야 하는 트럭 속에
앉아 있던 엄마의 머리는 그렇게 늘 엉켜 있었다.

6

"그대로 놔둬. 방이 환해지는 거, 뭔가가 이 방으로 들어오는 거 모두
귀찮아졌어."

유진은 자꾸만 블라인드를 걷어올리려고 한다. 유진이 블라인드를
걷어올리려고 했을 때 유진 곁에선 어쩌면 늘 햇빛 냄새가 났었는지도

모르겠다는 생각이 들었다. 유진은 방 바깥에서 들어온 사람이다. 그리고 또 두 아이의 엄마이기도 하다.

내게는 허락되지 않았던 것들을, 왜 너는 그리 쉽게 가질 수 있었니?

유진과 난 초등학교 때부터 단짝친구였다. 나무책상에 금을 그어놓고 어쩌다 그 금을 넘기라도 할 때면 공책이며 옷이며 마구잡이로 칼로 잘라대던 내 짝 남자아이에게서 나를 지켜준 것도, 아버지의 트럭이 뿌연 먼지를 일으키고 떠나간 문 앞에 늘 혼자 앉아 있던 나를 동네 계집아이들의 고무줄놀이에 끼워준 것도 유진이었다. 그후로, 나는 늘상 유진 곁을 맴돌았다.

점심시간이 되면, 유진의 책상에 도시락을 가지고 둘러앉는 아이들 속에 내가 끼게 되기를 바랐다. 혹시라도 늑장을 부리다가 유진 곁에 못 앉게 되는 건 아닐까 조바심을 내며 사교시 수업이 시작되기도 전에 벌써 책상 밑으로 도시락 주머니를 챙겨들고 있던 나는, 늘 아이들에 둘러싸여 있던 유진, 그런 유진이 내 친구라는 사실이 뿌듯했다. 유진 곁에만 있으면 나는 행복했다. 유진이 어디를 가든, 무엇을 하든 나는 늘 그녀를 쫓아다녔다.

"블라인드는 걷지 마."

햇빛. 아기, 유진, 그리고 그, 모두 방 바깥에서 온 사람들. 잠시 들렀다 갈 사람들.

유진은 고개를 끄덕인다.

유진의 고갯짓은 무얼 알았다는 뜻일까?

나는 유진의 고갯짓에 왜 가슴 한켠이 싸하게 저려오는지, 그런 내가 못마땅하다. 아직도 유진이, 그가 걷어주기 전에는 감히 내 방 안의 블라인드조차 걷어올리지 못하는 그런 내가 못마땅하다.

"너, 아직도 이런 것만 먹고 있는 거야? 세상에 남자는 많아. 신문을 봐. 요즘 남자들이 어떤지……"

방바닥에 널려 있는 미니 초코파이를 들고 유진은 말한다. 신문을 봐. 유진에게서 햇빛 냄새가 난다. 방 바깥에서 들어온 여자에게서는 저런 냄새가 나는구나. 유진이 쉴새없이 떠드는 동안 나는 그녀에게서 풍겨나오는 햇빛 냄새를 맡아본다. 그에게서도 이런 냄새가 났었다. 우리가 함께 사랑―나는 그걸 사랑이라고 생각했다―을 나누고 난 후에 그의 등에 송글송글 맺혀 있던 땀방울에서 배어나오던 냄새. 그 작은 땀방울들을 손바닥으로 어루만지며 내 손바닥으로 스며드는 그의 땀방울에 나는 전율했고, 손바닥으로 스며드는 그 땀방울들처럼 그의 몸속에 내가, 내 몸속에 그가 스며들고 있는 거라고 생각했었다. 나는 그의 땀방울에서 배어나오던 그 냄새 속에서 햇빛 냄새를 맡곤 했다. 그것들이 만들어주는 휘황한 빛무리 속에, 그 빛 한가운데 내가 안겨 있는 거라고.

"내 얘기 듣는 거니? 여기, 이 집, 이제 그만 버려. 그 사람 이제 돌아오지 않아. 지금까지 그렇게 기다렸는데 네 아버지란 사람은 또 어땠니? 이제 그만 해."

유진은 여기에 와서 왜 이런 말들을 하고 있는 걸까? 유진은 왜 화를 내는 걸까? 신문을 보지 않는 내가, 떠났던 이들, 아무도 돌아온 적 없는 이 집을 버리지 못하는 내가, 세상에 얼마나 많은 남자들이 있는지 잘 알지 못하는 내가 못마땅한 걸까?

나는 그녀에게서 나는 햇빛 냄새가 싫어졌다.

방 바깥에서 들어온 사람은 그렇게 한바탕 소리를 지르다 나가버린다.

7

아버지가 밥을 드실 때면 엄마는 아버지의 밥공기 가득 담겨 있는 하얀 밥알을 세고 계셨다. 파란 福자가 씌어진 아버지의 수저 속에 들어 있던 한 톨의 밥알까지도 세고 계셨던 게 틀림없다. 아버지와 엄마가 나란히 수저를 들고 함께 밥을 드신 적은 없다. 아버지의 입속으로 들어가는 파란 福자와 하얀 밥알들을 세며, 밥을 드시는 아버지의 밥상 앞에 앉아 있던 엄마. 나는 파란 福자가 씌어진 수저를 갖고 싶었다. 나의 아버지와 내 엄마가 앉아 있는 밥상 앞에 나도 가 앉고 싶었지만 엄마는 내게 파란 福자가 씌어진 수저도 아버지의 방에서 저녁을 먹는 것도 허락해주지 않았다.

아버지의 차를 닦고 난 후 검게 변해버린 비눗물을 양동이에 담아들고 집으로 돌아오면 엄마는 뒤돌아보는 법 없이 곧장 아버지의 방으로 들어가셨다. 방문 앞에 남겨진 나는 방문 앞에 놓인 그분들의 신발을 쳐다보곤 했다. 그런 밤이면 아버지의 방에서 노란 전구불빛이 흘러나왔다. 하얀 창호지를 뚫고 나온 전구불빛이 아버지와 엄마의 신발을 비췄다. 노란 전구불빛이 신발을 비추면 신발 속에서는 행복이라는 단어가 꼼지락거리며 피어오르는 듯했다. 노란 전구불빛이 가 머무는 그 곁에 내 신발도 같이 놓아두고 싶었다. 나는 갖고 싶었다. 나의 아버지와 내 엄마의 신발 사이에 놓여 있는 내 신발. 나란히 놓인 세 켤레의 신발 위에서 노란 전구불빛이 꾸벅꾸벅 졸다가 잠에 빠져드는 모습, 그런 저녁의 기억을.

8

간호사가 들고 나온 컵은 투명한 비닐컵이었다. 간호사가 내게 건네준 투명한 비닐컵을 들고 화장실까지 뻗어 있는 복도를 걸어갔다. 병원 복도에는 많은 사람들이 앉아 있었다. 무슨 병명이든 한 가지씩 얻어가지고 가려고 병원 복도에 앉아 있는 사람들의 시선이 등뒤로 쫓아왔다.

일은 쉽게 진행되지 않았다. 간호사가 준 비닐컵이 너무 하얗기 때문일지도 모른다는 생각을 하며 하얀 비누거품들이 아버지의 차에서 까맣게 변해가던 기억을 들춰내야 했다. 투명한 비닐컵에 노란 오줌방울들이 떨어지기 시작했다. 곧 비닐컵은 노랗게 변했다.

노란 오줌이 든 비닐컵을 들고 복도에 앉아 있는 사람들 앞을 지나쳤다. 얼굴을 돌리거나 고개를 떨어뜨리는 사람들. 남들 앞에 내 오줌을 보이는 것은 생각 밖으로 유쾌한 일이었다. 남자들이 노상방뇨를 하는 이유를 알 것도 같았다. 리어카 뒤 또는 전봇대 뒤에 착 달라붙어 오줌을 누고 있던 남자들은 전봇대를 타고 내려가는 자신의 오줌방울을 내려다보면서 혹시 지나가는 젊은 아가씨나 늙은 할머니가 자신의 물건을 보게 되지는 않나 그런 기대를 하는 건지도 모르겠다. 개중에는 바지를 통째로 내리고 서서 오줌을 누는 남자들도 있었다. 처음 그런 남자들을 보았을 땐 얼마나 얼굴이 달아올랐었는지. 그런지도 모른다. 남자들은 여자들의 얼굴이 홍당무처럼 붉어지는 걸 보고 싶은 건지도. 그래서 전봇대에다 세차게 오줌방울을 뿌려대는 건지도. 그러곤 보란 듯이 자신의 물건을 털털털 털고는 꼭 이쪽으로 돌아서서 바지 지퍼를 올리는 건지도 모른다.

얼굴을 찡그리거나, 보았으면서도 보지 않은 척 시선을 돌리는 사람들의 얼굴은 우스웠다. 간호사 옷을 입은 아가씨들이 모여앉아 있는 접수계 앞을 지나 내 몸에서 나온 노란 오줌방울들이 들어 있는 비닐컵을 들고 진찰실로 들어갈 땐 정말이지 큰 소리로 웃고 싶었다.

그가 방에 들어오면 나는 늘 고개를 떨어뜨리고, 다리를 가지런히 모으고 다소곳이 앉아 있었다. 그는 다소곳이 앉아 있는 여자를 좋아했다. 그가 우리들의 방으로 돌아오면 변기 속에 떨어지는 나의 오줌방울들이 변기 속의 물과 부딪치며 내는 소리에도 나는 숨을 죽였다. 그는 그런 소리는 용서하지 않는다. 그리고 그는 자신의 생각에 확신을 갖고 있다.

내 앞에서 고개를 떨어뜨리는 사람들. 나의 오줌방울들이 변기 속의 물과 부딪치며 내는 소리에도 숨을 죽이는 나, 이런 나에게도 고개를 떨어뜨리는 사람들이 있었다. 그것은 왠지 나를 기분좋게 했다.

의사의 말은 간단했다. 나는 또 아이를 갖지 못했다.

9

아침이면 아버지는 아버지의 트럭에 생선을 가득 싣고 시장 밖으로 트럭을 몰았다. 아버지의 트럭에 실린 생선들은 다들 하나같이 풀린 눈을 한 채로 나를 내려다보았다. 어린 나는 아버지의 트럭을 올려다보며 퀭한 눈의 생선들이 내게 하려고 했던 말이 무엇일까, 하고 하루 종일 생각해보기도 했다.

사람들은 삼십 년 만에 돌아온 무더위라고 말했다. 아버지의 트럭이 대문 앞에서 부르릉 소리를 내며 시동을 걸고 있으면 온 동네가 뿌연 안개에 싸이곤 하던 여름 어느 날부터인가 엄마는 아버지의 트럭에 오를 수 없게 되었다. 아버지의 트럭 바퀴가 노란 흙 위에 바퀴 자국을 새기는 소리가 들리면 엄마는 이불 위에 일어나 앉아 그 소리가 사라질 때까지 아무 말도 하지 않으셨다.

아버지가 없는 방에서 엄마는 혼자 이불 속에 등을 구부리고 누워 계셨다. 아버지의 방, 아버지의 이불 속에 내 엄마의 팔을 베고 누워 있으면 무더운 여름이 우리집을 감싸고 있는 그 무엇들을 다 녹여줄 것도 같았지만 엄마는 아버지가 없는 방에서도 내 몫을 주지 않으셨다.

"나가 놀아라."

아버지의 이불 속에 누운 엄마는 등을 돌린 채로 방문 밖에 있는 내게 말하곤 하셨다. 그럼 난, 마루에 앉아 있다 밖으로 나가는 시늉을 하느라 대문을 쾅 하고 닫곤 했지만 곧 다시 엄마가 있는 방문 앞으로 돌아왔다. 엄마의 빗을 손에 들고 머리를 빗으면서 아버지가 돌아오실 때까지 하루 종일 마루에 앉아 있기도 했다.

그 여름은 너무 더웠다. 그 여름, 비가 왔었더라면 엄마도 한 번쯤은 아버지의 방에서 나오지 않았을까? 지붕 처마를 타고 내려오는 빗줄기를 바라보며 마루에 앉아 내가 엄마의 엉클어진 머리를 빗어주며 같이 아버지를 기다릴 수도 있지 않았을까, 가끔 그런 생각을 해보기도 한다.

10

곧 배가 불러오겠지. 동그랗게 불러오는 내 배를 보고 그는 뭐라고 할까? 그도 좋아할 거야. 늘 내 작은 젖가슴에 불만이었잖아. 이제 아이를 낳게 되면 내 가슴은 밀가루 반죽처럼 하얗게 부풀어오를 거야. 그럼 그 하얀 젖은 아이의 조그만 입속을 꽉 채우고, 아이의 혈관을 타고 내려가 아이의 배꼽 밑에서 모락모락 김을 내며 내 작은 아기를 키워줄 거야. 그럼 난, 풍만한 가슴을 가진 진짜 여자가 되겠지.

철교를 지나는 전철 창밖으로 한강이 내려다보였다. 아이를 꿈꾸며 내려다보는 강의 물빛은 달랐다. 검은 강물 속에서 꿈틀거리며 움직이고 있는 작은 물살들 속에서 나는 내 안의 자궁을 보았다. 어두컴컴한 자궁 속에서 아직 자리를 잡지 못하고 헤매고 있을 내 작은 아기를 보았다. 얼마나 많이 헤엄쳐다니고 있을까? 팔다리도 없는 몸으로 어미의 몸속에 자리를 잡겠다고 내 작은 아기는 어두컴컴한 자궁 속을 혼자 헤매고 있는 것이다. 내게 닿기 위해 혼자서 많은 시간을 견디고 있을 그 작은 아기를 이렇게 쉽게 포기할 수는 없는 거야. 썩어가는 한강의 물속에서 허우적거리며 아직 이 강은 살아 있어요, 살아 있어요, 외쳐대는 것만 같은 작은 물살들처럼 내 작은 아기는 여자가 되어보지 못하고 죽어가고 있는 내 어두컴컴한 자궁 속에서 아직 엄마는 살아 있어요, 살아 있어요, 외쳐대고 있을 거야.

나는 아이를 낳을 것이다.

그리고 그의 말대로 그와 결혼을 하고 혼인신고를 하고 그와 함께 우리 둘이서 손을 꼭 잡고 아이의 출생신고를 하러 갈 것이다.

그래, 그럴 거야.

11

아버지는 아버지의 트럭에 엄마의 관을 싣고 아주 오랫동안 차에 시동을 거셨다. 아버지의 트럭 뒤에 서 있던 나는, 아버지의 트럭 뒤로 뿌옇게 이는 먼지를 바라보며 어쩌면 아버지는 떠나지 않을지도 모른다고 생각했다. 그러나 곧 아버지의 트럭은 엄마의 관을 싣고 떠났다.

"아버지의 방엔 들어가지 마라."

아버지의 이불 속에서 등을 돌린 채로 엄마는 그렇게 말씀하셨다. 내 엄마가 마지막 남긴 말.

아버지의 트럭이 내가 가본 적 없는 어디에선가 바퀴 자국을 새기고 있을 동안 나는 마루에 앉아 있었다. 엄마의 빗으로 머리를 빗어보기도 했다. 아버지의 방엔 아무도 없었다. 마루에 앉아 아버지의 방문을 열었다. 그곳엔 엄마가 누워 있던 이불이 깔려 있었다. 엄마의 베개 위에 꼬불거리는 몇 올의 머리카락들이 묻어 있었다. 엄마의 굽은 머리카락들을 주워와 빗어내리고 싶었다. 늘 엄마의 뒷머리 속에서 엉켜 있던 머리카락들을 올곧게 빗어 펴드리고 싶었지만,

"아버지의 방엔 들어가지 마라."

곧 다시 나는 아버지의 방문을 닫았다. 아버지의 방은 내가 들어갈 수 없는 곳. 나는 내 엄마가 내게 그어주신 마루라는 금 안에 앉아 아버지의 트럭이 돌아오나 문밖을 내다보았다.

12

그는 신문을 집어던졌다. 신문 위에 나를 집어던졌다. 그와 난 우리들의 방에 있었다. 나는 그가 던진 신문 위에 있었다.

"세상은 신문이야."

신문 위의 글자들이 등에 와 박혔다. 신문지 속의 글자들은 하나같이 날이 시퍼렇게 서 있었다. 위에서 그가 내리누를 때마다 시퍼렇게 날이 선 글자들이 등에 와 박혔다. 이제 신문지 속의 글자들이, 그 속에 있는 세상이 모두 내 것이 되려나봐. 등이 따가웠다. 그 순간 아주 조그만 아이가 떠올랐다. 내게 닿으려고 어두컴컴한 자궁 속을 헤매고 있을 아직 자라지 않은 아이가.

신문지 위의 글자들이 내 등을 할퀴고 지나가 내 작은 아기의 등에 꺼끌꺼끌한 검은 글자들을 새기게 될지도 몰라. 그래서 아이가 생기지 않고 있었나봐. 그래, 아기는 아직 신문지 위에 남아 있을지도 모르는 검은 잉크 자국이 자기 입술을 검게 물들이는 게 싫은 거야. 나는 아이를 흰 고래의 등에 태워 보냈다. 아이와 아이를 태운 흰 고래는 아주 멀리 헤엄쳐갔고 햇빛에 반짝이고 있는 지중해로 나아갔다. 잔잔한 수면 위에서 아이와 흰 고래는 말할 수 없이 평화로워 보였다. 나는 방긋거리는 아이의 앞니가 너무 하얗고 예뻐 아이가 그 하얀 이로 내 볼을 깨물어주었으면 싶었다.

"세상은 신문이야, 신문."

거친 숨을 토하며 그가 온몸을 흔들어댔다. 그 순간, 그의 입속에서 쏟아져나온 거친 숨결이 아이와 아이를 태운 흰 고래와 햇빛에 반짝하고 빛나던 지중해 파란 바다까지 모두 함께 방문 밖으로 쫓아내버렸다.

갑자기 아이를 잃고 당황한 나는 아이를 태우고 방문턱을 훌쩍 뛰어넘어가버린 흰 고래를 뒤쫓아갔다. 그때였다. 배 위에 있던 그가 쿵 하고 바닥으로 떨어져내린 것은.

"지금 날 밀어낸 거야? 그 잘난 몸으로?"

그는 화를 냈다. 왜 화를 내는 걸까? 내 작은 아기가 "아빠" 하고, 그 조그만 입술로 "아빠" 하고, 아직 그렇게 불러주지 않았기 때문일 거야.

"아기를 가질 거예요. 당신 아기를 말예요."

그의 주먹이 날아왔다. 파란 힘줄이 울퉁불퉁한 그의 늠름한 주먹이. 나는 타이탄 트럭을 몰고 다니던 아버지의 팔뚝, 그 팔뚝에서 솟아나오

던 굵은 힘줄같이 늠름한 그의 주먹이 좋아 일부러라도 맞고 싶었는
데…… 아직, "아빠" 하는 그 다정한 말을 들어보지 못한 그는 화를 내
고 있었다. 우리의 방, 그 문턱을 넘어서려 하고 있었다.

　말을 해야 해.

　언젠간 토실토실 솜털이 뽀얀 햇살들이 이 방 안에 들어와 이제 곧
잠자는 우리 아기의 눈꺼풀 위에, 당신과 내가 사랑을 나누던 그 땀방
울들 위에 노란 빛무리들을 가득 실어올 거라고.

　나는, 아직, 말을 하지 못했잖아.

13

　아버지는 돌아오지 않았다. 아버지의 트럭에 실려 나를 내려다보던
퀭한 눈의 생선들과 함께, 머리를 빗지 않은 엄마와 함께 떠나간 아버
지. 뿌연 연기를 내뿜는 트럭 위에 앉아 나를 내려다보던 아버지. 아버
지는 처음으로 나를 바라봐주셨다.

　"나는 내 자식을 원했다."

　"다신 안 그럴게요. 딱 한 번만 그랬어요. 엄마 베개 위에 머리카락들
이 너무 많아서…… 다신 아버지 방에 들어가지 않을게요."

　처음 아버지의 눈과 마주쳤을 때 나는 움츠러들었다. 아버지의 방엔
들어가지 말라던 엄마의 말을 어기고 아버지의 방에 들어갔던 내게 많
이 화가 나신 거라고 나는 그렇게 자꾸 변명을 했지만 아버지는 트럭의

시동을 거셨다.

"나는 아이를 가질 수가 없었단다."

어린 나는 아버지가 하려고 하는 말이 무엇인지 그 말뜻을 조금도 이해할 수가 없어 트럭 위에 올라앉아 있던 아버지의 얼굴만 빤히 올려다보았다.

아버지의 트럭이 시장 밖을 벗어나 보이지 않을 때까지 어린 나는 텅 빈 집에 남아 아버지가 남기고 간 수수께끼 같은 말을 입속에 넣고 되새김질했다. 하루…… 이틀…… 아버지의 방문 앞에 쭈그리고 앉아 풀리지 않는 수수께끼와 씨름하며 아버지를 기다렸다. 또 하루…… 이틀……

14

"아기라고? 아기? 넌 자궁이 없어."

"아직 자라지 않은 것뿐이래요."

"자라지 않았다고? 네 나이가 몇인데 아직도 자라지 않았다는 거야?"

"곧 자랄 거예요. 의사도 그랬어요. 언젠가는 자랄 거라고 말예요."

"곧 자랄 거라고? 뚫린 입이라고 아무 말이고 하면 다 말인 줄 알아? 언제 자랄지도 모르는 자궁도 자궁이라고 그걸 믿고 기다리라는 거야? 난 우리집 장손이야. 네가 내 아들을 낳아줄 수 있어? 나는, 이놈 저놈 아무한테나 다리를 쫙쫙 벌리는 년이 아니라 내 자식을 낳아줄 여자가 필요하다구."

"곧 자란다고 했어요. 의사도 그렇게 말했다니까요."

"의사? 의사가 뭐랬다고? 남들은 한 달에 한 번씩 다 하는 생리를 너는 왜 일 년이 넘도록 한 번도 안 하는데? 내가 병신인 줄 알아? 언제까지 너한테 속고만 있을 거라고 생각했냐구!"

"아직 자궁이 크지 않아서 그런 거래요. 이제 조금만 있으면 커질 거예요. 그럼 남들처럼 생리도 할 수 있을 거예요."

"남들처럼? 남들처럼 생리를 할 거라구? 생리 좋아하네. 너 하는 짓이 하도 이상해서 나도 다 알아봤어. 네가 다닌다는 산부인과 거기 서울 산부인과지? 의사 말로는 네 자궁은 언제 자랄지 아무도 모른다는데? 아니, 네 자궁은 자궁 구실도 못 하는 거라던데? 스물두 살이 넘도록 생리 한 번 안 해본 여자, 여덟아홉 살 계집애 자궁만한 자궁도 자궁이라고 속에 넣고 있는 여자, 그게 바로 너야."

15

나는 엄마의 빗을 품고, 내 엄마의 관을 싣고서 뿌연 먼지를 흩뿌리며 사라진 아버지의 트럭을 찾아나섰다. 그러나 여름은 우리집을 감싸고 있던 그 무엇도 녹여주지 않았다. 그 여름의 무더운 열기 속을 헤매며 엄마의 관을 싣고 떠난 아버지의 트럭을 찾아나섰지만 아버지를 찾아나선 길은 여름 공기 속으로 하얗게 증발해버렸다.

그 여름, 빈집을 기웃거리며 안을 살피던 시장 사람들.

"지 새끼가 아니라고 해도 그렇지, 어린것을 저렇게 두고 떠나야?"

"혼자라도 이 악물고 살아야 한다. 알았지?"

"아줌마랑 같이 살래?"

세상에는 귀를 막아도 들려오는 소리들이 있었다.

16

그가 우리의 방, 그 문턱을 넘어서려고 했을 때, 순간 나는 늘 놓쳐버리곤 했던 내 상상 속의 그 흰 고래를 보았다. 한 번도 내 것이 되어본 적 없는 그 흰 고래를. 아침이면 온전히 아버지의 것인 아버지의 트럭 안에 몹시도 지친 눈으로 앉아 있던 엄마. 엄마를 싣고 떠난 아버지. 아버지가 남긴 뿌연 먼지 뒤에 혼자 남겨져 있던 나.

"나는 내 자식을 원했다."

아버지가 남기고 간 매캐한 먼지 속에는 늘 어디론가 내가 뒤쫓아갈 수 없는 곳으로 달아나버리던 그 흰 고래가 있었다.

"아버지의 방엔 들어가지 마라."

나는 빗을 든 채로 방문 밖에 앉아 아버지의 방 안을 들여다보았다. 거기 엄마의 베개 위에 흩뜨려져 있던 몇 올의 굽은 머리카락들을 빗어드리고 싶었다.

"아버지의 방엔 들어가지 마라."

엄마의 베개 위에 흩뜨려져 있던 굽은 머리카락들이 말했다. 나는 서둘러 아버지의 방문을 닫았다. 그래도 아버지의 트럭은 돌아오지 않았다. 아버지의 트럭, 네 개의 바퀴들이 까만 발자국을 새기며 달려갔던 길을 바라보며 서 있으면 뿌연 먼지들이 나타났다가는 증발해버리곤 했다.

그가 우리의 방, 그 문턱을 넘어서고 있을 때, 엄마의 관을 싣고 떠나버린 아버지의 트럭이, 기다려도 내겐 오지 않은 작은 아기가 보였다. 늘 방문턱을 넘어 도망가버리던 그 흰 고래가.

지금…… 쫓아가야 해. 저 흰 고래를……

나는 방을 뛰쳐나갔다.

그는 보이지 않았다. 아침이면 골목 가득 시동 소리와 함께 하얀 연기를 내뿜고 사라졌다 저녁이면 한두 명의 남자들을 태우고 돌아오던 그의 흰 차는 보이지 않았다.

고물상 골목 리어카 뒤에, 아마 거기 서 있을지도 몰라. 나는 리어카가 세워져 있는 곳으로 가보았다. 그는 거기 없었다.

현대슈퍼 앞 거기 파라솔에 앉아 담배를 피우고 있을지도 몰라. 그 사람 늘 거기서 담배를 사오잖아. 그래, 그 사람 가지 않아. 우리 아기가 태어나면 그때 결혼하자고, 결혼해서 우리 둘이 죽을 때까지 함께 살 거라고 그 사람 그렇게 말했었잖아.

나는 현대슈퍼에 가보았다. 그는 거기 없었다.

내 고래는 방문턱을 넘어 또 어디로 달아나버린 걸까?

17

미니 초코파이를 먹는다. 아직 손가락이 생기지 않은 작은 아기를 먹는다. 작은 아기의 꼬물거리는 발가락을 하나씩 하나씩 떼어내 꼭꼭 씹는다. 삼켜지지 않는다. 나는 이제 미니 초코파이 하나도 삼키지 못하게 되려나보다. 언젠가 허름한 산부인과 한켠에서 누군가 내게 고개를 숙이게 해주었던 아이, 그 작은 아이는 없다. 이제 아무도 내게 고개를 숙이지 않겠지.

미니 초코파이의 포장을 또 한 개 벗긴다. 밥상 위에 떨어진, 초콜릿이 조금 묻어 있는 빵 부스러기를 줍는다. 손가락에 묻는 초콜릿. 순간 나는 멍해진다. 아직 자라지 않은 내 속의 자궁. 언제 자랄지도, 그런 날이 올 건지도 확신할 수 없는 불임의 자궁. 그런데도 너도 아직은 살아 있다고 그렇게 말하고 싶은 거니? 생기지도 않았을 손가락으로 발가락으로 꼬물대며 내게 말 걸어오던 그 작은 아기는, 아직, 그렇게, 살아 있다고 너는 그렇게 말하고 싶은 거니?

이제 그만 자라주렴. 언제까지고 자라지 않는 너를 이렇게 기다려야만 하는 건 내겐 너무 벅차. 기다리라구? 언제나처럼 그렇게 기다리라구? 아니, 이젠 싫어. 아버지가 떠났을 때도, 귀를 막아도 들려오는 소리들을 듣지 않으려고 집 밖으론 나가지도 않았어. 그렇게 오랜 세월 기다렸지만 아버지는 돌아오지 않았어. 그의 주먹질에 배가 아파도 시퍼렇게 멍든 볼을 어루만지며 몇 번이고 이불을 깔고 그 위에 누워 다리를 벌렸어. 아버지의 방에만 들어가지 않으면 아버지는 돌아올 거라고 믿었던 것처럼 그가 시키는 일이라면 무엇이든, 무슨 일이든 마다하지 않았어. 저녁이면 술에 취해 들어와 돈을 요구하는 그를 위해 몸을 팔기도 했고 때로는 그가 데려온 남자들을 위해 술을 따르기도 했어. 그래도, 그래도 너는 내게 오지 않았어. 언제까지 기다려야 하니?

손가락에 묻어 있는 초콜릿을 핥는다. 혀끝에, 밥상 위에 버려져 있던 초콜릿 부스러기의 달콤한 향기가 와 닿는다. 달콤한 맛이 느껴진다. 입 안 가득 퍼지는 초콜릿향을 꼭꼭 씹는다. 곧 부서지는 향기. 잠시 내 안에 들렀다 간 작은 아이의 꿈, 그 향기는 달콤했다. 너를 꿈꾸지 않았더라면, 늘 방문턱을 넘어 도망치기만 하던 그 흰 고래를 잡아보고 싶다는 생각을 하지만 않았더라면 그는 떠나지 않았을까? 아니, 처음부터 그는 알고 있었던 거다. 내 몸속엔 자라지 않는 자궁뿐이라는 것을. 그래, 그랬던 거야. 그래서 그리 쉽게 내 몸을 허락했던 거야, 세상 모든 남자들에게. 그가 아닌 다른 이의 품에 안겨도, 다른 남자들의 정액이 내 몸속에 들어와도 나는 아이를 가질 수 없는 여자니까, 마음 놓았겠지. 안심했겠지.

빛을 가로막고 있는 블라인드를 본다. 이제 저 블라인드를 걷어올리는 일은 없을 거야. 상상 속의 고래가 늘 훌쩍 뛰어넘어가버리곤 했던 그 문턱을 본다. 방문은 닫혀 있다. 문은 꼭 잠겨 있다. 꼭 잠가놓았는데도 문틈으로, 누군가 찔러넣고 간 석간신문이 보인다. 이제 나는 저 신문 속의 글자들이 어떤 모양인지 알고 있다. 내 등에 그가 꼭꼭 눌러 새겨준 그 검은 글자들이 아프게 아로새기고 있는 무늬가 무엇인지 안다. 그는 지금도 날카로운 조각칼을 들고 어디선가 무늬를 새기고 있을

지도 모른다.

이제 저 블라인드를 걷어올리는 일은 없을 거야, 미니 초코파이를 한 입 베어문다. 꼭꼭 씹는다. 미니 초코파이가 목울대를 넘어가 꿈틀거리며 사라질 때까지 꼭꼭 씹는다. 꿈에서만 존재하는 아기, 그 작은 발길질과 옹아리와 누군가 내 앞에 깊게 내려놓았던 블라인드, 그 속에 가려져 있던 나를 씹는다.

이제 아무도 내게 금을 긋지는 못해. 난 두꺼운 블라인드를 방 끝까지 늘어뜨리고 있을 테니까. 저 방문을 꼭꼭 걸어잠글 거니까. 누군가 다듬은 조각도를 가져와 예쁜 무늬들을 아로새겨준다고 해도 이 방 밖으로는 나가지 않을 테니까. 혹여 누군가 굳게 잠겨 있는 문을 부수고 들어와 블라인드를 걷어올린다고 해도 그땐 이미 늦을걸. 이 미니 초코파이들을 모두 다 꼭꼭 씹어버리고 나면, 오물거리며 "엄마" 하고 부르던 내 작은 아기를 꼭꼭 다 씹어버리고 나면 난 아주 작아져 있을 테니까. 난…… 아주, 잘게 잘게 나를 씹어버릴 거니까.

또 한 개, 미니 초코파이의 포장을 벗긴다.

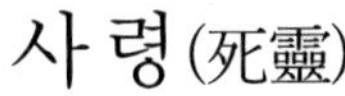

사 령(死靈)

그 향을 한번 맡아보기도 전에 누군가 손톱 끝이 뭉툭한 손가락으로
내 등을 찌른다. 귓가에 대고 소리친다. 오른쪽으로 가, 오른쪽으로!
그 목소리는 내 목소리와 사뭇 닮아 있다.

1

김목사의 꿈 이야기는 우리를 매료시켰다.

"간밤에 제 꿈속으로 상기가 찾아왔습니다. 꿈에서 저는 자고 있었지요. 목사님! 하는 소리에 눈을 떠보니 상기가 서서 저를 내려다보고 있더군요."

"서 있다니요?"

김목사와 성경 한 권을 사이에 두고 마주 앉은 아버님의 물음이다.

"네, 서 있었습니다. 흰옷을 입고 말이지요. 상기가 입은 그 흰옷이 어찌나 눈부시던지! 빛에 둘러싸인 그 모습이 영락없는 천사였지요."

그 대목에서 아버님은 옆에 앉은 어머님의 손을 와락 붙들고, 어머님은 악 소리를 내지르며 아랫입술을 깨문다. 상기 도련님의 죽음 이후 처음으로 보인 눈물이다.

김목사는 내 결혼식의 주례를 섰고 가족 행사 때마다 초청되어 덕담을 해주는 사람이지만, 그의 이야기는 늘 장황했고 견디기 힘들 정도로 지루했기 때문에, 두 분 부모님을 제외한 가족들 모두 그와 그의 설교를 달가워하지 않는다. 그러나 김목사의 꿈 이야기만큼은 내게도 위안이 된다.

충전이 덜 된 핸드폰 배터리의 눈금이 세 칸 모두 채워지기를 기다리다 나는 남편의 차에서 깜빡 선잠이 들었었다. 눈앞에 차례로 세 개의 산이 나타났다. 셋 모두 아찔할 만큼 높아 아이가 이제 막 첫번째 산을 내려와 두번째 산을 오르자 내 가슴이 다 두근거렸다. 아이는 땅에 배를 붙이고 기어갔다. 아이가 오르는 산은 그 산을 오르는 자, 그가 누구든 머리를 조아리고 네 발로 기어 경의를 표하지 않으면 한 걸음도 앞을 내주지 않을 듯했다. 아이가 그것을 움켜쥔 아이의 손보다도 힘이 없어 보이는 풀포기에 매달려 거친 숨을 몰아쉴 때마다 나는 가슴을 쓸어내렸다. 세 개의 산을 넘어와 아이는 일어섰다. 아이의 다리에는 힘이 없었다. 비틀거리며 일어나 뒤를 돌아보며 스스로 생각해도 제가 해낸 일이 흐뭇한지 얼굴 가득 웃음을 짓고 서 있는 그 얼굴, 그것은 내 아이, 준표의 얼굴이었다.

아악—!

나는 비명을 내지르며 입을 틀어막았다. 그 아이가 내 아이라는 사실 때문도, 비록 꿈속에서라지만 세상에 나온 지 이제 겨우 이십일 개월밖에 안 된 아이에게 저토록 험한 산을 넘도록 강요한 그 무엇을 향한 분노 때문도 아니었다. 그것은 준표의 등뒤로 나타나 제 그림자로 아이의 그림자를 집어삼킨 아귀 때문이었다. 아귀는 몸은 호랑이, 머리는 매의 형상을 하고 있었다. 준표가 달리기 시작했다. 아이의 걸음은 온전하지 못했고, 돌부리 하나 없는 평지에서도 넘어졌다. 아귀는 멀찍이 떨어져 그 모든 준표의 안간힘을 지켜보았다. 이 아귀가 마음 내킬 때 언제든 달려들어 그 명줄을 끊어놓을 수 있는 먹잇감을 재미 삼아 풀어놓고 즐기는 동안에도 아이는 뛰다가 걷다가 이제는 네 발로 기고 있었다.

그 앞에 세 갈래 갈림길이 나타났다. 아이는 숨도 내쉬지 않았다. 어느새 아이와의 거리를 바짝 좁힌 아귀가 재촉하듯 꼬리로 땅바닥을 후려쳤다. 뿌연 흙먼지가 날아올랐다. 먼지가 걷히고 선명해진 그 갈림길 앞에서 아이는 울음을 터뜨리고야 말았다. 들리지 않는 줄 뻔히 알면서도 나는 소리쳤다.

"오른쪽으로 가, 오른쪽으로!"

이유는 없었다. 저 세 길 중에 무조건 하나를 선택해야 한다면, 반드시 그래야 한다면, 나는 내 아이가 오른쪽 길로 가길 바랐다. 그러나 준표는 오른쪽도, 왼쪽도 아닌 가운데 길로 들어섰다.

그 길 끝에 무엇이 있는지 아귀는 미쳐 날뛰기 시작했다. 부리로 몸을 쪼아대는 아귀를 뒤에 매달고 준표는 앞으로 기어갔다. 단조로운 흙빛이던 길은 곧 아이의 어깨에서 흘러내린 피와 아귀의 발자국으로 뒤덮였다. 들어올린 아귀의 앞발이 아이의 등짝에 내리꽂히고, 아이의 눈에서 두려움도 끝장나는 순간에 아이는 한 남자의 품에 안겼다.

남자는 말라 물기마저 찾아볼 수 없는 두 팔로 아이를 감싸안았다. 남자의 등뒤로 바람이 불어와도 출렁이지 않는 연못이 있고, 그 이름을 알 수는 없으나 한눈에 보아도 이 세상 꽃이 아님을 알 수 있는 흰 꽃 하나가 봉오리를 열지 않은 채 수면 위로 떠올라 있었다.

아귀가 아이를 내어놓으라 소리쳤다. 남자는 차라리 이 아이의 무게 만큼 자신의 살점을 베어가라고 했다. 아귀는 남자의 살점을 베어 저울 에 올려놓았다. 한쪽엔 아이가 한쪽엔 남자의 살점이 올려진 저울은 아 이 쪽으로 기울었다. 남자는 다시 더 많은 살점을 베어가라고 했다. 분 명 아이의 무게 이상의 살을 베어주었는데도 저울은 매번 아이 쪽으로 기울었다.

"아귀여, 나를 들어 저울 위에 올려놓으시오."

남자가 말했다. 그제야 저울은 평형을 이루었다.

아―

내가 안도의 한숨을 내쉬는데 누군가 어깨를 잡아 흔들었다. 어머님 이었다. 지금이 어느 때라고 이런 데서 잠을 자고 있니, 너란 애는……
어머님의 못마땅한 목소리에다 대고 나는 차마 물을 수 없었다.

어머님, 꿈에서 어떤 남자를 봤어요. 그 남자와 준표가 한 저울에 올 려져 있었는데 그 남자가 누구였는지, 어머님 아세요? 그게…… 상기 도련님이었지 뭐예요. 도련님의 목숨과 우리 준표의 목숨을 맞바꾸다 니, 이게 다 무슨 소리일까요? 왜 하필이면 상기 도련님과 우리 준표 가! 어머님은 아세요? 네, 어머님?

목구멍까지 치밀어올라왔지만 도저히 입 밖으로 소리내 물어볼 수 없던 말, 그 말을 나는 김목사 앞에서도 다시 집어삼킨다.

김목사가 보았다고 하지 않는가. 저리 장담하지 않는가. 천당에 갔다는데 무엇을 또 묻는단 말인가. 내 아이와 상기 도련님이 함께 올려져 있던 그 저울을 머릿속에서 지워버릴 수만 있다면 김목사의 꿈 아니라 더한 것도 나는 믿을 것이다.

남편은 안방에 마련된 영좌 앞에서 김목사가 피워올린 향을 내려다보고 있다. 흰옷을 입고 나타나 자신을 내려다보던 상기의 눈빛이 얼마나 그윽했으며, 빛무리에 둘러싸여 하늘로 올라가기 전에 자신을 감싸안던 상기의 품이 얼마나 따뜻했는지, 김목사 자신이 두 팔을 넓게 벌려 꿈에서 본 상기 도련님의 흉내를 내자 남편은 그제야 고개를 든다.

"서 있는 걸, 정말로 보셨습니까?"

남편의 그 질문에는 불신이 그대로 드러나 있다.

상기는 천당에 간 거야, 김목사가 자신이 보았고 예견한 이 모든 것들이 하나님의 뜻임을 증명하려고 애쓰는 동안 나는 밖으로 나온다.

앞마당에는 남편의 직장 동료 몇몇이 동네 노인들과 섞여 막걸리잔을 비우고 있다. 노인들은 일회용 종이컵에 프린트되어 있는 은행 마크를 가리키며 자네들 회사에서는 초상난 집에 이런 것들까지 챙겨서 보내주나, 과연 한국 최고의 은행은 다르다는 칭찬의 말을 아끼지 않는다. 그때마다 남편의 동료들은 노인들 앞에 공손히 잔을 내밀지만 그들의 얼굴에 나타난 자부심만큼은 감추지 못한다.

일회용 종이컵에서 접시며 나무젓가락까지, 남편의 회사에서 동료들 편에 내려보낸 종이상자 속에는 장례에 필요한 물건들이 세세히 갖춰져 있다. 나는 그 종이상자 속에서 일회용 그릇 몇 개를 챙겨들고 뒷마당으로 간다.

장독대 앞에 항아리 두 개가 나란히 땅에 묻혀 있다. 언젠가 보았던 영화의 한 장면이 뇌리를 스친다. 땅 한복판에 무언가 솟아 있었다. 카메라는 멀리에서부터 거리를 좁혀 점점 더 가까이 다가가더니, 내가 화면 속의 물체가 몸뚱이는 땅에 묻혀 있고 머리만 땅 위로 나와 있는 한 남자의 얼굴이라는 것을 확인하자마자 핏빛으로 변해버린 들판을 클로즈업해 보여주었다. 시댁에 내려올 때마다 동치미를 꺼내거나 김장김치를 꺼내기 위해 그 앞에 쪼그려 앉기를 수도 없이 반복했던 항아리들이다. 그러나 이 순간에는 귀기라 불러도 좋을 어떤 기운이 나를 사로잡는다. 사람이 죽어서 그래, 나는 서둘러 항아리 뚜껑을 연다.

옛날에는 마누라를 여기다 묻어버리기도 했다는구나. 독 속에 들어가면 바로 뚜껑을 닫아버리는 거야. 그 안에서 쥐도 새도 모르게 죽는 거지. 너도 이 속으로 내려가보거라. 이 속이 얼마나 깊고 몸서리쳐지는지. 풍문으로 떠도는 우스갯소리가 살갗을 뚫고 들어와 가슴 한복판에 턱하니 자리를 잡아버린단다. 독을 씻기 위해 이 속에 들어갈 때마다 끔찍한 내 맘을 몸이 먼저 알고 덜덜 떨어대지…… 시집온 첫해에 어머님은 땅에 묻힌 항아리들 앞에서 바가지 하나를 넘겨주었다. 어머님에게서 바가지를 넘겨받았을 때 나는 바통을 넘겨받은 장거리 선수처럼 마음이 무거웠다. 한 걸음 뒤로 비켜서서 나 하는 양을 지켜보는 시어머니가 그렇게도 고약할 수가 없었다.

내부를 어둠으로만 채운 항아리 앞에서 나는 그때의 기억을 되새긴다. 발을 잘못 디뎌 저 안으로 떨어졌다가는 내 힘으로는 절대로 올라올 수 없으리라. 자, 이제는 네 차례다, 누군가 당장이라도 저 허방 속으로 등을 떠밀 것만 같아 나는 뒷걸음질친다.

어쩌면 내가 뒷걸음친 것이 아니라 누군가 내 뒷덜미를 잡아끈 것인지도 모른다. 등을 뚫고 들어온 냉기에 놀라 뒤돌아봤을 때 내 시야를 가득 채우며 들어온 것은 문고리를 악물고 있는 자물통이었다.

나는 상기 도련님의 방문 앞에 매달려 있는 자물통을 움켜쥔다. 숨이 가빠진다. 이 앞에서는 뒷걸음질쳐도 소용없다는 것을 이미 나는 알고 있다. 어쩔 수 없이, 이 자물통의 열쇠가 상복 위에 걸쳐입은 내 카디건 주머니 속에 들어 있는 것이다.

2

이 죽음을 오래도록 기다렸다. 어찌나 간절히 원했는지 도련님의 임종 순간, 우리의 뇌리를 스친 걱정거리는 하나뿐이었다. 각자의 얼굴에 그대로 나타난 해방감과 기쁨과 안도의 표정을 어떻게 수습하느냐, 이것만이 우리 가족의 유일한 근심이었다. 그러나 곧 우리는 죽음 앞에서 의당 취해야 할 기본적인 가식마저도 포기했다. 최소한 가족들끼리 있을 때는 애써 슬픈 표정을 짓거나 곡할 필요가 없음을 우리는 알고 있었다. 만약 가족 중의 누군가가 "아이고!" 방바닥을 치며 곡을 시작했다면 우리는 오히려 그 곡하는 인간을 향해 "뒈져라!" 욕을 퍼붓고, 그 곡하는 인간에게 달려들어 멀쩡한 사지를 짓밟아주었으리라.

애써 슬픈 척하지 않아도 된다는 것, 며느리인 나에게 그것은 축복이

나 다름없었다. 나야말로 도련님의 죽음을 그 누구보다도 바라 마지않았던 장본인이니까.

그 밤 우리는 빙 둘러앉아 도련님의 죽어가는 과정을 지켜보았다. 이 짓도 이제 마지막이려니, 생각하자 하룻밤쯤이야 못 버틸 이유가 없었다. 죽어가는 도련님을 가운데 두고 앉아 우리는 서로가 서로를 격려했다. 봐! 저기 눈앞에 고지가 있어! 이제 조금만 참으면 돼! 우리는 결승선을 눈앞에 둔 마라톤 주자였다. 동시에 결승선 테이프를 끊은 선수에게 박수갈채를 보낼 관객이기도 했다. 죽을 자에게 입힐 수의는 몇 년 전에 마련되었고, 관에서 화장터까지, 장례에 필요한 모든 것들을 우리는 꼼꼼히 준비해왔다.

문제는, 시간뿐이었다. 얼마나 빨리 죽을 것인가. 그것만이 우리로서는 준비할 수도 예측할 수도 없는 유일한 문제였다. 그래서 아버님은 도련님의 머리맡을 지키고 앉아 비영리 공익법인체에서 나눠준 장례절차에 관한 책을 읽다 말고 가끔씩 헛기침 소리를 내었으며, 아버님의 헛기침 소리가 방 안의 정적을 깨면 우리는 동시에 벽에 걸린 벽시계를 쳐다보거나 핸드폰 폴더를 열어 시간을 확인하거나 했다.

아버님이 비영리 공익법인체에서 나눠준 장례절차에 관한 책을 거의 다 읽어냈을 무렵에 어머님은 벽장에 넣어둔 수의를 내왔고, 남편은 서울에서부터 양복 상의 안주머니에 넣어왔던 탈지면을 꺼냈다. 남편이 비닐을 뜯고 그 안에 든 탈지면을 꺼내 한 주먹 뜯어내는 동안 나는 집 밖으로 나가 비닐하우스에서 스티로폼과 비닐을 찾아왔다.

도련님의 죽음과 동시에 나는 내 인생의 그늘이 —그 그늘은 장독대 앞에서 어머님이 내게 바가지 하나를 넘겨주던 순간에 함께 넘겨받은 것이기도 했다—사라지기 시작했다는 것을 확신했다. 내가 스티로폼과 비닐을 찾아들고 방으로 돌아오는 그 짧은 순간에 도련님은 죽었다. 도련님의 두 눈은 이미 감겨 있었고, 도련님의 코밑에 올려놓은 솜은 숨결이 사라진 것을 증명함으로써 생과 사를 확연히 구분지었다.

임종의 순간을 상상하면 늘 함께 떠오르곤 하던 불거져나온 핏줄과 너무 부릅떠 튀어나올 것 같은 눈과 도저히 인간의 소리라고는 믿기 어려운 부르짖음이나 저주 따위를 내 눈과 귀로 직접 보거나 듣지 않을 수 있었다는 것, 그것만으로도 벌써 행운이 아닌가! 나는 죽어 움직이지 않는 도련님의 왼쪽 다리를 붙들었다. 내 옆에서 어머님은 내가 이 집으로 시집와 지낸 칠 년 동안 한 번도 보여준 적 없는 열의를 가지고 도련님의 오른쪽 다리를 잡았다.

"이 새끼가 끝까지!"

시신을 올려놓은 스티로폼에서 제일 먼저 떨어져나간 사람은 남편이었다. 남편의 머리카락은 땀으로 번들거렸고, 도련님의 사지를 주물러대던 남편의 손바닥은 벌겋게 부어 있었다. 죽은 자의 사지를 주물러대던 손으로 남편은 이제 자신의 손과 팔을 주무르기 시작했다. 그 옆에 앉아 아버님은 바지 주머니를 더듬다 자신의 인생에서 사라진 담배를 아쉬워하며 대신 은단을 꺼내 입에 털어넣었다.

수의와 관과 그 외에 뼛가루를 담을 유골함까지, 장례에 필요한 모든 것들을 준비해두었기 때문에 장의사를 부른다는 것은 쓸데없는 지출을 의미했다. 그러나 결국, 우리는 장의사를 불렀다.

장의사 역시 혀를 내둘렀다.

죽기 전부터 화석이었던 도련님의 몸은 죽음과 더불어 더욱 단단해져 그 몸에 손대는 자 누구에게나 죽음이 얼마나 견고한지를 새삼 일깨울 뿐이었다. 해서, 도련님은 살아 있는 동안의 모습 그대로, 왼쪽 다리가 밖으로 뒤틀리고 팔 하나가 어깨 쪽으로 접힌 채로 묶어졌다.

도련님의 시신을 붕대로 묶다 말고 기어이 울음소리가 터져나오고야 말았다. 남편의 어깨가 들썩거리고 있었다. 형제의 죽음 앞에서야 이유 없이도 흘러내리는 것이 눈물이겠지만 그 순간에 남편이 흘린 눈물은 이유가 있는 것이었다. 최소한 죽어서만큼은 사지를 곧게 펴기를, 그리하여 우리에게 보여줄 마지막 모습만큼은 번듯한 것이기를 우리는 바랐다. 등을 곧게 펴고 두 다리를 쭉 뻗고 양손은 몸 옆에 가지런히 내려놓고, 잠을 자는 듯이 그렇게 편하게 갔더라면, 우리는 방바닥에 달라붙어 있던 도련님의 벌레 같은 스물여섯 해를 우리가 본 마지막 모습으로 바꿔치기할 수 있었다. 우리가 기억하는 그 마지막 모습은 해를 더해가며 미화될 것이고 그러다 종국에는 세상 그 누구보다 선하게 살았고, 어른이 되어서도 아이와 같은 맑은 눈빛을 잃지 않았던 아름다운 사람쯤으로 우리는 도련님을 기억하게 될 것이었다.

남편의 눈물은 슬픔이거나 후회이기보다는 죽는 순간까지도 가족을 애먹이고, 가족의 바람을 짓밟아버린 동생에 대한 원망에 다름아니었다. 그래서 그 눈물은 우리의 것이기도 했다.

우리는 서둘러 도련님의 시신을 홑이불로 덮었다. 도련님의 불구의 몸, 어느 한 군데라도 혹여 밖으로 비어져나올까, 어머님은 도련님의 시신을 덮은 홑이불 끝자락을 몇 번이고 매만지는 것이었다.

차르륵— 소리를 내며 병풍이 길게 펴지고 우리의 시야에서 시신은 사라졌다. 집 안 가득 냄새를 풍기던 쓰레기는 치워졌고, 우리는 각자 도련님의 사진을 가져온다, 향을 사른다, 분주히 움직이기 시작했다.

이상하게도 사람의 신경을 긁어대는 쇳소리와 함께 철문이 열리고 호숙이 마당 안으로 들어왔을 때, 우리는 근조(謹弔)라는 두 글자가 크게 씌어진 등을 내걸고 나서 이제야말로 끝났구나, 가벼워진 마음을 무거운 곡소리로 대신하던 중이었다.

3

호숙은 마당을, 우리는 병풍을 등진 채 대치하듯 앉아 있었다. 호숙의 등뒤에서 너무 익어 가지에 매달린 채 말라버린 감 몇 개가 10월의 바람을 견디고 있었다.

"그이를 한번 보고 싶습니다."

호숙의 말 뒤로 침묵이 길게 이어졌다.

호숙은 두 손을 무릎 위에 가지런히 포개어 쥐고 있었다. 더할 나위 없이 공손해 보이는 그 두 손, 관대한 처분만을 기다린다는 인상을 주는 호숙의 손에서는 발효유 냄새가 나는 듯도 했다. 어쩌면 호숙이 요구르트를 만드는 공장에 다니기 때문인지도 몰랐다.

삼 년 전 추석, 연휴를 보내러 온 시댁에서 나는 낯선 여자를 보았다.

여자는 상기 도련님의 방에서 나와 부엌으로 들어갔다. 여자는 물쟁반을 들고 나왔다. 쟁반 위에는 물주전자 옆으로 자잘한 물방울들이 맺혀 있는 요구르트 몇 개와 포개어진 스테인리스 물컵 두 개가 가지런히 놓여 있었다. 집안에서 스테인리스 물컵을 사용하는 사람은 상기 도련님뿐이었다. 도련님의 컵 위에 포개어져 있는 또하나의 스테인리스 컵, 내 눈에는 그 컵이 여자만큼이나 낯설었다. 나는 여자가 상기 도련님의 방 안으로 들어갈 때까지도 그 컵에서 눈을 떼지 못했다.

연휴 내내 나는 그 낯선 여자와 대면해야 했다. 냉장고 문을 열면 여자가 가져온 수십 개의 요구르트들이 야채칸을 차지하고 있었고, 도련님의 방이 있는 뒷마당 쪽에서는 여자의 음성이 들려왔다.

"명절을 보내러 왔다는구나. 아무도 없대. 우리한테는…… 잘됐지."

그 밤에 어머님은 미풍에 들어올려진 모기장 자락을 요 밑으로 쑤셔 넣으며 뒷마당을 바라보았다. 열려 있는 미닫이문 밖으로 도련님의 방 앞에 벗어놓은 여자의 신발이 보였다. 방문은 닫혀 있고, 불 꺼진 방에서는 인기척이 없었다. 여자의 신발만이 그 방에도 사람이 살고 있음을 상기시켰다.

가족이 아무도 없는 여자는 명절을 보내기 위해 운동화의 밑창이 닳도록 걸어와서 저 방문 안쪽에 누워 있는 것이다. 여자는 이 밤을 보내기 위해 저 방에 잠자리를 마련했을 것이고, 어쩌면 요 위로 올라가 주름진 곳은 펴고 뭉친 곳은 평평하게 매만지기도 했을 것이다. 그러나 나는 여자가 그 잠자리를 사랑을 위해 마련했다고는 믿을 수 없었다. 몸을 가눌 수 없는 남자와 요 위에서 나눌 수 있는 사랑이란 것을 나는 상상 속에서도 그려볼 수 없었다. 여자는 그저 외로울 뿐이다. 피붙이 없이 혼자 꾸려온 삶이 억울할 뿐인 거다. 위로받고 싶은 마음이 여자를 자신보다 더 불행한 사람 곁에 눕게 했으리라. 어쩌면 여자는 상기 도련님의 말라가는 팔다리를 어루만지며 자신의 성한 몸뚱이에 감사하고 있을지도 몰랐다. 그 몸에서 스멀스멀 생이 빠져나가고 있는 병자 곁에서 저렇게 한 사나흘 지내고 나면 여자는 자신의 보잘것없는 삶에도 감사하게 되리라. 그러고 나면 아무 미련 없이 저 방문을 열고 나와 운동화를 꿰어신고는 저 방으로 들어갔을 때와는 달리 이번에는 의욕에 넘쳐서 자신의 그 보잘것없는 생과 싸우러 갈 것이었다.

그래서 나는 아무 거리낌 없이 어머님의 말에 동조할 수 있었다.

"상기도 총각은 면하고 죽게 됐구나."

어머님이 내쉰 안도의 한숨이 모기장을 흔들었다. 우리의 머리 위에서 모기장은 밤새 싸락거렸고, 나는 우리의 몸속에 흐르고 있을 더운 피를 노리며 악착같이 모기장에 와 달라붙는 모기들을 노려보았다. 더러는 바로 내 귓가에까지 다가와 웽웽거렸지만 촘촘히 짜여진 그물을 뚫고 들어오지는 못했다.

"오늘이 며칠이지?"

어둠 속에서 어머님은 내게 날짜를 물어보기도 했다. 비록 궁합을 보고 양가의 동의를 얻어 정한 날은 아니었지만 낯선 여자가 찾아와 상기 도련님의 방에서 밤을 지새운 그날이 우리에게는 길일이 되었다.

주일에는 교회에 나가고, 명절에는 가족 예배를 보는 절실한 기독교 집안이지만 어머님이나 아버님 두 분 모두 영혼결혼식을 계획하고 있었다. 이 세상에 미련을 가지고 죽은 영혼은 저승으로 가지 못하고 이 승을 떠돌며 산 사람에게 해를 준다는 말을 두 분은 믿었다. 귀신 중에 서도 장가를 못 가고 죽은 총각귀신의 한이 가장 깊다면, 저 골방에 은 폐된 자신들의 아들이야말로 이 세상에 미련이 많을 것이었다.

상기 도련님이 죽으면 도련님처럼 이 이승에 한을 남기고 죽은 여자 를 찾아내어 그 집에 중매쟁이를 보내고, 죽은 날을 생년월일로 해서 궁합을 맞춰보고 길일을 택하려 했었다. 신랑과 신부를 본뜬 아리따운 한 쌍의 인형을 만들어 결혼식을 올려주고, 신랑 신부를 한 이불 속에 넣어 첫날밤을 치르게 해주려 했었다. 그 어떤 산 자의 결혼식보다도 성대한 결혼식이 될 것이었다.

저 방에서 낯선 여자가 하룻밤을 자고 간들 일어나 앉을 수도 없는 상기 도련님이 어떻게, 무슨 힘으로 총각 신세를 면할 것인지, 그것까 지는 알 수 없었다. 그러나 우리는 상기 도련님을 본떠 만들 신랑 인형 과 한 이불 속에 들어가 누울 신부 인형이 누구를 본떠 만들어질 것이 며, 그 신부 인형의 품에 넣어질 여자의 이름은 무엇이고, 생년월일이 언제인지는 알고 있었다. 도련님과 영혼결혼식을 올리게 될 그 여자의 이름은 박호숙이었고, 호숙이 상기 도련님의 방에서 처음으로 하룻밤 을 보낸 그날이 바로 그녀의 저승에서의 생년월일이 되었다.

우리 가족은 그날 이미 상기 도련님의 영혼결혼식을 치른 셈이었다. 그뒤로도 가끔 호숙은 월차를 내어 도련님을 찾아왔다. 호숙은 매번 도 련님의 방에서 자고 갔지만 아무도 그 일을 문제 삼지 않았다. 그러다 호숙이 완전히 발을 끊었을 때도 누구 하나 호숙의 안부를 궁금해하지

138

않았다. 우리에게 상기 도련님은 죽기 전부터 이미 죽은 사람이었고, 죽은 사람과 영혼결혼식을 올린 셈인 호숙 역시 우리에게는 죽은 사람일 뿐이었다.

"약속을…… 했어요."

이미 호숙은 죽은 사람이었다. 죽은 사람이 무엇을, 누구와 약속했다는 것인가? 우리는 호숙에게서 들어야 할 말도, 듣고 싶은 말도 없었다. 상기 도련님이 죽어 병풍 뒤로 사라진 다음에야 영혼결혼식에서나 쓰일 인형의 대용품이었던 호숙은 불청객일 뿐이다. 그런데도 우리는 호숙과 마주 앉아 호숙의 말에 귀 기울였다.

우리가 그다음 말을 기다리는 동안에도 호숙의 배는 숨소리에 맞춰 규칙적으로 오르내리고 있었다. 배의 크기로 보아 육칠 개월은 되는 듯했다. 우리가 혹시라도 호숙에게서 들어야 할 말이 있다면 그것은 하나뿐이었다. 호숙이 아이를 가진 몸으로 이곳에 나타난 이유가 무엇인지, 뱃속에 새 생명을 잉태한 여자가 왜 굳이 상기 도련님의 시신을 보겠다고 하는지.

누구와 무슨 약속을 했는지, 호숙이 그다음 말을 잇기 전에 어머님이 자리를 털고 일어섰다. 이쯤에서 담판을 짓자는 태도였다.

"너, 정말 볼 테냐?"

호숙이 어머님을 따라 일어섰다. 망설임은 찾아볼 수 없었다. 그 순간에 모든 것이 명백해졌다. 호숙의 뱃속의 아이가 누구의 핏줄인지. 어머님은 머리를 감싸쥐었다.

어머님은 진저리를 치고 남편은 앞장섰다. 그 뒤를 호숙이 따르고 호

숙의 뒤를 내가 쫓아갔다. 상기 도련님은 죽기 며칠 전에 안방으로 옮
겨졌고, 컴퓨터 한 대와 컴퓨터 관련 책 몇 권이 꽂혀 있는 키 낮은 책
꽂이가 그 방의 주인을 대신하고 있었다. 방 안으로 들어가 도련님의
시신을 찾아 두리번거리다 호숙이 울 것 같은 얼굴로 뒤돌아봤을 때는
이미 남편이 자물통을 채워버린 뒤였다.

4

카디건 주머니 속에 들어 있는 열쇠가 인정하고 싶지 않은 현재처럼
따갑다. 나는 열쇠를 움켜쥔다. 단순한 호기심이 아니라는 것은 이미
알고 있다.

"크면 괜찮을 거라고 생각할 수도 있겠지요. 더 지켜볼 수도 있지
만…… 준표 어머님! 제 생각으로는 검사를 한번 받아보는 것도 좋을
것 같습니다."
어린이집 원장이 내민 종이에는 전화번호가 적혀 있었다. 서울 소재
의 한 아동발달지원센터의 연락처였다. 가을인데도 실내가 덥게 느껴
지기 시작했다.
"검사라면?"
"발달검사를 한번 받아봤으면 해서요. 물론, 아이들마다 행동 발달
과정에서 보이는 개인차가 큰 것은 사실입니다. 그래도 준표의 경우에

는 발달지체가 아닌지 의심이 되어서…… 발달연령은 크게 세 종류로 구분되는데, 소수의 소아가 특정 행동을 처음으로 나타내는 초기연령, 대부분의 소아가 그 행동을 나타내는 한계연령, 마지막으로 정상소아의 오십 퍼센트가 그 행동을 나타내는 평균연령이 있습니다. 어떤 아이가 생활연령에서 한계연령에 상당하는 행동을 나타내지 않을 경우에는 정밀검사를 필요로 하지요."

"이게 다 무슨 소린지……"

"쉽게 말씀드리면, 생후 십 개월이 넘으면 대부분의 아이는 붙잡아주면 서 있을 수 있게 됩니다. 십오 개월이 넘으면 대부분은 걸을 수 있게 되고, 두 살이 넘으면 계단을 오르거나 내려갈 수 있지요. 아이가 십오 개월이 넘었는데도 걷지 못하고, 두 살이 넘어서도 계단을 오르내리지 못한다면 한계연령에 상당히는 행동을 나타내지 않는다고 보는 거지요. 언젠가 준표 어머님께서 하셨던 말씀도 생각나더군요. 어릴 때부터 준표가 이상하게도 몸에 힘이 없었다고 하셨지요."

나는 어린이집 원장의 얼굴을 바라보았다. 미간에 주름이 잡혀 있었다.

"준표가 언제 처음 기었는지, 어머님 혹시 기억하시는지?"

원장은 등을 뒤로 젖혀 의자에 기댔다. 책상 위에 올려놓았던 손은 가슴 앞으로 가져가 팔짱을 꼈다. 시간이 얼마가 걸리더라도 원장은 내 대답을 반드시 들을 작정인 듯했다. 원장의 등뒤에 걸려 있는 벽시계의 초침 소리가 크게 들리기 시작했다.

째깍째깍째깍 –

나는 기억해내려고 애썼다. 준표가 언제 처음 목을 가누고, 언제 처음 기어다니기 시작했고, 언제 처음 저 혼자 앉게 되었는지. 그러나 내가 기억해내려 애쓰면 애쓸수록 이상하게도 흐느적거리던 아이의 모습만 떠올랐다. 누워서 안아달라는 듯이 팔을 뻗기에 그 팔을 잡아당겨 일으켜주면 준표는 고개를 가누지 못하고 축 처져 있곤 했다. 기면서부터는 상체를 버틴 팔에 힘이 빠져나가 얼마 못 가고 멈춰버리는 일이 잦았다. 생후 이십일 개월이 된 지금도 준표의 걸음걸이는 불안정하고, 자주 넘어진다. 앉았다 일어날 때는 중심을 잘 잡지 못한다. 원장은 내게 준표가 언제 처음 기었느냐고 물었다. 그런데 나는 아파트 단지 내 준표 또래의 아이들 중에서 십오 개월이 지나고도 걷지 못한 아이는 준표뿐이었다는 생각을 하고 있었다.

"안면근육을 움직이고, 팔다리를 움직이고 목을 움직이는 건, 우리가 생각하기에는 너무나 당연한 거지요. 그런데 그 당연한 움직임이 자라는 아이들한테는 제일 중요한 발달이라고 할 수 있습니다. 겉으로 보기에는 근육과 뼈가 움직이는 것 같지만 의도한 대로 몸이 움직이는 것은 정신과 뇌, 신체가 같이 활동하는 거예요. 물건을 집는 것 같은 아주 간단한 신체의 움직임도 정신활동, 뇌활동, 신경활동이 함께 해야 비로소 일어나는 겁니다. 일어나고 걷는 것 같은 당연한 신체활동이 제때에 되지 않는다면 정상적으로 발달이 이루어지고 있다고는 볼 수 없지요. 준표의 경우에는 또래 아이들보다 대근육 발달이 늦은 것이 사실입니다."

원장은 '사실'이라는 단어에 힘을 주었다. 나는 낯모르는 사람에게 이유 없이 따귀를 맞은 것처럼 분했다. 어린이집이랍시고 고작해야 동네 코흘리개들 몇 명 모아놓고는 마치 이 분야 최고의 전문가처럼 떠들어대는 꼴이 못마땅하다 못해 역겨울 정도였다. 그런데도 나는 따져묻지 못했다. 그럼 지금 생후 이십일 개월이 된 준표 또래의 아이들은 준표보다 무얼, 얼마나 더 잘하고 있는 겁니까? 그 나이 때는 대체 뭘 할 수 있어야 정상인 겁니까? 네까짓 게 뭔데 내 자식을 두고 '정상' 운운하는 거냐고 핏대를 세우는 대신에 나는 원장이 내 쪽으로 들이밀어놓은 종이를 집어들었다.

"가벼운 발달지체는 단기간의 교육이나 치료만으로도 정상화가 가능하다고 해서…… 하루라도 빨리 가보시는 편이 좋을 것 같았습니다."

원장이 일어나 문을 열어주었다. 나는 괜찮습니다라든가 그래도 이렇게 우리 준표를 걱정해주셔서 고맙습니다 따위의 인사치레도 하지 않았다. 되도록 빨리 그곳에서 벗어나야겠다는 생각뿐이었다. 혹시라도 입을 열게 된다면, 그 다음에는 나를 주체할 자신이 없었다.

우리 준표가 다른 아이들보다 대근육 발달이 늦다고 하셨지요. 사실은 저도…… 저도 그런 의심을 한답니다. 그런데 그 원인이 대체 뭐랍니까? 대근육 발달지체가 일어나는 확실한 원인 말이에요. 준표 아빠네 쪽으로, 그러니까 준표 삼촌이 몸을 움직이지 못해요. 혹시 유전이 되기도 하는 겁니까? 가족력이 원인이 될 수도 있나요? 그런 걸까요, 원장님?

나는 겁이 나기 시작했다. 원장의 말이 사실일까봐 겁이 났고, 원장보다도 내가 더 준표의 상태를 의심하고 있다는 사실을 원장이 알아챌까봐 겁이 났다.

"너무 마음 상해하지는 마세요."

원장실에서 나와 현관까지 걸어가는 내내 나는 원장의 말에 한마디도 대답하지 않았다.

자물통 구멍에 열쇠를 밀어넣는다.

꿈속에서 상기 도련님과 준표는 한 저울에 올려져 있었다. 죽어 꿈속에서도 상기 도련님은 불구였고, 살아 꿈속에서도 내 아이 준표는 불완전했다. 상기 도련님이 자신의 목숨을 준표의 목숨과 맞바꾼 이유 같은 것은 알고 싶지도 않다. 그러나 불구의 몸과 맞바꾸어 연명하게 되는 준표의 삶이란 무엇을 의미한단 말인가? 그것만은 알아야 하지 않겠는가.

상기 도련님과 준표가 함께 나란히 올려져 있던 내 꿈속의 저울, 그 저울을 머릿속에서 지울 수만 있다면 나는 무슨 짓이든 할 수 있고, 누구든 만날 수 있다. 저승사자를 만난다 해도 두려울 것이 없고 보면 이 문 안쪽의 호숙쯤이야 만나지 못할 이유가 없는 것이다.

나는 열쇠를 쥔 손에 힘을 준다. 자물통은…… 어이없게도, 한 번에 열린다.

5

나는 처음으로 호숙을 자세히 들여다본다. 크고 떡 벌어진 어깨, 각진 얼굴 안쪽에 불거져나온 광대뼈, 뺨을 뒤덮은 주근깨……, 호숙은 전체적으로 투박한 느낌이다. 황톳빛 물감을 발라놓은 것 같은 살빛은, 호숙을 하루의 대부분을 빛이 들지 않는 공장에서 지내는 여공보다는 뙤약볕 아래 농사일을 해온 촌부로 보이게 한다. 끝자락의 올이 풀려나온 치마 위에 연속적으로 프린트되어 있는 꽃무늬는 조잡하고, 갈색 니트 위에 걸쳐입은 조끼는 단추를 여미지 않아 치마의 허리 부분에서 아무렇게나 풀어헤쳐져 있다. 파란색 고무줄로 하나로 묶은 머리는 웨이브를 강하게 넣어서인지 호숙을 실제의 나이보다 늙어 보이게 한다. 상기 도련님보다 두 살이 어리다고 했으니 호숙의 나이는 스물넷이어야겠지만 그녀를 이십대로 본다는 것은 아무래도 무리다.

내가 들어서자 호숙은 치마 밑으로 아무렇게나 벌리고 있던 다리를 오므리고 앉는다. 그러나 내 머릿속에 박힌 호숙의 이미지는 이미 단정함과는 거리가 멀다. 그런데도 나는 내 앞에서 옷매무새를 가다듬고 있는 호숙을 천천히 살핀다. 나는 며느릿감을 살피러 나온 시어머니도 아니고, 나를 도와 명절에는 함께 음식을 장만하고 때로는 머리를 맞대고 앉아 시댁 식구들 험담을 늘어놓아도 뒤탈을 걱정하지 않아도 되는지, 손아랫동서가 될 여자의 됨됨이를 알아보러 나온 손윗동서 자격으로 이 자리에 앉아 있는 것은 더더욱 아니다. 그렇다고 하면 호숙의 옷매무새나 살아온 인생 내력 따위야 나에게는 아무 상관도 없는 것들이다. 그아무 상관 없는 것들을 살피고 있는 나 자신이 나는 문득 한심해진다.

내 한숨의 의미를 호숙은 저에 대한 걱정으로 받아들인다.

"초음파검사도 정기적으로 하러 다녀요. 이 녀석이 하도 잘 자라서 너무 크지나 않을까 그게 걱정이에요. 크게 낳은 애가 나중에도 잘 자란다니까 크게 낳으면 그건 또 그거대로 좋은 일이지만요.”

벽에다 등을 기대고 앉아 호숙은 손바닥으로 배를 감싸안는다. 위에서 아래로, 아래서 위로 둥글게 원을 그리며 호숙은 제 안에 깃든 생명을 어루만진다. 그러다 내 시선이 자신의 배에 고정되어 있다는 걸 알고는 미소를 짓는다. 호숙의 미소는 호숙과 내가 둘 다 여자이고, 박씨 집안의 남자를 만나 사랑을 하고, 그 사랑으로 텅 비어 있던 자궁을 채웠다는…… 그러니까 너와 내가 같은 경험을 공유했다는 데에서 나오는 이심전심의 미소다. 그러나 호숙의 그 미소는 나를 어처구니없게 한다. 나는 호숙과 한편이 될 수 없고, 내가 호숙에게 해야 할 말은 최후통첩이나 다름없으니까.

비로소 자신의 편을 만났다고 생각했는지 호숙은 완전히 긴장을 푼다. 내게 양해를 구하고는 옆으로 길게 누운 호숙에게 그러나 나는 묻는다. 너는 무섭지도 않니. 호숙은 무섭단다. 그래서 나는 또 너는 왜 이런 짓을 했느냐고 묻는다. 네 뱃속의 아이는 정상이 아닐 거라고, 너는 이대로 네 인생을 포기할 작정이냐고 내가 묻자 호숙은 일어나 앉는다. 감정을 억누르기 위해 애쓰는 호숙의 모습 위로 내 모습이 겹쳐진다. 아동발달지원센터의 연락처를 내밀던 어린이집 원장 앞에서 나도 저런 표정을 지었으리라.

“언니도 준표를 낳았잖아요!”

나도 모르게 호숙의 따귀를 갈긴다. 감히 준표의 이름을 입에 올린 호숙을 나는 용서할 수 없다. 악에 받쳐서 나는 토하듯 말을 잇는다.

너는 아무것도 몰라, 이 기집애야. 그래, 나도 몰랐어. 아무것도 모르고 내 남편과 결혼했지. 이 집에 상기 도련님 같은 불구자가 있는 줄 알았으면 결혼 같은 건 하지도 않았어. 그래, 나도 아이를 낳았지. 내 남편은 멀쩡하니까. 이 집 식구들 모두가 내게 말했어. 상기 병은 유전은 아니란다. 봐라, 상기 말고는 우리 모두 멀쩡하잖니. 난…… 난, 감쪽같이 속은 거야. 준표가 태어나고 내 남편이 제일 먼저 한 일이 뭔지 너 알아? 득달같이 이리로 내려와서는 남편은 도련님을 이 방에 처넣었어. 아무도 말리지 않았지. 오히려 반기는 기색이었지. 속으로는 다들 불안했던 거야. 도련님의 병이 혹시 유전이 되는 거나 아닌지, 그래서 그렇게 치를 떨어댔던 거야. 너는 아무것도 몰라. 사기를 당한 느낌이 어떤 건지, 내가 낳은 아이가 혹시, 혹시 불구가 되는 거나 아닌가, 불안에 떨며 사는 어미의 삶이 어떤 건지, 너는 상상도 못 할 거야. 준표가 상기 도련님처럼 될지도 모른다고 생각하면…… 나는…… 난, 살 수가 없어! 지금까지 살아온 날들이 무슨 의미가 있니? 내 아이한테 미래가 없는데, 인생의 목표를 상실했는데, 뭘, 뭘 붙들고 살아가니?

나는 내가 호숙에게 소리치고, 화를 내고 있다고 생각했다. 그러나 나는 울고 있다. 도대체 넌 무슨 생각이었느냐고, 호숙이 아닌 나 자신에게 묻고 있다.

"나, 얼마나 무서운지…… 그런데 이렇게 배를 쓰다듬고 있으면 보이는 거예요. 이 아이가 세상에 태어나서 처음으로 나랑 눈 맞추는 순간이 말이에요. 인터넷 동호회에서 만나 채팅만 하다가 이 방에서 상기 오빠를 처음 봤을 때, 그때 오빠는 여기 누워서 저를 올려다봤어요. 도와달라는 것도 같고, 사람을 처음 본 것처럼 반가워하는 것도 같고…… 오빠의 그 눈빛이 너무 많은 말을 한꺼번에 하고 있어서 난, 난 아무 말도 할 수 없었어요. 그냥 오빠 옆에 앉아 오빠 손만 잡고 있었어요. 태어나면 이 아이도 그럴 거예요. 아직은 일어설 힘이 없으니까 누운 채로 나를 올려다보겠지요. 아주 많은 말을 한꺼번에 쏟아놓기 시작할 거예요. 옆에서 그 얘기들을 다 듣고 있다보면 내일 같은 건 생각할 겨를도 없을 것 같아요."

그래, 네 말대로 미래는 어찌되어도 좋다고 치자. 그러면, 아이와 함께할 너의 삶 또한 아무래도 상관없는 거냐고 나는 호숙에게 되묻는다. 뱃속의 아이는 정상이 아닐 거야. 혹여 정상으로 태어난다 해도 어느 날 갑자기 제 아버지처럼 되겠지. 너는 그 아이와 함께 꾸려나갈 현실이 어떤 모습일지 상상이나 해봤니? 아이는 두세 시간마다 깨어나 보챌 것이고, 식사 때가 되면 스스로 음식을 먹지 못하는 아이를 위해 밥을 떠먹여줘야 하고, 사십 킬로그램이 넘는 아이를 변기에 올려주고 그 아이가 대소변을 보는 동안에는 변기 앞을 지켜야 하고, 아이의 치료비를 마련하기 위해 부족한 수면시간을 더 줄여야 하는 삶을 너는 왜 구태여 네 몫으로 만들려고 하는 거니? 너는 아이의 눈빛에 대해 말했지. 태어나 너를 처음 바라볼 아이의 그 눈빛 하나 때문에 희생하기에는 네 인생이 너무 가엾잖아.

"빨리 죽기나 했으면 좋겠다고 오빠가 말할 때, 해줄 수 있는 게 아무것도 없었어요. 오빠 손을 잡았다가, 오빠 얼굴을 이렇게 내 품에 꼭 안았다가, 오빠 머리를 쓰다듬다가, 그러다 이상한 일이 일어났어요. 처음으로 내가, 나도 누군가에게 힘이 되어줄 수 있구나, 갑자기 내가 소중한 사람처럼 느껴지는 거예요. 이 사람한테는 내가 전부구나, 나 같은 게 누군가를 위로하고 있었어요. 오빠는 죽는 게 무섭다고도 했어요. 저승사자는 꼭 둘이 짝을 지어서 다니는데 한 명은 일직사자고 다른 한 명은 월직사자래요. 일직사자가 쇠몽둥이로 등을 내려치면 월직사자가 달려들어서 쇠사슬로 얽어매고는 사람의 넋을 떼어가는데 오빠는 밤마다 꿈을 꾼다고 했어요. 쇠몽둥이로 얻어맞고 쇠사슬로 묶이는 꿈을 꾸다 일어나면 다 죽이고 싶다고 했어요. 오빠만 여기다 처넣어두고 편안한 잠을 자고 있는 식구들을 갈갈이 찢어 죽이고 싶댔어요. 그런 말을 하고 나서는 저승사자가 눈앞에 나타나기라도 한 것처럼 벌벌 떨어댔어요. 그런데도 누구 하나 달려와보지 않았잖아요. 오빠가 혼자 외롭게 죽어갈 때 당신들은 다들 어디 있었나요?"

호숙의 말에 나는 대답하지 못한다. 이런 식으로 호숙이 계속 묻기 시작한다면 점점 더 대답할 말이 궁색해지는 쪽은 호숙이 아니라 내가 될 것이다. 상기 도련님이 찢어 죽이고 싶었다는 식구들 속에 나도 속해 있었을 거라는 데 생각이 미치자 소름 돋아난 팔이 얼얼하다.

호숙과 처음 만나던 날, 상기 도련님은 단 한 번의 눈 맞춤으로 호숙에게 너무나 많은 말들을 했다던가? 그 너무나 많은 말들 중에는 그 밤의 일도 들어 있을 것이다.

그 밤, 어머님과 상기 도련님이 서로의 가슴에 비수를 꽂는 소리가 부엌까지 들려왔다. 나는 아버지 씨가 아니지. 형이랑 나는 닮은 데가 하나도 없어. 죽을 거면 빨리 죽어라, 이 자식아. 엄마가 헤픈 여자라는 건 이 동네 사람이면 모르는 사람이 없잖아. 너 같은 건 낳지도 말아야 했어. 너를 없애려고 양잿물까지 들이부었단 말이다! 어머님은 상기 도련님을 마루로 내던졌다. 뒤집어놓은 거북이처럼 바르작거리며 도련님은 나를 올려다보았다. 자신을 내려다보는 형수, 한 번도 도련님이라 불러준 적 없는 형수, 등을 돌려버린 형수를 바라보던 도련님의 그 눈빛, 원망하는 것도 같고 포기한 것도 같은 그 눈빛…… 그 눈빛을 왜 나는 외면했을까? 밤새 나는 잠들지 못했다. 마루 쪽에서는 쉼없이 뒤척이는 소리가 들려왔다. 그 소리는 동이 틀 무렵에야 잦아들었다.

상기 도련님은 마루 턱 앞에 잠들어 있었다. 새벽녘의 겨울바람은 창문 틈새를 비집고 들어와 도련님의 마른 등짝을 할퀴어댔고, 그 마른 등짝 위로 마룻바닥에 등을 붙인 채로 거북이처럼 바르작거렸을 도련님의 모습이 겹쳐졌다. 기어서라도 가고 싶은 곳, 가서 해야 할 일이 있었겠지만, 그러나 도련님은 겨우 십 센티미터 높이의 턱 하나를 넘지 못했다.

마루 턱 앞에 널브러져 밤을 새워야 했던 그날 이후로 도련님은 달라졌다. 다들 멀쩡한데 왜 나만? 하필이면 왜 내가? 악에 받쳐 소리지르지도 않았으며 듣는 사람의 가슴을 쥐어뜯는 욕지거리도 더는 내뱉지 않았다. 서서히 마비가 진행되는 동안 도련님은 더없이 양순해져갔다. 자신의 처지를 조용히 인정하는 듯한 모습이었다. 상기 도련님의 그 양순한 모습 뒤에 숨겨져 있던 본심이 실은 살의였다니!

내가 팔뚝에 돋아난 소름을 쓸어내리는데 누군가 컥컥, 숨쉬기 위해 몸부림친다.

"상기가 시켰지?"

어머님이 호숙의 목을 조르고 있다.

6

　호숙이 어머님의 손을 붙든다. 숨통을 조여오는 손을 붙들고 호숙이 숨길을 찾으려 애쓰면 애쓸수록 호숙의 목을 조르고 있는 어머님의 손에 힘이 들어간다. 어머님의 눈에 선 핏발이 붉어져가고 호숙의 동공이 커진다. 어머님의 살의가 고스란히 호숙의 커진 동공 속에 담긴다. 서서히 위축되고 힘이 없어져가는 도련님의 사지를 볼 때면 그 몸에 깃들어 있는 불행의 기운이 집안으로 퍼져가는 것만 같아서 우리는 그를 격리시키지 않을 수 없었다. 호숙이 끝끝내 아이를 낳을 작정이라면, 우리는 한번 더 같은 선택을 할 수밖에는 없다.

　이제 곧 호숙의 벌어진 입술 사이로 외마디 비명처럼 혀가 튀어나올 것이고, 심장보다 더 빠른 속도로 펄떡거리며 살 거야, 살 거야, 거친 숨을 뿜어대는 호숙의 콧구멍에서부터 먼저 삶이 빠져나갈 것이다. 그러면 그 막혀버린 숨구멍을 뚫으려고 호숙의 뱃속의 아이는 아직 온전하지 못한 팔다리로 버둥거릴 테지만, 그러나 온전하지 못한 것들이 늘 그렇듯이 그 발버둥이 절박하다 해서 열릴 살길이 아니다. 그러니까 저 뱃속의 아이는 죽어야 한다. 혹여 저 뱃속의 아이가 살아, 벌레처럼 한 생을 바르작거린다면 그 아이가 배로 기어다니며 낼 길이란, 내 아이 준표가 그 부실한 다리와 힘이 없어 흐느적거리는 두 팔로 맞서 싸울 세상이 무엇과 맞닿아 있는지를 미리 알려주는 이정표가 될 뿐이다. 내 아이가 걷게 될 그 길 위로 내가 먼저 쫓아올라가 그 우둘투둘한 길바닥을 혀로 핥아 반듯하게 닦아놓기를 나는 주저하지 않겠지만 그러나 또 나는 단단한 절망에 휩싸여 돌조각에 베여 피가 흐르는 내 혀를 깨물어버리기도 주저하지 않으리라. 호숙의 저 뱃속의 아이만 없어진다면, 준표는 멀쩡해, 라고 외치는 내 목소리는 사뭇 단호할 수도 있지 않겠는가.

어머님의 왜소한 어깨가 부들부들 떨린다. 저러다 어머님의 손에서 힘이 빠져버리면 어쩌나, 나는 벌써부터 둥글게 말아쥐고 있던 주먹을 더 세게 움켜쥔다. 손톱이 손바닥을 파고든다.

조금만 더! 이제 끝이에요, 어머님!

호숙의 부릅떠 튀어나올 것 같은 눈알에 공포가 어리고, 어머님의 손을 붙들고 있던 호숙의 두 손이 바닥으로 늘어진다. 호숙이 나를 바라본다. 무서워하는 것도 같고 애원하는 것도 같은 눈이 나에게 말 건다. 마룻바닥을 기며 나를 올려다보던 상기 도련님의 그 눈빛, 원망하는 것도 같고, 포기한 것도 같은 그 눈빛…… 흐릿해져가는 호숙의 눈에 한 남자가 어린다. 그 눈빛을 왜 나는 외면했을까…… 답을 구하지도 못했으면서, 어쩌자고 나는 또 호숙을 품에 안고 있는 것일까?

어머님은 뒤통수로 컴퓨터를 후려치고는 모니터 앞에 쓰러져 있다. 내가 달려들어 호숙에게서 어머님을 떼어놓으려 하자 어머님은 호숙의 목을 더 세게 움켜쥐었고 어머님이 호숙에게 가졌던 살의만큼의 탄력으로 뒤로 나가떨어졌다.

어머님의 얼굴이 자판을 누르고 있다. 대기화면이었던 컴퓨터의 모니터에 빛이 들어온다. 어머님의 얼굴 어느 부위가 자판의 엔터 키와 맞닿아 있는지 화면은 빠른 속도로 움직인다.

모니터 속 앨범은 오토바이에 올라탄 고등학생의 사진으로 시작된다. 나이 든 여자처럼 파마를 한 남학생은 카우보이모자에 검은 선글라스를 쓰고 있기도 하고, 학교 건물을 배경으로 고만고만한 키의 서너 명의 친구들과 어깨동무를 하고도 있다. 수학여행에서 돌아오는 길인지 관광버스 맨 뒷좌석을 점령한 그와 그의 친구들의 얼굴에는 지난밤 선생들의 눈을 피해 몰래 마신 술기운이 아직도 남아 있다. 해변의 모래사장에 앉아 담배 한 개비를 폼나게 빨던 고등학생은 어느새 목에 보이스카우트 손수건을 두른 단정한 중학생이었다가 또 훌쩍 작아져 1자가 찍힌 손등을 자랑스레 사진기 앞으로 내밀며 웃고 있는 초등학생이 되어 있다. 이 초등학생은 운동에 꽤 소질이 있었는지 축구복을 입고 있기도 하고, 반 대표로 나가 이어달리기를 하고도 있다. 어느 해의 여름휴가에서인지 사진 속에서 가족은 평상 위에 넷이 둥그렇게 둘러앉아 포도를 먹고 있다. 화면 오른쪽의 스크롤바가 아래로 달음박질쳐 내려가는 동안 아이는 자꾸만 어려진다. 담임선생님의 꾸중에 기합이 잔뜩 들어 울 것 같은 얼굴로 첫 소풍 사진을 찍었던 아이는 이제 갓난아기가 되어 자개장롱 아래 누워 있다. 갓난아기는 젊은 엄마 옆에 누워 엄지손가락을 빨고 있는가 하면 자신의 엉덩이를 엉거주춤하게 받쳐든 형의 폼이 마뜩지 않은지 얼굴이 새빨개지도록 울고 있다. 흐드러지게 핀 흰 목련을 상장처럼 들고 있는 목련나무 아래로 벼슬이 붉은 수탉

한 마리가 암탉들의 뒤를 쫓으며 봄을 희롱하는 어느 오후, 포대기에 업혀 노란 병아리처럼 짹짹거리던 갓난아이는 자궁 속에 들어가 있다.

모니터 화면은 검은색과 흰색만이 존재하는 초음파 사진을 끝으로 정지해 있다. 흰색 부분이 부챗살 모양으로 퍼져 있는 초음파 사진 정 중앙에 엄지손톱 크기의 검은 원이 박혀 있다. 나는 화면에 눈을 바짝 들이댄다. 검은 원 속에 무슨 비밀처럼 박혀 있는 또하나의 흰 원은 작고 흐릿하다.

호숙은 무엇이든 해주고 싶었을 것이다. 뭐든 상기 도련님이 원하는 그 무엇을. 죽기 전에 상기 도련님이 마지막으로 원한 그 무엇이 저 흐릿한 한 점 원으로 남는 것이었다니……, 세월을 되돌려놓은 이유가 자궁 속으로 돌아가 한 점 원으로 사라지기 위해서라니…… 소멸, 그 것이 상기 도련님의 마지막 바람이었던가? 그러면 여기, 여기 방바닥에 털퍼덕 주저앉아 입을 크게 벌리고 숨쉬기 위해 애쓰는 호숙은 또 뭐란 말인가?

호숙이 숨을 들이쉴 때마다 수챗구멍 속으로 한꺼번에 물이 빨려들어가는 듯한 소리가 난다. 나는 호숙의 겨드랑이에 손을 집어넣는다. 호숙을 일으켜세운다. 방문은 열려 있고 장독대 앞에 묻혀 있는 두 개의 항아리를 지나 누구든 이리로 올 것이다, 독 속에 들어가면 바로 뚜껑을 닫아버리는 거야…… 그 안에서 쥐도 새도 모르게 죽는 거지…… 제가 빠진 허방이 얼마나 깊고 몸서리쳐지는 것인지, 호숙의 마음을 호숙의 몸이 먼저 알고 덜덜 떨어대기 전에 이 방에서 나가야 한다, 내가 호숙의 팔을 잡아끄는데 호숙이 억세게 내 손을 뿌리친다. 달려나가 곧장 안

방으로 뛰어든다.

　김목사가 안방에 부려놓은 천국은 이미 지옥이다. 비명과 잡아채는 손과 부러진 향과 쓰러진 병풍을 밟고 뛰어가 호숙은 관 앞에 무릎 꿇는다. 호숙의 눈물이 죽어, 닫혀버린 상기 도련님의 마른 입술을 축이고, 시신 위로 흘러내린 머리카락들이 감겨, 두 개의 암흑으로 남은 상기 도련님의 눈을 어루만진다.

　호숙이 상기 도련님의 다리를 허벅지에서부터 무릎을 지나 종아리로, 발목에서부터 다시 장딴지로, 아래서 위로 주물러 올라가는 동안 나는 상기 도련님이 죽음 직전에 찾던 것이 무엇이었는지 알 듯도 하다. 모니터 속 사진첩은 위에서 아래로 내려가다 한 점 흐릿한 원에서 마지막이었다. 그러니까 그 사진첩은 인생의 마지막 순간에서부터 기억을 더듬어 올라간 것이 아니라 화면의 맨 마지막, 그 한 점 흐릿한 원에서부터 시작되고 있었던 것이다. 호숙이 초음파 사진을 들고 와 거기 가물거리는 점으로 자리잡은 태아를 보여주었을 때, 그는 그 한 점에서부터 다시 시작하고 싶었던 걸까? 자궁 속 점에서 시작해 갓난아기가 되고, 엄마 등에 업혀 울다 포대기를 풀고 내려와 아장아장 걸음마를 배우고, 넘어져 깨어진 무르팍이 아파 엄마를 부르다 말을 배우고, 어린이날에는 선물을 꿈꾸고, 어버이날에는 카네이션을 준비하는 평범한 아이로 자라 축구화의 끈은 어떻게 묶어야 잘 풀리지 않는지, 몰래 마시는 술맛은 왜 짜릿한지, 무수한 상들 중에서 개근상을 가장 최고로 치는 이유가 무엇인지, 계단을 밟아 올라가듯 차근차근…… 일상의 아주 사소한 부분도 놓치지 않고 한 번만 더 살아보고 싶었던 것이었을까?

그러나 누군들 알겠는가.

내가 아는 전부는 이 방에 있는 사람들 모두 호숙을, 나를, 준표를…… 우리의 삶을, 죽음으로부터 떼어놓으려 한다는 사실뿐이다.

남편과 남편의 직장 동료 몇이 달려들어 호숙의 어깨며 팔뚝을 움켜쥔다. 남자들의 억센 손이 살을 파고들어가 낙인처럼 붉은 손자국을 내는 동안에도 호숙은 손에서 힘을 빼지 않는다. 어깨에서부터 발바닥까지, 그렇게 하면 상기 도련님이 살아나기라도 할 것처럼 더듬고, 만지고, 쓸어내리고, 주무른다. 내 눈에는 호숙이 마치 신들린 무당 같기도 하고, 온갖 비법을 동원해 죽은 남편을 소생시켰다는 신화 속의 여신인 듯도 하다. 열네 조각으로 잘려 세상에 흩뿌려진 남편의 몸을 찾아 오지를 떠돌고 떠돌아 새와 물고기의 힘을 빌려 기어이 죽은 자의 몸에 삶을 되돌려놓고야 만 이집트의 한 여신이 여기 와 있는 듯해서 나는 감히 움직일 수조차 없다.

"넋 놓고 있으면 어쩌냐!"

등뒤에서 아버님이 소리친다. 나는 내 앞에 놓인 세 갈래 갈림길을 바라본다. 오른쪽으로 난 길은 마당과 닿아 있고 저 문턱을 밟고 나가면 그대로 밖이다. 왼편으로 뚫린 길은 뒷마당의 장독대와 닿아 있다. 저리로 가서 독 속에 들어앉아 뚜껑을 닫으면 몇백 년쯤은 시침 뚝 떼고 잠을 잘 수도 있다. 내 앞의 가운데 길에는 관 하나가 놓여 있다. 머나먼 생을 지나 고통과 상실을 거쳐 순응의 바다에 닻을 내린 관. 관 뒤에서 한 남자가 호숙의 허리를 잡아챈다. 호숙은 죽은 자에게서 떨어지지 않으려고 몸을 관 속으로 들이민다. 엉덩이가 위로 들린 채로 소리친다. 약속을 했단 말이에요, 약속했어요! 관 속에 고여 있던 침묵이 호숙이 부르는 소리에 불려 일어나 아비규환 속으로 섞여들고, 관 속에 누운 자도 일어나 그 이름을 알 수는 없으나 한눈에 보아도 이 세상 꽃이 아님을 알 수 있는 흰 꽃 하나를 내민다. 그 꽃의 향은 이곳에서 피는 꽃들의 향과 어떻게 다른지, 그 향을 한번 맡아보기도 전에 누군가 손톱 끝이 뭉툭한 손가락으로 내 등을 찌른다. 귓가에 대고 소리친다. 오른쪽으로 가, 오른쪽으로! 그 목소리는 내 목소리와 사뭇 닮아 있다.

나는 오른쪽도, 왼쪽도, 그 어느 쪽도 아닌 길로 들어선다. 이 길이 어느 곳으로 나 있는지도 모르면서 나는 곧장 내 앞의 관으로 다가간다. 상기 도련님의 팔다리를 주무른다. 이렇게 만지다보면 내 손이 쓸어내리는 자리마다 금방이라도 델 듯 뜨거운 피가 돌고, 말라 물기마저 찾아볼 수 없는 두 팔에 살이 붙기 시작할 것만 같아서 나는 손을 늦출 수가 없다.

느닷없이, 호숙이 했다는 그 약속이 궁금해진다.

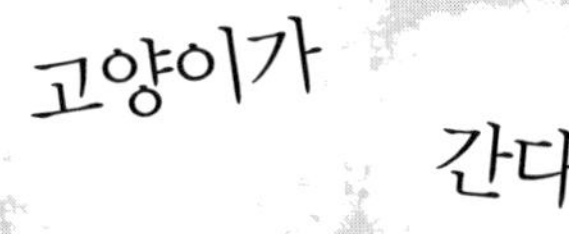

밤거리를 헤매고 다니는 도둑고양이들의 울음소리에는
쉽게 떼어낼 수 없는 그 무엇이 있다.
그녀는 그저 저 울음소리를 듣고 싶은 것뿐이다.
낮고 길게, 끈덕지게 달라붙는 저 울음소리를.

'영희 엄마'라는 호칭이, 영희 엄마는 싫다. 하루에도 수십 번씩 영희 엄마 소리를 듣기 때문에 자기는 영희 엄마이고, 영희 엄마인 이상에는 꼼짝없이 영희 엄마로 있어야 하기 때문이다.

여자가 뭐 엄마만 할 수 있나? 누구 색시라든가, 어느 집 사모님이라든가 여선생이라든가 하다못해 다방 레지라든가……

"영희 엄마! 나, 등만 쪼끔 밀어주라아―"

옆에 붙어앉아 있던 복다방 마담이 영희 엄마에게 때수건을 들이민다. 여자가 할 수 있는 역할에 대해 생각하다 마침 다방 레지를 떠올렸던 터라, 영희 엄마는 움찔했다. 설마, 이 여우가 내 속을 빤히 들여다본 건 아니겠지? 영희 엄마는 혹시나 하는 마음에 복다방 마담의 얼굴을 여러 번 들여다본다. 그러다, 니년이 과부 맘을 알긴 어떻게 알겠냐, 영희 엄마는 복다방 마담의 등짝을 북북, 살갗이 달아오르도록 민다.

"끝!"

영희 엄마는 때수건 긴 손바닥으로 복다방 마담의 등짝을 짝, 소리가 나게 때린다.

복다방 마담은 영희 엄마가 등을 내밀어 보이기도 전에 내빼버렸다.

싸가지 없는 년. 기본도 안 된 년.

영희 엄마는 온갖 년을 다 들먹거리며 등을 밀기 시작한다. 양팔을 한껏 뒤로 돌려 민다고 밀었지만 손이 닿지 않는 등 한복판은 밀 수 없다. 목욕탕 안에는 처녀로 보이는, 아니 처녀일 리가 없는 아가씨 둘이 있지만 저것들에게 등을 밀어달라고 해봤자 입만 아플 게 뻔하다. 요새 젊은 년들은 "등 밀어줄까요?" 하고 말을 붙이면 "괜찮습니다"고, "내 등 좀 밀어줄래요?" 하면 "죄송합니다"다.

결국, 민 것도 아니고 안 민 것도 아닌 어정쩡한 상태로 영희 엄마는 탕에서 나온다. 먼저 나간 복다방 마담이 팬티 바람으로 마루에 앉아 물 묻은 머리를 말리고 있다.

누가 전직이 '술집 나가요' 아니었다고 할까봐 팬티도 어디서 저딴 걸 구해 입었어, 영희 엄마는 복다방 마담의, 엉덩이 틈 사이에 꼭 끼어 있는 실오라기를 흘겨본다. 엉덩이랑 거시기랑, 가릴 곳 가리라고 만든 게 팬틴데 무슨 팬티가 안 입은 것보다도 못하다. 영희 엄마는 눈살을 찌푸린다.

"영희 엄마는 혼자 살면서도 가꾸기는 참 열심히 가꿔."

복다방 마담이 말을 붙여왔다. 제 딴에는 비위를 맞춘다고 한 말이다.

"혼자 살면서도?"

잘못 건드렸구나, 복다방 마담은 서둘러 옷을 챙겨입고는 밖으로 줄

행랑을 쳤다.

"혼자 살면서도?"

영희 엄마는 젖은 머리를 말리는 것도 잊은 채 뛰쳐나간다.

"뭐? 혼자 살면서도?"

생각할수록 새록새록 부아가 치밀어올라온다.

혼자 살면서도……?!

복다방 마담이, 그년이 그새 멀리 가지는 못했을 거다. 영희 엄마는 목욕 바구니를 무슨 칼이나 된 듯이 휘두르며 내달리기 시작한다.

영희 엄마가 애써 찾아다닐 필요도 없었다. 복다방 마담은 영희 엄마가 운영하는 구멍가게, 그러니까 사거리의 최영감네 귀퉁이에 붙어 있는 영희식품 앞에 서 있다. 영희식품 앞에는 복다방 마담 말고도 여러 사람이 더 있다. 재건대 양아치로 지내다가 이 동네에 고물상이 생긴 뒤로는 아예 고물장수로 나선 만길이, 동사무소에서 나눠준 전단지를 이제 막 영희식품 앞 전봇대에 붙인 이 동네 통장, 이 동네 최고 부자로 소문난 최영감네 둘째 마누라, 오늘도 또 어디 별볼일 없는 곳에 가서 별볼일 없는 사람들과 별볼일도 없는 얘기를 나누다 특별히 해놓은 일도 없이 집으로 돌아오는 주제에 구의원이랍시고 사람 아래로 내려다보는 법부터 배워버린 최영감네 큰아들, 그 외에도 이 동네 사람 몇몇이 영희식품 앞 전봇대를 에워싸고 있다.

전봇대에는 전단지 한 장이 나붙어 있다.

빗발치는 시민들의 항의에 따라 우리 동사무소에서는 더이상 도둑고양이들을 방치할 수 없다는 결론을 내렸다. 하여, 도둑고양이를 잡아오는 사람에게는 한 마리당 현금 일만원을 지급하겠다는 내용이었다.

"동사무소에서도 오죽허면 이런 결단을 다 내렸겠습니까. 나라에서 하는 일인데 빈말이라니요? 잡아만 오면 돈을 준다는데 해야지요. 잡을 수만 있으면 잡아들 보세요. 설사 돈을 주지 않는다 해도 우리 동네를 위하는 일인데 우리가 나 몰라라 하면 안 되지요. 헛, 험."

구의원인 최영감네 큰아들이 사람들 앞에서 간만에 폼 한 번 잡아보려는데, 뒤편에서 "악!" 소리가 났다. 영희 엄마가 복다방 마담의 머리채를 휘어잡고 있다. 아무 생각 없이 전봇대를 들여다보고 있던 복다방 마담, 불의의 습격에 한순간 기선을 제압당하긴 했으나 그러나 복다방 마담이 누군가. 몸으로 벌어먹고 살아온 여자답게 몸으로 하는 싸움에도 역시 이골이 나 있는 여자가 아닌가. 복다방 마담은 곧장 반격을 시도했다. 머리채를 틀어쥐고 있는 영희 엄마의 배때기를 냅다 걷어찬다. 마음만 앞섰지 실전 경험이 별로 없는 영희 엄마는 길바닥에 나가떨어진 채 악만 써댄다.

전봇대를 에워싸고 있던 사람들이 이제는 복다방 마담과 영희 엄마를 둘러쌌다.

"뭐, 혼자 살면서도? 너나 나나 혼자 살기는 마찬가지 아니니?"

영희 엄마가 복다방 마담을 머리로 들이받는다.

"마찬가지는 무슨 마찬가지? 혼자 살아도 나는 너같이 남자 궁한 과부랑은 달라야."

"다르기만 허다뿐이냐? 너같이 막 굴러먹는 잡년을 어디 나같이 정조 있는 과부에 갖다대!"

"막 굴러먹는 년?"

과부의 말대로라면 혼자 살아도 정조 있는 과부랑은 달라도 한참 다르다는 다방 마담과, 다방 마담 말대로라면 남자가 궁하지 않은 다방 마담보다도 한참 아랫길이라는 과부가 한 덩어리로 엉켜 길바닥을 굴러다니는 동안, 어느새 구의원은 제 갈 길로 가버렸고 몇몇은 어디 눈먼 고양이가 없나, 고양이 사냥을 떠났다.

천장만 죽어라 쳐다보고 있어야 된다는 게, 영희는 끔찍하다. 모로 눕지도 못하고, 엎드리지도 못하고 바른 자세로 똑바로 누워 있다 죽어야 된다는 게, 영희는 억울하다. 어차피 죽기는 죽을 거다. 별수 없이 죽어야 한다면, 반드시 그렇게 되어 있다면 바른 자세 말고 온갖 나쁜 자세로 있다가 죽어버리는 편이 낫다고, 영희는 생각한다. 그리고 또 문득, 영희는 헤아린다. 스무 해를 살아오면서 저질렀던 나쁜 짓거리들을. 중학교 때 롤러스케이트장에 한 번 가본 것 말고는 딱히 떠오르는 나쁜 짓거리가 없다. 고작 그거야? 아니라고, 분명히 그거 말고도 다른 게 있을 거라고, 영희는 다시 과거를 돌이켜보기 시작한다. 그러나, 영희는 정말 이렇다 할 나쁜 짓거리를 하지 않았던 거다.

담배도 한 번 못 빨아봤다니. 머리가 띵할 정도로 술도 마셔보지 않았다니. 그 개 같던 학생주임한테 대거리 한 번 안 해봤다니. 엄마 몰래 삥땅 한 번 안 쳤다니. 영희의 눈에 슬금슬금 눈물이 괴기 시작한다. 보섭이가 자기를 그렇게도 원할 때 못 이기는 척 왜 안겨주지 않았는지,

생각이 헤어진 남자친구한테로 뻗어나가자 영희는 앓는 소리를 내고 만다. 팔이라도 움직일 수 있다면 제 뺨을 후려갈기고 싶다.

이렇게 될 줄 알았더라면…… 그랬더라면…… 막 살아줬을 것을.

마음이건 몸이건 무엇 하나 아끼지 않고 다 내줘버렸을 것을.

흘러내리는 눈물을 닦아낼 수도 없는, 산송장이나 다름없는 자신의 몸이, 재수 없는 병에 걸려 불구의 몸이 되어버린 자신의 처지가, 영희는 억울하고 또 억울하다.

나쁜 짓이라도 원 없이 해봤더라면 이렇게 억울하지는 않으련만.

억울하다 억울해.

너무 억울해서 영희는 정말이지 지랄발광이라도 하고 싶다.

"으…… 으……"

사지가 굳어버리는 병에 걸려버린 영희는 지랄발광조차도 할 수가 없다.

지랄발광도 팔다리가 성해야 할 수 있는 거구나, 영희는 다시 억울해진다.

다락방에 갇혀 영희는, 그저 모든 것이 억울하기만 한 영희는 "으…… 으……" 입술 사이로 울음 비슷한 것을 간간이 토해낼 뿐이다. 그러다 대낮에도 굴속같이 어두운 다락방에 울려퍼지는, 자신의 입에서 나왔지만 사람의 목소리라고는 믿어지지 않는 제 울음소리에 제가 놀라 영희는 일순 입을 꾹 다물어버린다.

영희는 똑바로 누워 다시 천장을 올려다본다. 엄마는 언제 올라와보려나. 엄마가 다락에 올라와보는 횟수가 요사이 눈에 띄게 줄어들었다.

오랜 병에 효자 없다고, 몇 년 전에는 남편이 죽고, 이제는 영희 저마저 제 아버지와 똑같은 병에 걸려 누워 있으니 엄마도 지칠 대로 지쳤으리라. 오지랖도 넓은 영희는 자주 올라와보지 않는 엄마를 원망하지 않으려고 애쓴다. 애쓰면 애쓸수록 영희의 눈에는 자꾸 눈물이 괸다. 밤이 되려면 얼마나 더 이렇게 있어야 하나. 영희는 한숨을 내쉰다. 활짝 열려 있는 창문을 바라본다. 다락 창문에는 그나마 창살은 없다. 저 창살만은 도저히 견디지 못하겠다고, 아직 말을 할 수 있을 때 영희는 울부짖었다. 영희 엄마는 창살을 떼어냈다. 더위가 시작되자 창문을 열어젖혔고 그뒤로 단 한 번도 닫지 않았다.

혹시, 새끼 고양이가 울지는 않나, 영희는 귀를 기울인다.

얼마 전에 최씨네 담과 영희식품 벽 사이로 새끼 고양이 한 마리가 떨어졌다. 새끼 고양이가 떨어진 날, 그 밤엔 정말 굉장했다. 어둡고 축축한 벽 사이에서 새끼 고양이는 발악적으로 울어댔다. 어미 고양이는 소름이 돋을 만큼 처절한 울음소리로 새끼 고양이를 불렀다. 그 밤에 그 두 마리의 고양이들은 서로를 부르며 울었다. 그러나, 한 달이 다 되어가는 지금, 새끼 고양이는 그때의 그 처절함을 잃어버렸다. 어미 고양이는 어쩌다 생각날 때 한 번씩 찾아와 "야아옹—" 길게 한 번 울음을 뽑아내고는 가버린다. 그뿐이다.

최씨네 담과 영희식품 벽 사이에서 새끼 고양이는 하루 종일 죽은 듯이 있다가 밤이 되면 그제야 생각난 듯이 발악적으로 울기 시작한다. 영희는 새끼 고양이가 왜 우는지 안다. 새끼 고양이가 울면, 영희는 저도 덩달아 "으…… 으……" 울기 시작한다. 새끼 고양이는 영희가 왜 우는지 안다. 새끼 고양이나 영희나 둘 다 저희들이 왜 울어야 되는지 잘 안다. 영희 엄마는 점점 더 다락에 올라와보지 않고, 영희는 다락에서 혼자 죽어간다. 어미 고양이는 새끼 고양이를 포기해버린 지 오래고 새끼 고양이는 저 혼자 벽 사이에 빠져 되묻고 또 되묻는다.

내가 왜, 여기서 죽어야 하는데?

새끼 고양이의 울음소리가 거세어지면 거세어질수록 영희의 울음소리도 덩달아 높고 격렬해진다. 영희는 새끼 고양이가 저러다 죽을 거라는 걸 안다. 새끼 고양이도 영희가 저러다 죽을 거라는 걸 안다.

창문 쪽에서는 아무 소리도 들려오지 않는다. 영희는 눈을 감는다. 밤이 되어 새끼 고양이가 울기 시작하면 그때 맘껏 울어버리자. 처음엔 길길이 날뛰다가 날이 지날수록 얌전해지더니 이제는 죽기만을 기다리는 저 새끼 고양이가 저러다 진짜 콱, 뒈져버리기 전에, 그전에 실컷 울기라도 하자.

밤을 기다리다 영희는 그만 까무룩, 잠이 든다.

고물장수 만길이는 고양이를 몇 마리 보기는 봤다.

영희식품 앞 전봇대를 떠나 공터로 접어드는 길목에서 만길은 그날의 최초의 고양이를 만났다. 고양이의 몸을 뒤덮고 있는 검은 털은 윤기로 반들거렸다. 만길이 만난 최초의 고양이는 사람이 다가가도 놀라거나 서두르지 않았다. 공 차는 사내아이들이 일으키는 매캐한 흙먼지 너머에서 검은 털을 가진 고양이는 만길을 바라보고 있었다. 고양이의 눈빛에 감도는, 위엄이라고 불러도 좋을 그 어떤 기운에 만길은 일순

압도당하기까지 했다. 쓰레기통이나 뒤지고 다니기에는 아까운 놈이라고, 만길은 생각했다. 그러나, 저 정도는 되는 놈이라야 잡는 사람 체면이 서지, 만길은 거머쥔 부대자루의 주둥이를 벌렸다. 검은 털의 고양이에게 다가갔다. 검은 털을 가진 고양이는 다가오는 만길을 아무 감흥 없이 바라보고 있었다. 조금의 경계의 빛도 없이 느긋하게 풀어져 있는 고양이의 눈빛이 다정하게 느껴졌다.

만길은 흙먼지 속에서 사방을 두리번거렸다. 공 차는 아이들이 일으킨 흙먼지가 만길의 손에 들려 있는 빈 부대자루 속으로 날아들어오고 있었다. 서두르거나 허둥대지 않고서도 벌써 저만치, 만길의 손이 가닿을 수 없는 곳으로 풀쩍 날아오른 고양이는 흙먼지 속에 서 있는 만길을 물끄러미 바라보고 있었다. 만길의 생을 비웃듯이.

만길에게 삶은 늘 그랬다. 저만치 달아나서 물끄러미 바라보고 있는 그 어떤 눈길. 만길은 부대자루의 텅 빈 속을 들여다봤다. 저놈이 이 속에 갇혀 버둥거리는 꼴은 어쩐지 처음부터 어울리지 않았다. 만길은 언제나처럼 쉽게 체념했다.

만길은 공터를 가로질러 시장통으로 간다.

언제나 땅바닥에 물이 고여 있는 시장통으로 접어들자 역겹지만 익숙한 냄새가 만길의 빈속을 자극한다. 좁은 골목 양쪽으로 꽉 들어차 있는 가게들은 털 뽑힌 냉동 닭과 닭발과 닭똥집들을 좌판 가득 벌여놓고서 만길을 꼬드긴다. 닭똥집이나 한 봉지 사들고 가서 소주나 한잔 할까, 만길은 입맛을 다신다. 바지 주머니에 쑤셔넣었던 돈을 꺼낸다. 잔돈까지 합쳐 천이백원이 다였다. 소주는 사도 닭똥집까지는 무리다.

만길은 빈 부대자루를 흔들며 다시 걷기 시작한다.

물이 고여 질퍽거리는 시장통 골목에서, 아스팔트 위에서, 담벼락 위에서, 지붕 위에서 고양이들은 잘도 기어다닌다. 한 집 건너 한 마리씩은 있는 듯하다. 흰 바탕에 회색 줄무늬가 있는 고양이. 등만 누런 고양이. 꼬리가 잘려나간 고양이. 검은 고양이. 무지하게 큰 고양이. 꼼짝 않고 눈만 멀뚱히 뜨고 있는 고양이. 암내 풍기는 고양이. 새끼 밴 고양이. 온갖 고양이들이 온갖 곳에서 튀어나온다. 어디에서나 흔하게 눈에 띄는 게 고양이다. 그러나 호락호락하게 잡혀주는 고양이는 어디에도 없다. 도둑고양인 줄 알고 덤벼들었다가 쌀가게 주인한테 먹살을 잡히기도 했다.

"염병할. 밥 처먹고 고양이만 키우나…… 막걸리 줘, 안 줘!"

만길이 시장통의 순대 골목으로 되돌아와 단골 식당 여주인에게 막걸리 한 병을 주문했을 때 벽에 걸린 시계는 세시 십사분을 가리키고 있었다.

아침에 구로동으로 트럭 몰고 떠난 놈들은 얼마나 했을까?

만길은 사발에 든 막걸리를 털어넣으며 매일 하는 생각을 또 하기 시작한다. 아이엠에프가 터진 뒤로 트럭 있는 놈들만 살판이 났다. 여기저기서 부도가 났고, 부도가 나면 고물상 전화기에 불이 났다. 쓰레기도 돈 주고 치우는 시대가 되자 망하면 무조건 고물장수들을 불렀다. 트럭 있는 놈들은 안 가는 곳 없이 누비고 다녔다. 제발 와서 고물 좀 치워가라고 저쪽에서 성화를 해대도 트럭 있는 놈들은 오늘은 바빠서 안 되고, 내일은 이미 딴 데 약속이 돼 있어서 안 되고, 낼모레 글피쯤

에나 한번 들러보겠다고 배짱 튕기면서 일했다.

트럭만 있으면, 그것만 몰 수 있으면 돈을 모아도 아주 갈퀴로 긁어 올 텐데……

만길은 트럭 생각만 하면 가슴에서 시뻘건 불꽃이 일었다. 몰고만 다닐 수 있으면 빚이라도 얻어서 사면 그만이다. 그까짓 중고 트럭 한 대 사는 데 무슨 큰돈이 드는 것도 아니다. 남들 다 하는 운전을 못 해 이 모양 이 꼴로 고양이나 잡으러 다니고 있으니.

"대가리 나쁜 놈은, 그럼 어쩌란 말야!"

어제로 꼭 아홉번째 떨어진 운전면허 필기시험. 만길은 어제 새로 사서 붙인 인지까지 인지가 열 개나 붙어 있는 응시원서를 들고 앉아 이걸 그냥 찢어발겨버릴까 말까 고민하다 한 잔, 가뜩이나 성질나 죽겠는데 발밑에서 자꾸 간죽거리는 순댓국집 고양이 배때기를 걷어찰까 말까 고민하다 한 잔, 가진 돈 전부 털어서 산 막걸리 한 병을 뚝딱 해치워버린다.

왜 진작 그 생각을 못 했지. 영희 엄마는 전화기를 끌어당긴다. 수화기 너머의 119구조대원은 대답이 없다. 영희 엄마는, 텔레비전에서는 되던데 나는 왜 안 되냐고 따진다. 텔레비전에서는 됐다는 말에 119구조대원은 잠시 헛갈린다.

한 번도 아니고 두 번씩이나 내 눈으로 직접 봤다. 홈통에 비둘기 새끼가 들어갔다고 계집애가 신고를 하자 119구조대원이 얼른 와서 구해주더라. 싱크대 개수대에 결혼반지가 빠졌다고 어떤 남자가 신고했을 때도 119는 잘만 달려오더라. 비록 온 집 안 방바닥을 다 깨뜨리긴 했지만 어쨌든 결혼반지는 찾아줬다. 영희 엄마는 텔레비전에서 본 119구조대원의 활약상에 대해 장황하게 늘어놓는다.

119구조대원은 마침내 영희네 전화번호와 주소를 물었다. 어린 비둘기와 결혼반지가 됐다면 고양이라고 안 될 이유가 없었다.

영희 엄마는 이런저런 고민을 하기 시작한다. 119구조대원을 다락으로 올려보내서 아래로 내려가게 해야 하나? 119구조대원을 다락으로 올려보내기는 싫다. 오늘은 모처럼 목욕까지 하고 온 날이다. 퀴퀴한 냄새를 묻히긴 싫다. 그럼 어쩌나? 최영감네로 들어가 그쪽 담으로 해서 내려가라고 하나? 최영감네 인터폰에다 대고 문 한 번 열어달라고 아쉬운 소리를 하기도 싫었다. 최영감네 둘째 마누라라면 자기한테도 한몫 떼어달라고 할 게 뻔했다. 만원에서 반을 떼어주고 나면 겨우 오천원인데 그까짓 걸 벌자고 119를 부른단 말야?

영희 엄마는 머리가 지끈거린다. 이것저것 복잡하게 생각하면 느는 건 주름뿐이다. 먼지가 뿌옇게 내려앉아 있는 진열장에서 영희 엄마는 소주 한 병을 꺼낸다. 복잡하게 생각하려 들면 복잡한 게 뭐 한두 가진가. 당장 다락에 누워 있는 영희년만 해도 복잡, 복잡, 왕복잡이다. 누구는 침을 놔보라고 하고, 누구는 전위치료원에 데려가보라고 하고, 누구는 빚을 내서라도 할 수 있는 건 다 해봐야 된다고 하고……

복잡하게 생각하면 느는 건 주름뿐인데도 한번 복잡해진 머리는 쉽게 매듭이 풀리지 않는다. 영희 엄마는 소주잔에 따라 먹던 소주를 맥주잔에 쏟아붓는다. 한입에 털어넣는다.

"으, 쓰다!"

소주 한 병을 들이부었더니 가물가물 졸음이 쏟아진다. 119구조대원을 불러놓고 졸면 안 되지. 영희 엄마는 냉장고에서 다시 맥주 한 병을 꺼낸다.

"아줌마가 신고하셨어요?"

119구조대원이 영희식품 안으로 얼굴을 들이밀었다. 119구조대원의 훤칠한 외모에 영희 엄마는 잠이 확 깬다. 고양이를 구할 게 아니라 내 옆에 앉아서 이거 시원한 맥주나 한잔 마시면서 나나 구해달라고 했으면 딱 좋겠는데. 영희 엄마는 119구조대원에게 맥주잔을 내민다.

"고양이는 어디 있죠?"

119구조대원은 영희 엄마가 내민 맥주잔을 뿌리치고 벌써 저만치 밖으로 나가서 주변을 살피고 있다. 한창 구조 계획을 세우고 있는 중이다.

길 쪽에서 보면 영희식품과 최씨네는 맞붙어 있다. 그러나 실제로 영희식품과 최씨네 담 사이에는 사람 하나가 들어갈 만큼의 틈이 있다. 그 틈으로 누가 들락거리기라도 할까봐 최씨네 영감이 자기네 담 높이에 맞게 벽돌을 쌓고 시멘트를 발라놓았을 뿐이다. 119구조대원은 영희네 다락으로도, 최씨네 담 위로도 올라가지 않았다. 길 쪽에서 사다리를 놓고 올라가 벽 사이로 풀쩍 몸을 날렸다. 베테랑 구조대원에게 이층 건물 높이의 담 따위는 아무것도 아닌 듯했다.

문제의 새끼 고양이는 화가 날 만큼 쉽게 구조되었다. 밤마다 그 울음소리를 참았던 사실이 분하게 여겨질 만큼.

영희 엄마는 새끼 고양이를 비닐봉투에 담는다. 전봇대에 붙어 있는 전단지도 잊지 않고 챙긴다. 동사무소 직원은 비닐봉투 속에 든 새끼 고양이를 심드렁하게 한 번 들여다보고는 만원을 내준다.

"이젠 가도 돼요?"

"가세요."

동사무소에 오기 전까지 영희 엄마의 머릿속은 또 잠시 복잡했었다. 죽은 새끼 고양이도 만원을 줄까 안 줄까. 죽었다고 안 주면 생떼라도 써야겠다고 별렀던 것이다.

영희 엄마는 왠지 맥이 빠진다. 독기를 품고 덤벼야 사는 맛이 난다. 주먹이 날아오면 어, 니가 나를 때렸어? 머리로 들이받고 머리끄덩이를 잡히고 피를 봐야 산다는 실감이 난다. 그게 영희 엄마가 아는 삶이다.

잔뜩 독기를 품었는데 저쪽에서 순순히 물러나버리면, 그러면 어쩌란 말인가?

영희 엄마는 그런 삶에는 익숙하지 않았다. 누군가의 이유 없는 발길질에 차여 멍이 들었을 때보다도 더 무릎이 시큰거린다.

동사무소를 나와 공터를 지나다 말고 영희 엄마는 공터 벤치에 주저앉는다. 사내아이들 몇이 공을 차고 있다. 사내아이들의 발부리에서 뽀얗게 먼지가 일었다 내려앉는다. 나이와 차림새는 제각각이었지만 그러나 남자와 여자임에는 틀림없는 몇 쌍이 벤치에 앉아 한가한 여름 저녁을 함께하고 있다. 영희 엄마는 갑자기, 집에 가기 싫다.

남편이 팔 년을 누워 있던 다락에 지금은 영희가 누워 있다. 병자한테서는 병자 특유의 냄새가 난다. 남편에게서 나던 병자의 냄새가, 뭐라 형용할 수 없는 그 특유의 냄새가 지금은 영희에게로 옮아가 있다.

174

영희 엄마는 팔을 코에 가져다댄다. 나한테도 병자 냄새가 배어 있을 텐데, 코를 킁킁거려보지만 영희 엄마는 이제는 자신의 체취와 병자의 냄새를 구분할 수도 없다.

내 몸에도 분명 배어 있어.

영희 엄마는 하늘을 올려다본다.

아, 단 몇 시간만이라도 떠나고 싶다. 가서 병자 냄새 말고 다른 냄새를 묻혀오고 싶다.

어디 갈 데 없나?

"무슨 소리야? 내가 구사를 먼저 놨는데."

"봐요, 할머니. 여기 비광 있어요, 없어요? 사 점이잖아아―"

"그게 언제 거기 있었냐? 사람 헛갈리게 숨겨놓지 좀 말어."

"숨기긴 뭘 숨겨요? 정리를 잘해도 너무 잘하다보니까 그랬지."

"조 주둥이, 주둥이. 누가 저걸 당해? 그래, 너 다 먹고 떨어져라!"

구사를 하고도 돈을 못 딴 최영감네 둘째 마누라가 담요 위로 화투장과 돈을 집어던진다.

"이왕 주는 거 곱게 주지, 꼭 그런다, 할머니."

복다방 마담은 최영감네 둘째 마누라가 흩뿌린 돈을 거둬들여 담요 밑에 쑤셔넣는다. 꽤 땄는지 담요가 제법 불룩하게 위로 솟아 있다.

"자기는 안 껴? 광이라도 팔어."

저년이 왜 저럴까, 영희 엄마는 가늘게 실눈을 뜬다. 옆에서 가만히 지켜보니까 복다방 마담이 계속해서 선을 하고 있다.

끗발이 붙는다 싶으니까 내 돈까지 긁어가겠다 이거니? 그래, 한판 붙어보자, 요것아. 네년 계산처럼 되지는 않을걸.

영희 엄마는 화투판 앞으로 당겨앉는다. 손 하나 까딱 안 하고 거저 번 돈 만원도 있겠다, 치라면 못 칠 것도 없다.

"으싸, 홍단 나와라, 홍단!"

"기합 좀 넣지 말라니까, 할머니. 안방 할머니가 듣잖아."

"들으라지. 이빨 빠진 호랑이를 누가 무서워나 한대?"

최씨네 둘째 마누라 입에서 또 이빨 빠진 호랑이가 튀어나온다.

"그 호랑이 이빨을 누가 빼줬지, 할머니?"

복다방 마담이 최영감 둘째 마누라한테 제 얼굴을 들이밀며 간살스럽게 웃는다. 그 호랑이 이빨을 누가 빼주었냐니. 복다방 마담과 최영감 둘째 마누라 사이에 오가는 말이 영희 엄마 귀에는 새삼 의미심장하다. 이 집 안방 할머니가 이빨 빠진 호랑이라면 이 호랑이의 이빨은 당연히 이 집 주인인 최영감을 일컫는 말이니까. 모르긴 몰라도 복다방 마담 저년이 이 집 안방 할머니의 이빨을 빼는 데 한몫 단단히 거들긴 거든 모양이었다.

이 집 주인인 최영감은 이 동네 최고 부자로 소문난 사람이다. 최영감이 어떻게 치부를 했는지, 그 재산이 얼마나 되는지에 대해서는 의견이 분분했다. 끼니도 거르고 똥지게까지 나르며 재산을 일궜다는 설도 있고 본처가 처가에서 가져온 돈이 많았다는 설도 있고 여러 설이 있지만, 확실한 건 이 동네 웬만한 상가 건물은 다 최영감의 소유라는 사실이다. 동네 최고 부자답게 최영감은 마누라도 둘씩이나 거느리고 살았다. 큰마누라가 애를 못 낳아 둘째 마누라한테서만 아들 둘을 봤는데도 최영감은 조강지처를 끔찍이 위했다. 집안 대소사뿐만 아니라 바깥나들이를 할 때도 최영감은 꼭 조강지처만 대동하고 다녔다. 둘째 마누라한테서 본 두 아들들도 저희들을 낳아준 둘째 마누라가 아니라 이 집 본처한테만 어머니 소리를 했다. 동네 사람들은 그런 최영감을 두고 말하곤 했다. 애 못 낳는 조강지처를 버리지 않아 복받아서 부자 된 거라고.

"영감님은 요새 좀 어때요?"

담요 위에 피어 있는 사쿠라를 거둬들이며 영희 엄마가 묻는다.

"어떻긴 뭐가 어때. 정신 나간 사람이. 병원서 해주는 따순 밥 먹고, 시원한 방에서 늘어지게 자고. 그 영감 팔자가 만고땡이지."

이 동네 최고 부자인 최영감이 정신병원으로 끌려간 지 반년이 다 되어가고 있다. 이 집 주인인 최영감에게는 한 가지 괴벽이 있었다. 최영감은 돈이 될 만한 건 무조건 주워모았다. 지독한 구두쇠라고 동네 사람들은 혀를 찼다. 정신병원으로 끌려가기 얼마 전에는 남의 집 냉장고를 훔치려다 들켜 파출소에까지 끌려갔다. 부자가, 그것도 상가 건물을 몇 채씩이나 가지고 있는 최영감이 도둑질을 하려고 했다는 것 자체가 이해할 수 없는 일이었다. 최영감이 미쳐도 아주 더럽게 미쳤다는 말이, 복다방 마담 입에서 최초로 흘러나왔다. 소문은 꼬리를 물고 퍼져나갔다. 최영감이 돈에 환장을 하더니 이제는 모든 게 다 돈으로 보이는 병에 걸려버렸다고.

최영감 집 앞에 트럭이 서고 안에서 고물들이 쏟아져나올 때만 해도 영희 엄마는 그 소문을 믿지 않았다. 방 안 가득 쓰레기를 모아놓고 밤

마다 그 위에 누워 "이게 다 내 돈이다!" 최영감이 만세를 부르곤 한다
는 그 소문이 진짜일 리가 없다고. 그러나 소문은 사실인 듯했다.

트럭 짐칸을 가득 채운 그것들은 분명 허섭스레기였다. 누가 봐도 그
것들은 쓸모가 없었다. 장성한 아들들을 발로 걷어차고, 본처를 두들겨
패고, 뜯어말리는 며느리들을 밀치며 최영감은 트럭 짐칸으로, 거기 가
득 부려져 있는 쓰레기 더미로 뛰어올라갔다.

네까짓 것들이 뭔데! 이게 다 어떻게 모은 재산인데!

떠나가는 트럭 뒤에 주저앉아 최영감은 꺼이꺼이, 목 놓아 울었다.
동네 사람들은 혀를 내두르지 않을 수 없었다. 사람이 돈에 미치면 저
렇게도 되는구나, 나는 저렇게는 미치지 말아야지, 다짐을 하는 사람마
저 있었다.

"고야, 아니야?"

되게 뜸을 들이는 영희 엄마가 최영감네 둘째 마누라 눈에는 못마땅
하기만 하다. 지금, 육 자 십 자가 하나씩, 사 자 칠 자가 하나씩 들어와
있는데다 손에는 또 오 자를 쥐고 있어서 금방이라도 구사를 할 수가
있는데 영희 엄마가 영 협조를 안 한다.

"고야? 고지?"

최영감네 둘째 마누라가 묻고, 영희 엄마는 고를 할까 말까 잠시 고
민에 빠진다. 복잡하게 생각하면 느는 건 주름뿐이다. 에라 모르겠다,
영희 엄마는 쥐고 있던 화투장을 내려친다. 복다방 마담 저년이 이 집
할아버지가 미쳐버렸다고 소문내고 다닌 건 사실이지만, 그래서 결국
엔 최영감이 정신병원에 들어가게 된 것도 사실이지만 그러나 그게 나

랑 무슨 상관이냐. 이 집 둘째 마누라가 누구랑 짜고 이 재산을 다 말아 먹든 말든 내가 알 바 아니다. 남편은 정신병원에 들어가고 원수나 다름없는 후처와 피 한 방울 안 섞인 아들들과 살고 있는 이 집 안방 할머니 인생도 불쌍하지만 그러나 가슴 쓰린 인간이 어디 한둘인가. 누가 듣든 말든 눈치볼 것 없다는데 꺼릴 게 뭐냐.

영희 엄마는 소리 높여 "고!"를 외쳤다.

"뭐 하는 짓이야? 남의 담벼락에다 대고!"

만길이가 영희식품 담벼락에다 오줌을 갈기고 있다. 영희 엄마는 거저 생긴 돈 만원에 비상금 삼만원까지 탈탈 털리고 최영감 집에서 나오던 참이다. 영희 엄마가 달려가 만길이 뒤통수에 주먹 한 방을 날린다.

"오줌 누잖어."

보려고 본 건 아니지만 영희 엄마는 오줌줄기가 똑똑, 떨어지고 있는 만길이 거시기를 언뜻 보고 말았다.

"아유, 인간아. 인간아!"

얼굴 붉어진 걸 들킬까, 영희 엄마는 가게 안으로 뛰어들어간다.

언제고 꼭 저년을 자빠뜨려야지.

고물장수 만길이가 영희 엄마를 쫓아들어온다.

저놈이 왜 따라왔지?

영희 엄마는 괜히 가슴이 콩닥거린다. 술을 얼마나 들이부었는지 숨을 내쉴 때마다 만길의 입에서 술냄새가 확 끼쳐온다.

저놈이 술김에 나를 어떻게 한번 해보려는 거 아냐?

영희 엄마는 난생처음 보는 사람처럼 만길의 얼굴을 올려다본다. 자세히 보니 만길이 얼굴도 그리 못 봐줄 상은 아니다.

"소주 두 병만 내놔."

"돈 있어?"

"돈 있어야 술 먹냐? 두 병만 내놔."

소주 두 병을 들고 나가다 말고 만길이 멈춰 선다.

"돈으로 못 갚으면 내가 몸으로라도 때워줄게."

그 말에 영희 엄마는 까닭 없이 또 가슴이 콩닥거린다.

몸으로라도 때워준다고? 에이, 미친놈. 아니, 아니, 내가 미친년.

만길은 처음엔 잘못 들었나, 했다. 아니었다. 듣기는 제대로 들었다. 영희식품 문 앞을 막 돌아나오는데 울음소리 비슷한 소리가 들렸다. 만길은 영희식품과 최영감네 담벼락이 붙어 있는 담 밑에 가서 섰다.

"으…… 으이…… 으……"

고양이 울음소리 같기도 했고 아닌 듯도 했다.

재수 없게 그놈의 고양이가 하필이면 거기 떨어질 게 뭐야. 밤마다 어찌나 울어대는지 못 살겠어.

문득, 영희 엄마가 주절거리던 말이 떠올랐다. 왜 진작 그 생각을 못 했을까. 만길은 영희식품 앞에 버려져 있는 수도관 위에 엉덩이를 내려놨다. 역시, 죽으라는 법은 없다. 만길은 이빨로 소주병의 뚜껑을 딴다. 저까짓 담 하나 넘는 거야 식은 죽 먹기다. 저 담만 풀쩍 뛰어올라가면 고양이가, 아니 돈 만원이 나 여기 있소, 기다리고 있는 거다. 힘들게

쫓아다닐 필요도 없다. 힘이 빠져 다 죽어가는 놈을 그저 여기, 빈 자루
에 처담기만 하면 된다.

　호호호.

만길은 실없이 웃음이 나온다. 실없이 웃다보니 실없이 노래가 나온다.

벌써 열한시가 다 되어가고 있다. 가게 문 닫을 시간이다.

"쨍하고 해 뜰 날 돌아온단다."

가게 문 닫으려고 밖으로 나왔더니 고물장수, 만길이 놈이 안 가고
앉아 있다.

저놈이 정말 왜 안 가고 저기 죽치고 있을까? 이쪽을 힐끔힐끔 쳐다
보는 폼이 아무래도 수상하다.

'내가 몸으로라도 때워줄게.'

만길이 했던 말이 영희 엄마의 머리를 후려친다.

미친놈. 아니, 아니, 내가 미친년.

영희 엄마는 서둘러 셔터를 끌어내린다.

"해피 자니?"

최영감네 본처는 기다린다. 담 뒤편에 쪼그리고 있을 새끼 고양이,
해피의 울음소리를. 너무나 고요하다. 설마 죽지는 않았겠지. 최영감네
본처는 담 아래 놓여 있는 접이식 간이의자에 앉는다. 누가 이걸 여기
다 갖다놓았을꼬. 자세히 보니 도배장이들이 쓰는 의자다. 영감이 이걸
봤다면 당장 욕을 퍼부어댔으리라. 성한 걸 내다버리는 인간들은 너나

없이 천벌을 받아야 된다고 욕을 퍼부어대다가 결국은 집으로 가져왔
으리라. 최영감네 본처는 괜히 코끝이 시큰하다. 살가운 눈빛 한 번 주
지 않았던 남편이다. 한 방에서 한 이불을 덮고 잔 적도 별로 없는 남편
이다. 그러나, 애 못 낳은 조강지처를 버리지는 않은 남편이었다.

그런데 왜? 왜 말리지 않았을까?

최영감네 본처는 손에 든 검은 비닐봉투를 의자 한쪽 모서리에 내려
놓는다. 가만히 고개를 들어 하늘을, 달을 올려다본다. 하늘도, 달도 자
신을 내려다보고 있다.

이 할매야, 너도 곧이다.

하늘의 달이 자신에게 으름장 아닌 으름장을 놓는다.

알지, 나도 다 알지. 내 죄를 내가 알지.

최영감네 본처는 실없이 흐르는 눈물을 손등으로 훔쳐 닦는다. 코를
들이마신다.

"해피야, 너 거기 있지?"

최영감네 본처는 다시 영희식품과 최영감네 담이 붙어 있는 담 밑에
가서 선다. 주둥이를 벌리자마자 비린내가 훅 끼쳐오는 검은 비닐봉투
에서 고등어 한 토막을 꺼낸다.

"해피야, 해피야."

제 맘대로 지은 새끼 고양이 이름을 부르기 시작한다.

"으…… 으…… 으으…… 이……"

고양이 울음소리는 영희 입에서 나오고 있다. 만길은 미치고 펄쩍 뛰

고만 싶다. 고물상에서 의자와 사다리까지 가져와 담을 뛰어넘을 땐 나름대로 계획이 있었다. 두 번 생각하고 말 것도 없는 확실한 계획이. 만길은 우선 뛰어넘을 담 밑에 의자를 댔다. 의자 위에 사다리를 올려놨다. 사다리를 타고 담을 뛰어넘은 뒤에는 밟고 올라온 사다리를 담 안쪽으로 거둬들이는 치밀함도 잊지 않았다. 밖으로 나갈 때 다시 써야 하는 것은 물론이고 남의 눈에 띄어서 좋을 것이 없다는 판단에서였다. 거기까지는 좋았다. 담을 넘어와 두 집 사이의 비좁은 틈에 끼어 만길은 눈으로 찾고 손으로 더듬기까지 했다. 손에 잡히는 건 모두 물컹거렸다. 썩은 생선 비린내가 진동을 했다. 그러나 어디에도 새끼 고양이는 없었다. 부대자루는 여전히 비어 있고 돈 만원은 물 건너간 것이다.

쓰팔!

만길은 빈 부대자루에 침을 뱉어버렸다. 그때였다. 고양이 울음소리가 들린 것은. 그럼 그렇지. 죽으라는 법은 없었다. 만길은 밖으로 나갈 때 사용하려고 했던 사다리를 밟고 고양이 울음소리가 들려오는 영희네 다락으로 올라갔다. 다락 창문에는 창틀도 없었고, 창문은 열린 채였다.

"해피야. 해피, 있지?"

자신이 방금 막 뛰어넘어온 담 쪽에서 누군가 자꾸 해피를 불러댄다. 밖에서 해피를 부를 때마다 영희는 또 "으…… 으……" 고양이 울음소리를 낸다. 저게, 영희 저게 더 크게 소리를 질러대면 큰일이다. 큰일만 나는 게 아니라 골 때리게 골치 아픈 일이 벌어지는 거였다. 창문 밖에서는 아직도 해피를 부르고 있다. 두 집 벽 사이에 빠져 있었다는 그 새끼 고양이의 주인인지도 모른다. 만길은 애가 바짝바짝 탔다.

나갈까. 그래, 나가자. 나간다, 나간다. 그랬다가 왜 거기서 나오느냐고 따지면? 지금 나갔다가는 꼼짝없이 도둑놈이 되는 거였다. 만길은 창문에서 도로 멀찍이 물러난다.

안 나가면? 만길은 새파랗게 질려 있는 영희를 내려다본다. 안 나가고 있다가 혹시라도 영희 엄마가 올라오면? 그때는 영락없이 강간범이 되는 거다. 강간범으로 몰려 감방에 들어간대도 웃기는 일이다. 야, 새꺄. 너는 그런 애랑도 하고 싶디? 형사 아니라 지나가는 개도 웃을 일이다. 자기는 구덩이에 빠져도 아주 더러운 구덩이에 빠져버린 거였다.

"우리 아가가 오늘은 왜 그럴까? 응, 해피야. 해피야!"

"으……왕. 으……으흐!"

다락에 누워 울음만 울던 영희는 이제는 아예 고양이 소리를 낸다. 팔다리를 버둥거리지도 못하는 영희는, 말도 할 수 없는 영희는 울음소리로 외치고 있다. 누가 좀 와서 도와달라고. 영희의 그, 머리털이 곤두설 듯한 울음소리. 만길은 저도 모르게 영희의 입을 틀어막는다. 제 입을 틀어막은 만길을, 영희는 바라본다.

어쩌면…… 어쩌면…… 드디어 나쁜 짓거리를 하게 되나봐.

영희의 입술이 벌어진다. 자신의 입을 틀어막고 있는 만길의 손바닥이 영희의 혀끝에 닿는다.

축축하게 감겨오는 이 느낌은 뭐냐.

어떤 예감이 만길의 등뼈를 가로지른다. 만길과 영희의 눈이 어둠 속에서 맞부딪친다. 거절할 수 없는 그 무엇을 영희의 눈은 담고 있다. 이

렇게 빠지든, 저렇게 빠지든 구덩이에 빠지긴 매일반이다. 어차피 흙구
덩이에 빠진 거, 대가리부터 젖든 아랫도리부터 젖든 뭐 다른 게 있겠나.

에라, 모르겠다, 만길은 영희의 몸 위로 쓰러진다.

조금의 경계의 빛도 없이 느긋하게 풀어져 있는 영희의 눈빛이 섬뜩
하리만치 다정하다.

"으…… 으……"

만길의 몸 밑에서 영희는 한 마리 도둑고양이가 되어간다. 무섭도록
반들거리는 두 눈을 부릅뜨고 제 앞의 어둠을 똑바로 응시하는, 아니
제 앞의 어둠을 가소롭다는 듯이 비웃고 있는 도둑고양이.

새끼 고양이는 오늘은 어쩐 일인지 아무리 불러도 대답도 않다가 나
중에서야 "으……왕. 으……으흐!" 되게 한 번 울고는 잠잠해졌다. 그
러나 아무려면 어떠냐. 살아 있다는 게 대견하지.

"싫어도 먹어라."

최영감네 본처는 담 너머로 고등어 한 토막을 던져준다. 저 구덩이에
서도 새끼 고양이는 자랄 것이다. 미래의 어느 날에는 넘을 수 없을 것
만 같던 저 담을 가뿐히 뛰어오르리라. 이까짓 걸 못 넘고 갇혀 있었다
니. 새끼 고양이는 아니, 어느새 훌쩍 커버린 한 마리 고양이는 제가 빠
져 있던 구덩이를 내려다보며 잠시 의아해할지도 모른다. 최영감네 본
처는 토막난 고등어 몇 마리가 들어 있는 비닐봉투를 들고 거리의 어둠
속으로 걸어간다.

영희 엄마는 베고 있던 베개를 천장에다 집어던진다.

오늘은 저 구덩이에 또 어떤 고양이가 빠졌기에 저 지랄일까.

아니지, 아니지, 화를 내면 안 되지. 고양이가 빠졌다면 화낼 일이 아니라 반길 일이지. 하루에 한 마리씩만 빠져준다면 이게 웬 횡잰가. 더도 덜도 말고 딱 한 마리씩만 빠져줘라.

만원, 만원, 만원. 매일 굴러들어올 돈 만원에 영희 엄마는 오랜만에 머리가 맑아진다. 영희 엄마는 던졌던 베개를 다시 머리맡으로 끌어온다.

천장이 자꾸 들썩거린다. 쥐새끼들이 지랄을 하는 모양이다. 고양이가 우는 건 참겠지만 천장 들썩거리는 건 못 참겠다. 영희 엄마는 일어나 앉는다.

이 밤에 올라가봤자 어떡할 건데? 다락에 올라가, 누워 있는 영희년 꼴을 보면 눈물바람만 할 게 뻔하다. 그렇게 되면 잠을 자기는 다 틀려버리는 거다.

영희 엄마는 도로 드러눕는다. 눈을 감는다. 잠이 오지 않는다. 안 되겠군, 영희 엄마는 소주 한 병을 들고 들어온다. 혼자 소주잔을 기울이다보니 겨우 나이 마흔 넘어 과부가 되어버린 제 신세가 딱해진다. 하나 있는 피붙이마저 오늘내일하고 있는, 내일 없는 제 팔자가 서글프기도 하다.

만길이 놈은 아직도 수도관 위에 앉아 있을까.

영희 엄마는 반병 남짓 남은 소주병을 들고서 묻는다.

이렇게 혼자 청승을 떨 게 뭐람. 이왕 마시는 거 나가서 만길이한테나 같이 마시자고 해보자.

영희 엄마가 소주병을 들고 일어선다.

내가 몸으로라도 때워줄게.

영희 엄마는 까닭 없이 또 가슴이 콩닥거린다.

미친놈. 아니, 미친년.

영희 엄마는 방바닥에 주저앉는다. 소주병을 내려놓는다.

도로 제자리다. 천장에서는 먼지가 떨어져내린다.

내일은 쥐약을 사다놔야지.

영희 엄마는 이불을 뒤집어쓴다.

잠결에 영희 엄마가 소주병을 찼다. 병에 반쯤 남아 있던 소주가 흘러나와 방바닥을 적신다. 방 안을 떠도는 소주 냄새가 들척지근하다.

어둠 속에서 고양이 한 마리가 기어나온다. 고양이의 몸을 뒤덮고 있는 검은 털이 윤기로 반들거린다. 검은 털의 고양이는 최영감네 본처 옆으로 다가와 그녀가 내려놓은 고등어 토막을 문다. 손을 내밀어 등을 쓰다듬어도 검은 털의 고양이는 놀라거나 달아나지 않는다. 느긋하게 식사를 계속한다. 쓰레기통이나 뒤지고 다니기에는 아까운 놈이라고, 최영감네 본처는 생각한다. 그러나 저놈이 집 안 어딘가에 쪼그리고 있는 모습은 어쩐지 어울리지 않는다.

길 건너 거주자 우선 주차구역에 세워져 있는 엘란트라 뒤편에서 어슬렁거리던 고양이 한 마리가 다가온다. 꼬리가 뭉툭하게 잘려나간 회색 고양이다. 회색 고양이는 그녀가 들고 있는 비닐봉투 밑에서 눈을 번뜩인다. 성미가 급한 놈이다. 그녀는 회색 고양이에게도 고등어 한 토막을 던져준다. 먹이를 물고 회색 고양이는 어둠 속으로 사라진다.

검은 털의 고양이는 아직 고등어 한 토막을 다 먹어치우지 못했다. 최영감네 본처는 소리없이 먹이를 먹어치우는 검은 털의 고양이를 바라본다. 그날, 최영감이, 그녀의 남편이 정신병원으로 끌려가던 날, 그 밤에 그녀는 처음 밤거리로 나왔다. 집은 집이지만 이제 가족이 없어진 그 집을 그녀는 무작정 떠나려고 했었다. 그때, 그녀는 들었다. 그녀의 집과 영희식품이 붙어 있는 벽 사이에 떨어진 고양이의 울음소리를. 모습은 보이지 않았지만 울음소리로 짐작건대 새끼 고양이였다.

하필이면 왜 저기 빠졌을까?

문득, 그런 걸 묻고 있는 스스로가 우스웠다. 아무 때고, 누구든 구덩이에 빠질 수 있는 거였다. 그런 일에 이유 같은 건 없다. 그녀는 다시 집 안으로 들어가 고등어 한 토막을 가지고 나왔다. 먹이를 던져주자 새끼 고양이는 잠잠해졌다. 어디선가 나타난 고양이가 틈 밑바닥으로 뛰어내려갔다. 놈은 새끼 고양이에게 던져준 고등어 토막을 물고 다시 담 위로 뛰어올라왔다. 검은 털을 가진 고양이였다. 담 너머에서 새끼 고양이는 더 시끄럽게 울어댔다. 그 울음소리에는 이제 허기마저 묻어 있었다. 그 밤에 그녀는 집으로 돌아가 검은 털의 고양이가 일깨워준 탐욕과 새끼 고양이의 허기를 밑반찬 삼아 밥 한 공기를 살뜰하게 비워냈다.

회색 고양이가 뛰어간 쪽에서 고양이 울음소리가 들려온다. 최영감네 본처는 어둠 속에 몸을 내려놓는다. 울음소리를 듣는다. 어쩌면, 저 울음소리 때문인지도 모른다. 자신이 밤마다 생선 토막을 챙겨들고 밖으로 나오는 것은. 새끼 고양이의 허기도, 저 검은 고양이가 자신을 반기는 순간의 그 턱없이 짧은 만족감도 그녀의 행동의 이유가 될 수는 없다. 밤거리를 헤매고 다니는 도둑고양이들의 울음소리에는 쉽게 떼어낼 수 없는 그 무엇이 있다. 그녀는 그저 저 울음소리를 듣고 싶은 것뿐이다. 낮고 길게, 끈덕지게 달라붙는 저 울음소리를.

최영감네 본처는 고등어 토막이 든 비닐봉투를 집어든다. 자신의 집을 향하여 걷기 시작한다. 저 집, 한때는 남편의 집이었고 내 집이었지만 이제는 피 한 방울 안 섞인 두 아들의 집이 되어버린 집. 아버지를 정신병자로 만들어버릴 수 있는 아들들이 사는 집. 작은마누라의 아들들이 큰마누라를 거리로 내몰려는 집. 저 집, 최씨네 집. 나는 저 집을 떠나리라. 스스로 걸어나가지 않아도 어차피 나가게 되리라. 그러나, 내가 어둠 속에서 키워낸 고양이들은 남겨질 것이다. 내가 맴돌던 이 밤거리를 기웃거리며 고양이들은 나를 찾을 것이다. 내가 던져주던 한 토막의 생선을 위해 최씨네 집을 맴돌며 악착같이 울어댈 것이다. 그 울음소리는 쉽게 수그러들지도 않을 것이며, 쉽게 떼어낼 수도 없으리라.

그녀가 들고 있는 비닐봉투를, 고양이 한 마리가 쫓아간다. 늘어진 뱃가죽이 땅바닥에 닿을 듯 말 듯 하다. 새끼 밴 고양이다.

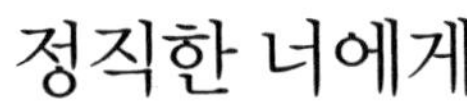

정직한 너에게

사실은, 너도 그렇지, 희진아?

삐걱거리는 나무계단을 밟고 지하에서 지상으로 올라서는 순간이면

너도 질끈 눈을 감아버리고 싶잖아.

　　*

　난…… 다 알고 있었어. 처음부터.

　희진아! 내가 말하는 처음은…… 웨딩홀에서 너의 아버지가 너의 손을 석우에게 넘겨주던 그 순간이 아니었단다. 너의 결혼식 피로연장에서 육회를 씹으며 슬며시 기어올라오는 어떤 예감을 젓가락 끝으로 꾹꾹 내리누르느라 나는 젓가락을 쥐고 있던 손에 얼마나 힘을 줘야 했는지 몰라. 청첩장을 대신하는 통화중에 네가 말했던가. 광명시에서는 육회를 최고로 잘하는 웨딩홀이라고. 그러나 성기게 썰어진 고기는 냉동이 풀려 핏물이 흘러나오고 있었지. 접시 위에 고인 핏물은 검붉어, 밑바닥에서부터 썩어들어가 그 옆을 지나가기도 전에 벌써부터 코를 틀어막게 되는 똥개천을 떠올리게 했어. 어떤 악취는…… 때때로, 냄새보다도 먼저 눈으로 감지하게 되잖니. 생각해봐. 검붉은 핏물이 흥건히 고여 있는 육회 접시를 앞에 놓고 쩝쩝 입맛을 다실 사람은 없을 거야. 나는 식욕을 잃어버렸어. 호텔 뷔페를 흉내낸 듯한 그곳의 모든 것이…… 이를테면, 가장자리가 군데군데 녹이 슨 은도금 쟁반이라든가, 자주색 꽃무늬가 얼룩처럼 박혀 있는 테이블보 위에 덧씌워놓은 비닐과, 싸구려 업소용 의자의 등받이 위에 삐뚜름하게 매달려 있는 꽃무늬 의자커버가, 그 커버의 테두리를 따라 까맣게 절어 있는 땟자국 같은 것들이, 내 눈에는 너무나 어설퍼서 바로 보는 일마저 버거울 지경이었어. 어설픈 것들이 대부분 그렇듯이 그곳엔 사람의 마음을 불편하게 만드는 초라함이 가득 배어 있었단다.

입맛을 잃어버리고 자주색 꽃무늬가 얼룩처럼 박혀 있는 테이블보 위에 젓가락을 내려놓으며 나는 팔뚝에 돋아난 소름을 쓸어내렸어. 예감이라기보다는 확신에 가까운 어떤 풍경…… 각이 맞지 않아 제대로 닫히지 않는 철대문이 있고, 삐거덕 소리와 함께 철대문이 열리며 머리 위로 후드득 떨어져내리는 녹가루가 인사말을 대신하는 집으로 어린 계집아이가 들어가. 대문 왼쪽에 있는 변소 안에서 새어나오는 사내의 기침소리를 들으며 계집아이는 자물통이 매달려 있는 방문 앞으로 달려가 덜덜 떨리는 손으로 자물통을 열고 있어. 열쇠를 쥔 손에 힘을 줄 때마다 문고리에 매달린 자물통이 흔들려. 쇠끼리 부딪치는 소리가 한낮에도 괴괴한 어둠과 침묵이 가라앉아 있는 철대문집을 뒤흔들고 있어. 변소 안에서 들려오던 사내의 기침소리가 뚝, 끊기고 계집아이는 놀라 뒤를 돌아봐. 여전히 변소 문은 닫혀 있고 계집아이의 이마에 맺혀 있던 땀방울이 한 방울, 계집아이의 에나멜 구두 위로 떨어져내려.

계집아이는 변소 안에 있던 사내가 밖으로 나와 스테인리스 세숫대야가 엎어져 있는 수돗가를 지나 바로 등뒤에 와 서 있는 줄도 모르고 자물통을 따는 일에 몰두해 있어. 투둑…… 문이 열리고, 계집아이는 갑자기 성큼 자라버린 제 그림자에 놀라 뒤를 돌아봐. 계집아이의 그림자를 집어삼킨 사내의 그림자는 미루나무처럼 길어져 계집아이의 허리를 움켜쥐려 해. 계집아이는 소리가 되어 나오지 않는 비명을 내지르며 열린 방문 안으로 뛰어들어가. 사내의 손이 방문 틈새를 비집고 들어오기 전에 계집아이는 방문 안쪽에서 문고리에 자물통을 꽂아넣어.

이제 괜찮아. 괜찮아……

계집아이는 제 몸을 뒤흔들고 있는 떨림이 잦아들기를 기다리며 가만히 자물통에 제 뺨을 대어본단다. 계집아이가 제 모든 것을 걸고 매달려 있는 자물통은 면도를 하지 않은 사내의 수염처럼 꺼끌꺼끌하지. 방문 밖에는 계집아이의 손가락 끝에서 바닥으로, 무슨 암시처럼 내던져진 열쇠가 하나, 방문의 유리 위로 턱없이 커다란 그늘을 내려뜨리고 있는 사내와 함께 계집아이가 뛰어들어간 방문을 들여다보고 있어.

계집아이는 아직도 자물통에 뺨을 대고 있어야 해. 얼마나 더 기다려야 되는지 알 수도 없어. 머리 위, 방문의 유리창으로 기어들어와 계집아이가 앉아 있는 자리보다 더 넓게 방바닥에 그늘을 내려뜨리고 있는 사내가 그 큰 주먹으로 한 번 쿵, 방문을 후려치고 고무 슬리퍼를 질질 끌며 돌아설 때까지는 말이야. 자신의 의지와는 상관없이 누군가가 짙게 내려뜨린 그늘 속에 웅크려 앉아 하염없이 무언가를…… 이해할 수도, 사랑할 수도, 확신할 수도 없는, 그러나 그 무언가를 기다리는 일

말고는 도저히 견뎌낼 수 없는 시간을 제 몫으로 배당받은 계집아이는
벌써부터 막막함을 알아버렸어.

불도 켜지 않은 방은 동굴처럼 어둡고, 어두운 동굴에 부려져 있는 살
림살이들은 한결같이 보잘것없지. 다리가 하나 떨어져나간 밥상은 임
시방편으로 대놓은 벽돌 몇 장에 의지해 기우뚱, 힘들게 수평을 유지하
고 있고, 밥상 위에는 뚜껑이 없는 수저통이 제 속을 다 드러내고 있어.
뚜껑이 없이 속을 다 드러내고 있는 수저통…… 어쩌면 저렇게 내 삶
은 저 수저통과 똑같을 수가 있을까! 변소에서 새어나오는 악취만으로
도 점심에 무얼 먹었는지 들켜버리는 곳에서 혼자만의 비밀을 간직하
려는 계집아이의 노력은 늘 조롱과 비웃음으로 끝을 맺곤 했지. 수줍음
이라든가 기쁨이라든가 삶의 은밀한 비밀 같은 것들을 살포시 가려줄
뚜껑이…… 계집아이의 방에는 있지도 않았던 거야. 처음부터.

아직 사내는 계집아이의 방문 앞에 서 있어. 사내의 실루엣이 무늬처
럼 어룽거리는 방문의 유리창을 올려다보다 계집아이는 아까부터 느껴
지던 변의를 더는 참지 못하고 일어나 비척비척 부엌으로 걸어가. 방과
연결된 부엌에는 아궁이 하나가 썩은 어금니처럼 박혀 있어. '삶' 이라
부르는 이 모든 자질구레함과 남루함과 끔찍함…… 썩은 어금니를 뽑
아버리듯 확, 뽑아버릴 수는 없는 걸까? 너무 과한 소원이라면, 지금
이 순간 방과 부엌을 가르는 문이라도 하나 달려 있다면…… 부엌 바
닥에 신문지를 깔며 계집아이는 제 소원은 왜 늘 이런 것들뿐일까, 생
각해. 프라이팬을 닦아낸, 기름이 얼룩져 있는 신문지 위에 맨엉덩이를
드러내놓고 계집아이는 사내의 그림자가 어룽대는 유리창을 노려보고

있어. 유리창을 노려보는 계집아이의 두 눈이 붉어져가. 드러낸 엉덩이
사이에서 부엌 바닥의 신문지 위로, 참았던 설움이 한 덩어리의 묵직한
똥으로 떨어져내리고 제 몸이 게워낸 악취 속에서 계집아이는 부르르
진저리를 쳐. 방문 앞을 서성거리던 사내는 이제 방문 유리에 얼굴을
갖다붙이고 계집아이를 들여다보고 있어. 유리에 납작하게 짓눌려 있
는, 일그러져 형체가 무너져버린 사내의 눈과 코……와 계집아이가 꿈
꾸던 삶……

"죽어버려!"

희진아! 어떤 계집아이가 하나, 아궁이가 썩은 어금니처럼 박혀 있
는 부엌에서…… 신문지 위에 엉덩이를 드러내놓고 붉게 핏발이 선 눈
으로 방문을 노려보고 있단다.

네가 나타나 피로연장을 돌아다니며 많이들 먹어라, 이제 막 폐백을
마치고 나온 새색시답지 않게 친구들의 어깨를 치고 다니다 드디어 내
앞에 와서 섰을 때, 나는 네게 손을 내밀었지. 너는 한 치의 의심도 없
이 내가 내민 손을 덥석 부여잡았어.

잘 살아.

그야 당근이지.

다른 친구들에게 그랬듯이 너는 내 어깨도 한 번 툭, 쳤어. 그러고는
햇볕에 검게 탄 얼굴의 늙은 남자들이 다닥다닥 붙어앉아 있는 자리로
걸어가버렸지. 그 순간에도 너는 석우의 손을 잡아끌었고 석우보다도
먼저 걷기 시작했던 거, 너는 분명히 기억도 하지 못할 거야. 노가다판
에서 한평생을 보낸 석우의 아버지와 그의 친구들이 입고 있던 양복은

광명시에서는 최고라는 그 웨딩홀처럼 어설퍼서 오래 시선을 두고 있기가 민망할 정도였어. 나는 얼른 고개를 돌려야 했지. 그러나…… 너는 벌써 저만치 그 어설픈 풍경 속으로 먼저 석우의 손을 잡아끌며 성큼성큼 걸어가고 있었던 거야. 내 팔뚝에는 또 한번 소름이 돋았어. 그 순간에 나는 예감이라기보다는 확신에 가까운 어떤 풍경…… 각이 맞지 않아 제대로 닫히지 않는 철대문과 머리 위로 후드득 떨어져내리는 녹가루가 인사말을 대신하는 집이…… 아궁이가 썩은 어금니처럼 박혀 있는 부엌에서 제 몸이 게워낸 악취 속에서 부르르 진저리를 쳐야 하는 어떤 풍경이 이제…… 곧…… 네 몫이 될 거라는 걸 다 알아버렸던 거야, 희진아!

*

살림은?

뿔뿔이 쪼갰지 뭐. 장롱은 친정에, 냉장고는 석우네.

……

야!

응?

아무 데나…… 나 좀 데려가줘라. 씨발, 근사한 데 아무 데나.

나는 그러겠다고, 아무 데나 근사한 곳으로 너를 데려가겠다고 대답하고, 너는 내게 다짐 아닌 다짐을 받아낸다. 아줌마처럼 하고 나오면 콱, 밟아버리겠다고. 너의 목소리에는 웃음기마저 묻어 있다. 수화기를 내려놓으며 나는 피식, 웃고 만다.

너란 아이는 도대체……

그래, 생각해보면 너는 늘 이런 식으로 나를 피식, 웃게 만들었어. 기억나니? 그날, 너와 나는 열아홉이었고, 우리의 열아홉은 아직 포장의 리본을 풀지 않은 선물상자 같은 것이었지. 발신인이 분명하지 않은 그 선물상자 속에는 '내일'이라고 불러도 좋을 그 무엇이 들어 있었어. 교실 맨 뒷자리에 앉아 선생들의 눈을 피해 하이틴로맨스를 몰래 읽던 나나 시합이 없어도 연습을 핑계 삼아 수업을 빼먹고는 양궁부실에서 몰래 담배를 피우던 너나 우리는 매한가지로 별볼일 없는 열아홉을 지나가고 있었고, 우리 몫으로 남겨진 선물상자 속에 들어 있을 그 '내일'이라는 선물 역시 우리의 열아홉만큼이나 신통치 않을 거라는 사실을 뻔히 알고 있었지. 그래도…… 그래도 난, 포장의 리본을 풀지는 않았어. 비단 나만 그랬던 것은 아니야. 태환이라는 이름의 남자친구에게 차인 뒤로 집에서 기르는 개 이름을 태환으로 고쳐 부르며 틈만 나면 "태환이 이 개새끼!" 제 개를 발로 걷어차곤 했던 은미도, 머릿결이 좋다는 것 말고는 이렇다 할 장점이 하나도 없던 미희도, 어느 날 바지 뒷주머니에 꽃무늬 스카프 한 장 꽂고 와서는 장차 의상 디자이너로서의 성공을 믿어 의심치 않던, 콧잔등에 유달리 주근깨가 많았던 그 여자아이도…… 지금은 이름조차 기억나지 않는, 교실의 책상 수만큼 학교로 내몰린 그 아이들 모두, 알고 있었지. 아직 포장의 리본을 풀지 않았을 때에는 고개를 갸웃거리며 아니야, 아니야, 부정할 수도 있고, 그렇지만으로 시작되는 변명을 늘어놓을 수도 있고, 어제 연필로 휘갈겨쓴 영어 단어 위에 오늘치의 영어 단어를 붉은색 볼펜으로 휘갈겨써 어제의 시간을 지워버리듯 선물상자 바닥에 몇 번이고 다시 새로운 밑그림을 그려넣을 수도 있다는 사실을 말이야.

누군가 내 앞으로 부친, 발신인이 분명하지 않은 그 선물상자를 앞에 놓고 나는 그 속에 들어 있을 알맹이를 상상하며 상자 바닥에 밑그림을 그려넣곤 했지. 상자의 크기나 넓이 같은 것은 문제가 되지 않았어. 어느 날은 별을 하나 그리기도 했어. 어차피 알맹이가 아닌 바에야 무엇은 못 그려넣었겠니? 내가 그린 그 별엔 청색 구름이 그 별의 대지였고 황금빛 바다가 그 별의 하늘이었지. 여자도 남자도 아닌 사람들이 그 별의 대지인 청색 구름을 밟고 서서 황금빛 하늘로 화살을 날려보냈어. 여자이면서 남자이기도 한 사람들이 날려보낸 붉은 화살이 그 별의 하늘을 가르면, 하늘이면서 바다이기도 한 그 별의 하늘에서 황금빛 바닷물이 떨어져내리는 거야. 여자도 남자도 아닌 그 별의 사람들이 쏘아올린 화살의 수만큼, 꼭 그만큼만 떨어져내리는 하늘의 바닷물은 그 별의 대지인 청색 구름 위로 쌓여갔어. 여자이면서 남자이기도 한 그 별의 사람들이 청색 구름을 밟고 서서 황금빛 바닷물이 출렁이는 그 별의 하늘로 화살을 쏘아올리는 이유는 그 별을 그린 나조차도 알 수 없었지. 다만…… 가끔씩, 그 별의 대지인 청색 구름과 그 별의 하늘인 황금빛 바다가 한 덩어리가 되어 땅도 없고 하늘도 없고 사람도 없는 그런 모습이 되는 날이면…… 황금빛과 청색의 휘황한 빛무리 속으로 녹아드는 붉은 화살들을 볼 수 있었을 뿐이야. 그런 날이면, 나는…… 여자도 남자도 아닌 사람들, 여자이면서 남자인 사람들이 사는 어떤 별에서 날아올 붉은 화살들을 기다리는 나를 만날 수도 있었단 말야, 희진아.

희진아! 넌…… 그러지 말아야 했어.

네 발치에 앉아 나는 네 무릎 밑에 두 손을 넣어 깍지를 끼고 있었지. 체육선생은 강당 중앙에 가져다놓은 나무의자에 앉아 스톱워치를 들여다보고 있었고, 너는 곧 들려올 호각 소리에 정신을 온통 집중하고 있었잖아. 네 표정이 얼마나 진지하던지 매트 위에 누워 있는 너를 내려다보기가 민망할 정도였단다. 대학입시를 앞두고 교내에서 행해지는 체력장이야 어차피 짜고 치는 고스톱이라는 것쯤 너도 모르지는 않았잖아. 모두들 윗몸일으키기 개수 몇 개쯤은 아무렇지 않게 조작해줄 만큼은 친한 사이끼리 짝을 맞춰 매트 위에 자리를 잡았고, 감독을 하는 선생들 역시 그만한 속임수쯤 눈감아줄 만큼은 닳아 있었어.

열셋, 열넷, 열일곱, 열여덟, 스물하나……

야!

그렇게 노기등등한 너의 목소리를 들어본 적이 없었지. 여전히 개수를 세면서 나는 너를 내려다봤어. 너는 상체를 일으켜세우며 "집어치워!"라고, 말했지. 집어치우라니? 네 말이 무슨 뜻인지 헤아리기에는 남아 있는 시간이 너무 촉박했고, 다른 아이들은 벌써 우리가 따라잡기 힘들 만큼의 개수를 외쳐대고 있었어. 네 이마에 맺혀 있는 땀방울의 개수와는 상관없이 나는 혼자 바쁘게 그 아이들을 뒤쫓아갔어. 마흔둘, 마흔여섯, 마흔일곱, 쉰……

누군가에게 발로 걷어차이는 일이 생긴다 해도 설마 그런 일이, 그런 상황에서 벌어질 거라고는 상상조차 해본 적이 없었지. 네 발에 걸어차여 매트 뒤로 훌렁 나자빠진 채 나는 주위를 두리번거렸어.

왜?

너는 한마디의 설명도 없이 강당 밖으로 나가버렸지.

네 등뒤에 대고 체육선생이 소리쳤어.

너, 뭐냐?

난 대학 안 가요!

짧게…… 한 문장으로 끝을 맺어버린 너의 열아홉을 지켜볼 여유조차 나에게는 없었어. 한낮에도 괴괴한 어둠과 침묵이 가라앉아 있는 철대문집에 이대로 계속 주저앉아 있을 수는 없잖아? 네가 강당을 빠져나가기도 전에 벌써 나는 주위를 두리번거리기 시작했단다. 기꺼이 내 윗몸일으키기 개수를 조작해줄 만한 아이를 찾아.

남아 있는 종목을 빠짐없이 다 끝내고 나서 내가 뒤늦게 양궁부실로 찾아갔을 때, 너는 네 몫의 선물상자의 포장을 풀고 있었잖아. 뚜껑을 열고 그 속에 들어 있는 화살들을, 너는 움켜쥐었어. 운동장으로 달려나가 과녁을 향해 화살을 쏘기 시작했지. 칠십 미터, 육십 미터, 오십 미터, 삼십 미터, 경기를 치르듯 각각의 거리에서 너는 네 몫의 화살들을 남김없이 날려보냈어.

너의 활시위가 팽팽히 당겨질 때마다, 네가 화살을 하나 쏘아올릴 때마다 나는 주먹을 꼭 쥐었다가 펴곤 했지. 지금 네 앞의 하늘을 가르고 날아가 저 화살들이 쏘아맞히고 있는 것, 그것은 중심에서 바깥쪽으로 멀어질 때마다 일 점씩 점수가 낮아지는 과녁은 아니었어. 너는 네 화살로 누군가 네 앞으로 부친, 발신인이 분명하지 않은 그 선물상자에 구멍을 뚫고 있었던 거야. 이제 그 속에 들어 있던 알맹이는 구멍이 뚫려 형체마저 분간할 수 없게 되었고, 그 순간에 너는 바닥에 밑그림을 지웠다 다시 그려넣고 그려넣었다 다시 지울 수 있는 선물상자 하나를 영영 잃어버리게 된 거야. 아직, 포장의 리본을 풀지 않은 동안에는 고개를 갸웃거리며 아니야, 아니야, 부정할 수도 있고, 그렇지만으로 시작되는 변명을 늘어놓을 수도 있었는데……

그냥, 하기 싫어서.

하기 싫어도 몇 달만 더 버티면 넌, 체대에 가잖아. 그 다음에 관둬도…… 그래도 늦지 않잖아?

하기 싫은데 체대엔 왜 가냐?

그게…… 전국 중고등학교 연맹 회장기 양궁대회에서 천삼백오십칠 점으로 고등부 FITA 싱글라운드 여고 개인 일위를 차지한 미래의 꿈나무가 양궁을 그만둔 이유였어.

나는 너무 어이가 없어서 그날도 오늘처럼 이렇게 피식, 웃고 말았지.

너란 아이는 도대체……

이제는 전세방마저 빼고 피시방에서 먹고 자게 됐다면서 아줌마처럼 하고 나오지 말라니…… 나는 피식, 한번 웃고 나서 인터넷에 접속한다.

그 명성, 그대로! 살아 있는 신화, 유리 그리고로비치의 볼쇼이 버전!

예술의 전당과 국립발레단은 한국인이 가장 좋아하는 고전 발레

〈백조의 호수〉를 오페라극장 무대에 올린다. 이번 공연은 그 명성을 그대로 재현하기 위해 러시아에서 직접 무대장치와 의상 일체를 제작하고, 러시아 최고의 기술 스태프가 내한, 국내 관객에게 새롭게 탄생하는 〈백조의 호수〉를 선보인다.

장소 : 예술의 전당 오페라극장

작곡 : 표트르 차이코프스키

원작 : 블라디미르 베기체프, 바실리 겔체르

스태프

각색·안무 : 유리 그리고로비치

무대·의상디자인 : 시몬 비르살라드제

무대·의상 제작 : 러시아 크라스노다르 극장

관현악 : 코리안심포니오케스트라

입장권 : R석 60,000원, S석 40,000원, A석 30,000원, B석 20,000원

화려한 궁정 무도회에서 최고 기량의 무용수들이 펼치는 역동적인 춤들도 장관이지만, 음울하고 신비로운 호수에서 스물네 마리 백조들이 차이코프스키의 극적인 음악에 맞춰 추는 환상적인 춤은 단연 압권이다.

화려한 궁정 무도회…… 운명과 사랑의 치열한 싸움…… 스물네 마리 백조들…… 차이코프스키의 음악…… 근사한 데 아무 데나 데려가줘……

나는 R석으로 두 자리를 예매한다.

*

버스로 거의 한 정거장은 될 거라는 버스기사의 말대로 정거장에서 오페라하우스까지는 구 센티미터 굽의 하이힐을 신고 걷기에는 꽤 먼 거리였다.

차라리 택시를 탈걸 그랬나?

예술의 전당 앞 SK주유소를 몇 미터 앞에 두고 나는 걸음을 멈춘다. 물집이 잡힌 엄지발가락을 걱정하다 문득, 새삼스럽게, 내려다본다. 발등을 내리덮고 있는, 속이 비치는 여름 바지를. 그런가? 옷장을 뒤적거리다 "가을 따위, 어째서 있는 거지?" 혼잣말을 중얼거리는 사람의 옷장 속엔, 여름과 겨울만 있는 거구나. 도저히 나무라고 보기 어려울 만큼 가지치기를 당한 느티나무들이 일정한 간격으로 심어져 있는 길의 한 지점에 멈춰 서서 나는 물집이 잡힌 엄지발가락을 걱정하다, 목적지까지 앞으로 얼마나 더 가야 하나, 남아 있는 거리를 가늠하다, 문득, 희진의 옷장을 상상한다. 그럴 거라고, 희진 역시 아직도…… 옷장 속에 여름과 겨울, 두 계절만을 쑤셔넣었을 거라고. 옷장을 뒤적거리다 결국은 여름옷을 꺼내 입으며 사계절을 넉넉히 채워넣지 못한 제 옷장을 새삼스레 들여다보았을 거라고.

오페라하우스에 도착해 계절에 맞는 가을 정장을 차려입은 사람들 속에서 아래위 모두 검은색 여름옷을 입고 있는 희진을 찾아냈을 때, 나는 나의 상상에서 한 치의 어긋남이 없는 희진의 모습에 묘한 안도감마저 느낀다.

많이들 먹어라, 피로연장을 돌아다니며 친구들의 어깨를 툭툭 치던 결혼식날처럼 희진은 성큼성큼 걸어와 내 어깨를 툭, 친다.

어? 살 좀 빠졌는데!

잘 살았냐, 어떻게 지냈냐, 인사말을 훌쩍 건너뛴 채 희진은 나를 끌고 화장실로 간다.

너는 이것도 눈화장이라고 했냐? 꼭 이렇게 아줌마 티를 내야 되겠어, 너?

나는 희진에게 얼굴을 내맡긴 채 희진의 목을 휘감고 있는 두 개의 목걸이들을 바라본다. 쇄골 부근에서 달랑거리는 하트 모양의 펜던트를 바라보며 나는 희진이 왜 나이테처럼 저 목걸이를 걸고 다닐까, 궁금해한다. 화장실에서 나와 막이 오르기를 기다리며, 답이 없다는 이유로 결국은 아무 의미도 지닐 수 없는 이야기들을 나누는 동안에도 나는 희진의 하트 펜던트에서 시선을 거두지 못하지만, 그러나 "그 목걸이…… 희진아! 그걸로 넌 뭘 증명하려는 거니?" 차마, 묻지 못하고 막이 오른다.

지크프리트 왕자의 이십 세 생일이다. 궁정의 처녀들과 즐겁게 춤을 추는 왕자에게 여왕이 다가온다. 여왕이 왕자의 성인식을 위해 준비한 선물은 화살이다. 사람들이 떠나간 뒤에 혼자 남은 왕자는 화살을 바라본다. 어떤, 알 수 없는 힘이 왕자를 사로잡는다. 화살을 움켜쥐고 일어나 어떤, 알 수 없는 힘에 이끌려 왕자는 밖으로 나간다.

이제 저 화살로 왕자가 쏘아맞히는 것은 무엇일까, 희진아?

나는 대답을 재촉하듯 희진의 옆얼굴을 바라본다. 그러나 희진은 아무 말이 없다.

나는 그, 아무 말이 없는 너의 침묵에 대고 묻는다.

너도 너의 성인식을 위해 화살 하나쯤은 남겨둬야 하지 않았느냐고.

성인식을 치르기도 전에 벌써 너는 네 몫의 화살을 남김없이 쏘아버렸고, 네가, 짧게…… 한 문장으로 너의 열아홉을 끝맺어버린 그날, 네가 네 화살로 숭숭 구멍을 뚫어버린 그 과녁 앞에서 너는 네 활시위에 화살 대신 너를 메우더구나. 그러고 나서 너는 곧장 네 길 위로 올라섰어.

그날도 오늘처럼 네가 전화를 걸어왔을 거야. 물걸레질을 했는지 지하로 통하는 나무계단은 미끄러웠고, 나는 넘어지지 않기 위해 무어라도 붙잡으려 했는데 그 민속주점의 계단에는 난간조차 없던 기억이 나. 문을 열고 안으로 들어서자 어떤 냄새가 훅, 끼쳐왔어. 그 냄새는…… 문갑 아래로 굴러들어가 아무도 모르게 스멀스멀 곰팡이가 슬어가는 감귤 냄새였고, 밖에서 잠가놓았던 자물통을 따고 들어갔을 때 끄응, 누런 눈곱이 고름처럼 고여 있는 눈으로 내 얼굴을 멀끔히 한번 올려다보고 죽어버린 도사 새끼가 누워 있던 사과궤짝에서 나는 냄새였고, 민중서관판 콘사이스를 찢어 모아둔 담배꽁초로 담배를 말아 피우던 아버지의 손가락 끝에 배어 있던 침냄새였어.

그래, 그 냄새 탓이었을 거야. 나는 성큼 안으로 들어가지 못하고 문간에 서 있었지. 그때 조도가 낮은 조명 아래서 담배를 피우고 있던 네가 "어이! 대학생!" 억지스러울 만큼 과장된 손짓으로 나를 불렀어.

나뭇결을 흉내낸 베니어판에 등을 기대며 너는 쇄골 부근에서 달랑거리는 하트 모양의 펜던트를 내게 내밀어 보였잖아. 너의 성인식을 위해 네 남자친구는 부산으로 내려갔어. 부두에서 석환은 너를 위해 등짐을 졌고, 등의 살갗이 벗겨져 물집이 잡힐 때면 석환은 그 아릿한 통증 속에서 너를 보았어. 그리고 그 부두에서 건져올린 14K 하트 목걸이 하나를 들고 올라와 네 목에 빗금 하나를 그었지.

네 어깨에 팔을 두르고 있는 석환의 손은 뼈마디가 굵었고, 더이상 활을 잡지 않아 서서히 굳은살이 사라져가고 있는 네 손바닥으로 너는 그 뼈마디가 굵은 석환의 손을 살포시 감싸쥐었던가?

아직 스무 살을 한 해 더 남겨놓고 있던 석환의 사촌동생이 마주앙의 뚜껑을 땄고, 펑 소리와 함께 천장으로 튀어올라간 코르크 마개가 하마터면 형광등을 깰 뻔하자 너와 석환은 몸을 비틀며 웃어댔지. 너희 머리 위에서 담쟁이넝쿨 조화가 흔들리고 있었어. 나는 철제 앵글에서 나뭇결을 흉내낸 베니어판 위로 감겨내려와 있는 담쟁이넝쿨 조화를 바라보다 내 입꼬리가 위로 말려올라가는 것을 감추느라 서둘러 내 앞의 샴페인을 비워야 했단다.

나는 네가 증명해 보이기 위해 무던히도 애를 쓴다고 생각했지. 무엇을? 누구에게? 그러니까 나는, 네가 너의 실수를, 너의 실패를 인정하지 않기 위해 안간힘을 쓴다고 생각했다. 그렇잖아? 미래의 꿈나무가 대학도 마다하고, 통조림 가게 경리가 되어…… 겨우 14K 목걸이 하나 장만하는 데도 한 달 내내 등짐을 져야만 하는 동갑내기 남자애 품에 안겨 500cc 생맥주잔을 높이 쳐들며 '건배'를 외칠 때 누군들 그런 생각을 하지 않겠니.

이제 다시 막이 올라가고, 알 수 없는 힘에 이끌려 왕자가 다다른 곳,

그곳 숲속의 호숫가에서 왕자는 인간의 모습으로 변하는 백조들을 발견한다. 그중 가장 아름다운 백조, 오데트 공주에게 왕자는 무릎을 꿇는다. 그래, 아름다움은 저런 힘을 갖지. 누구든 그 앞에 무릎 꿇게 하는 힘을. 그러나, 나는…… 서른두 살이 된 지금도 이해하지 못한다. 스무 살의 너를 무릎 꿇게 만든 힘, 석환의 힘의 정체는 무엇이었을까?

이런 게 사랑이잖아!

너는, 그래, '사랑'이라고 말하더구나, 단호히.

살갗이 벗겨져 물집이 잡힌 석환의 등이 그 사랑의 명백한 증거였지. 활을 놓은 뒤로 너는 더이상 땀 흘리며 운동장을 뛸 필요도 없었고, 활을 잡느라 언제나 굳은살이 박혀 있던 네 손바닥은 물기를 머금은 구름처럼 부드러워졌어. 그러나…… 너는 여전히 이마에 맺힌 땀방울이야말로 순수하다고 믿는 애송이였던 거야.

너는 네가 경리로 일하는 통조림 가게 근처의 여자들과 어울려 다녔어. 대부분은 상고를 졸업한 그 여자들의 애인의 손은 모두 뼈마디가 굵었고, 역시나 뼈마디가 굵은 손을 갖고 있던 석환은 커다란 고딕체로 인력 개발이라고 씌어 있던 봉고차를 타다가 직업군인이 되었어. 네가 말아온, 속이 옆으로 치우쳐 있던 김밥을 먹고 나서 너 그리고 나, 우리는 어스름이 내리는 연병장을 바라보다…… 이제 막 하사가 된 석환이 기합 소리 속으로 달려나가는 모습을 지켜보다…… 서울행 버스에 올라탔지. 떠나거나 혹은 되돌아오는 사람들이 얼기설기 얽혀 만들어낸, 제목을 붙일 수 없는 풍경화 속으로 꾸역꾸역 비집고 들어가 너와 나도 그 그림 속의 한 점 정물이 되었고, 버스 천장에 박혀 있는 수면등이 하나씩 꺼질 때마다 버스 안의 침묵은 눈에 띄게 두터워져갔지. 아마도 그래서 그랬나봐. 기사가 문득, 잊고 있었다는 듯이 라디오를 틀었을 때 별안간 흘러나온 그 노래가 나에게는 마치 어둠을 두 쪽으로 쩍 갈라버린 것처럼 느껴졌지 뭐야.

My time, all my life

some way, I saved

the memory, the pending,

the family, surround me

나의 시간, 나의 인생,

나를 둘어싼 모든 것,

아직 끝나지 않은 추억들, 나의 가족,

어쨌든 이 모두를 소중히 간직했지

(……)

good lord where are you found?

carry judgement way underground

did you laugh at me, now alone?

should changed my way by now……

당신은 어디 계신지요?

저 밑에서 심판하며 지금 혼자인 나를 비웃으시는지요?

이제 와서 내 인생을 바꿀 수 있는지……

"슈드 체인지드 마이 웨이 바이 나우…… 이제 와서 내 인생을 바꿀 수 있는지?"

그 고속버스 안에서 나는 네게 물었어.

너는 왜 지금의 너와는 다른 사람이 되려 하지 않느냐고.

너는 언제나처럼 고개를 내저었고, 나는 버스 유리창을 닦고는 까마득히 뒤로 처져버리는 가로수들을 바라보다…… 그 가로수들이 버스 유리창 위에 남긴 물음표들을 되씹다 까무룩 잠이 들었지.

대학에 진학한 네 양궁부 동기들이 가끔씩 내게 전화를 걸어 네 안부를 묻기도 했어. 그러면 난…… "희진은, 만족한대" 짧게, 전화를 끊곤 했단다.

내가 대학을 졸업하던 해에 경리 오 년차였던 너는 칠백오십만원짜리 적금을 탔고, 스물일곱이 되어 내가 아이를 낳던 해에 너는 네 손가락 하나를 잘랐지.

너를 전혀…… 이해할 수 없었던 것은 아니야. 눈조차 내리지 않던 그해의 겨울은 그 안에서 겨울나기를 해야 하는 사람의 최후의 여린 희망마저 얼어붙게 했으니까. 예정일을 앞두고 나는 혼자서 꾸역꾸역 출산 준비를 해야 했지. 아이의 배냇저고리와 손싸개와 기저귓감과 양말을…… 혼자 마련해본 여자는 알게 된단다. 제가 짚은 허방의 무늬를. 나는…… 무서웠어. 끔찍하게, 무서웠어. 가랑이 사이로 흘러내려 거실 바닥에 이해할 수 없는 무늬를 그려넣는 양수를 내려다보다 나는 그 속에 두루마리 휴지와 수건과 컵과 가그린을 챙겨두었던 쇼핑백을 찾아 두리번거렸지. 어금니를 악물었지만…… 우습게도, 울컥, 눈물이 솟구치더라. 남편의 핸드폰은 꺼져 있었어. 그 순간만큼은…… 누구라도 좋으니 내 대신 그 쇼핑백을 들고 성큼성큼 걸어가 저 문을 열고 내게 큼지막한 손바닥을 내밀어주었으면 했지. 그러면 난 그 큼지막한 손바닥에 내 손을 올려놓는 거야. 그걸로 그만 안심이 되어버리는 그런 손……을…… 찾아 내가, 울고 있었던 거야.

너, 혹시 기억하니?

산후조리원으로 나를 찾아와 너는…… 그래, 그날도 너는 저 하트펜던트, 석환이 네 목에 그은 빗금 하나를 만지작거리다 울음을 터뜨렸잖아. 네 눈은 물기로 번들거렸고, 나는 네 눈에 물기가…… 아직도 물기가 남아 있다는 사실이 놀라워 웃음을 터뜨렸어.

못 견디게 웃음이 터져나왔어.

의료 파업을 핑계 삼아 병원측은 몇 주 동안이나 초음파검사를 미뤄왔고 그사이에 뱃속의 아이는 저 혼자 무서운 속도로 커버렸지. 내가 내 이마에 맺힌 땀방울의 수만큼 정직하게 아파하며 내 손을 잡아줄 그 누군가를 찾아 소리지르고 절망하고 마침내는 용서를 구하고 난 뒤에, 뒤늦게 내 앞에 나타나 의사는 말했어. 간단명료하게. 애가 너무 커서 제왕절개를 해야겠습니다. 내 회음부는 이미 절개된 뒤였고, 나는 새로이 내 살을 찢기 위해 마취를 했지.

네 등뒤로 문이 열리고 산후조리원의 간호사가 안으로 들어왔잖아. 나는 되돌아 나가려는 그녀를 불러세웠어. 그녀는 내 치마를 걷어올리고 대충 꿰매어 실밥 하나가 아래로 길게 흘러내려와 있는 내 회음부에 약을 바르고 치마를 더 걷어올려 가로로 절개된 내 배 위에 새로이 거즈를 갈아 붙였어. 병원측의 얄팍한 상술 때문에 배와 회음부, 둘 모두를 절개한 산부가 나 말고도 대여섯 명이나 더 있는 산후조리원 한복판에서 너는 대체 무슨 소릴 지껄인 거니?

차라리…… 죽어버리겠다니, 사랑 때문에.

활시위에 화살 대신 너를 메우고 네 길 위로 성큼 올라선 네가 이제 스무 살에서 일곱 해를 돌아와 내 앞에서…… 감히, 내 앞에서 울고 있었어.

내 가랑이 사이에는 원적외선 기계가 하나 우뚝 서서 내 상처를 향해 열기를 뿜어대고 있었고, 너는 눈물로 뿌옇게 흐려진 시야로 원적외선 불빛이 내 몸 위에 떨어뜨린 붉은 얼룩 하나를 내려다보다 고개를 조금 옆으로 틀었어. 원적외선 기계 아래 놓여 있는 쟁반과 그 쟁반 위에 놓여 있는 끝이 잘린 쿠바산 시가와 다비도프 금속 커터가 철컥, 소리를 내며 네 뿌연 시야를 뚫고 들어왔지.

끝이 잘린 시가 옆으로 네 손가락 한 마디가 또르르 굴러떨어졌어. 네 손가락 역시 정확한 원형으로 절단되어 있었지.

아무 장식 없는 벽에 달랑 하나 걸려 있던 달력 한 장을 찢어 그 위에 너는 네 피로, 변심한 애인의 이름을 한 자 한 자 아로새겼어.

석환아, 사랑해.

잘려, 끝이 잘린 시가 옆으로 굴러간 네 손가락은 원적외선 불빛을 받아 생동감이 넘쳐흘렀지. 채 아물지 않은 회음부에서 붉은 피가 새어 나오는 줄도 모르고 나는 웃었어. 찢어진 배를 움켜쥐고 웃었어.

너하고 내가 사랑해서 결혼했니, 엉? 조건이 맞으니까 같이 사는 거 아냐?

당신이 나 대신 성큼성큼 걸어가 문을 열어주고 내게 큼지막한 손바닥을 내밀어주었으면 했다고, 그 큼지막한 손바닥에 내 손을 올려놓으면…… 그걸로 그만 안심이 되어버리는 그런 손……을…… 나, 당신 아이를 낳는 순간에 꼭 쥐고 싶었다고…… 내가 손을 내밀었을 때, 만 하루가 지나서야 나타나 아직도 술냄새가 가시지 않은 입으로 질겅질겅 시가를 씹어대던 남자…… 내 남편이 내가 내민 손, 그 끝을 싹둑, 잘라버린 시가 커터로 너는 네 손가락을 자른 거라고, 희진아!

뭐야 이거?

어둠 속에서 희진이 제 왼쪽 팔꿈치로 내 옆구리를 쿡 찌른다.

왜?

끝이 깨잖어.

희진의 말에 나도 모르게 입꼬리가 한쪽으로 치켜올라간다.

희진은 벌써부터 핸드백의 줄을 말아쥐고 나갈 채비를 서두른다. 그러나 아직 실내는 어둡고, 무대 위의 발레리나와 발레리노는 맡은 역할에 충실하다. 나는 느긋하게, 끝까지, 무대 위의 비극을 지켜봐줄 작정이다. 그것도 가능하면 편한 자세로 말이다. 나는 등받이에 등을 푹 파묻고 정면의 무대를 바라본다.

70년대 볼쇼이의 주역을 지낸 전설적인 발레리나, 갈리나 울라노바가 그랬다던가? 유리 그리고로비치의 이 발레를 만나는 순간 나는 이것이야말로 내가 운명적으로 꿈꾸던 '나의 백조의 호수'라고 생각했다고.

악마에게 속아 오데트가 아닌 악마의 딸, 오딜에게 영원한 사랑을 약속한 왕자. 왕자의 배신으로 오데트는 영원히 백조로 살게 되었다. 왕자는 죽고 오데트는 백조가 되어 날아가는 마지막 장면을 지켜보며 나는 과연 유리 그리고로비치로군, 어느새 "브라보!"를 외치고 있다.

*

엉뚱하지, 저 나무?

예술의 전당 앞 SK주유소를 몇 미터 지나쳐와서 우리는 걸음을 멈춘다. 도저히 나무라고 보기 어려울 만큼 가지치기를 당한 느티나무들이 일정한 간격으로 심어져 있는 길의 한 지점에 멈춰 서서 희진은 물집이 잡힌 내 엄지발가락을 걱정하다 문득 생각난 듯 묻는다.

나는 어떻게 저런 형태로…… 제멋대로…… 그러니까 가지치기를 당하고도 저만 혼자 엉뚱하게 옆으로 뻗을 수 있었나, 새삼 눈길을 주게 되는 느티나무 한 그루를, 그 느티나무를 가리키고 있는 희진의 손가락을 바라본다. 어느 한 지점을 향하여 곧게 직선으로 뻗어 있는 손가락, 그 밑으로 희진이 둥글게 말아쥐고 있는 네 개의 손가락…… 그중 하나는 끝마디가 짧다. 시가의 머리 부분을 이렇게 정확한 원형으로 절단할 수 있는 커터도 드물 거라는 남편의 호평대로 다비도프 커터의 이중 칼날은 희진의 손가락 하나를 완벽하게 잘라놓았다. 다시 이어붙일 수 없을 만큼.

나는 홍조를 머금듯 테두리에 선홍색 핏방울을 두르고서 우리를 빤히 올려다보던 그 스테인리스 칼날의 단호함이 마음에 들었다. 뒤로 멀찍이 비켜서서 이제야말로 너를…… 저 칼날이 너에게서 싹둑, 베어버린 너의 스무 살 뒤로 이제부터 네가 새로이 시작하게 될 너의 스물일곱을 지켜봐주겠다고…… 나는 일어나 네 손가락을 감싸쥐었지. 너도…… 네 눈에서도 이제 곧 물기가 사라질 거야, 그 순간에 나는 믿어 의심치 않았던 거야.

그러나 몇 년 후, 너의 청첩장을 대신하는 통화중에 나는 거친 숨을 몰아쉬어야 했어.

누구라고?

나는 한번 더 네 결혼 상대자의 이름을 물어야 했지. 낯익은 이름이었어. 나는 과거로 거슬러올라가는 문 앞에 서서 단단하게 붙들어매어놓은 자물통에 열쇠를 꽂아넣었어. 문을 열자 오래된 먼지가 떨어져내렸어. 지하로 통하는 나무계단은 미끄러웠고 나는 난간도 없는 계단을 내려가며 혹, 끼쳐오는 냄새 속에서 서서히 윤곽을 드러내는 어떤…… 이름 하나를 향해 걸어갔지.

나뭇결을 흉내낸 베니어판과 철제 앵글 위에 올려져 있는 가짜 담쟁이넝쿨과 자욱한 담배연기 속에서 누군가 몸을 비틀며 웃어대. 손등까지 까맣게 탄 석환의 품에 안겨 있는 아직 앳된 얼굴의 너의 스무 살을 위해 한 남자가 이제 막 샴페인 병의 코르크를 뽑아올려. 폭죽처럼 튀어올라간 코르크 마개가 형광등을 맞히고 형광등에서 쏟아져내리는 먼지 속에서 남자는 비어 있는 네 잔에 샴페인을 따라. 너와 석환의 성인식을 위해 폭죽을 쏘아올린 남자…… 아직 스무 살을 한 해 더 남겨놓고 있던 석환의 사촌동생…… 이름이, 석우였던가?

너도 나처럼 서른이 되었고, 서른의 너는 광명시의 어느 허름한 건물에 컴퓨터가 열다섯 대밖에 없는 지하의 피시방 하나를 내어 운영하고 있었지. 그래도 넌, 네 이름이 박힌 사업자등록증을 이제 막 출입구 옆에 걸었다고, 돈이나 왕창 벌어야지, 열에 들뜬 목소리로 떠들어댔었잖아. 그런데 왜?

숨길 게 없으니까.

그렇게 너는…… 너의 서른에 다시, 너의 스무 살을 이어붙였지.

예식이 끝나고 사회자의 호명에 따라 그만그만한 주름 몇 줄씩은 움켜쥔 사람들이 앞으로 걸어나와 너와 석우를 에워쌌어. 네가 그 팔을 꼭 부여잡고 있는 석우는 그 어느 때보다 굳게 입을 다물고 있었고, 석우 옆으로 눈매가 날카로워 보이는 석우의 아버지와 그의 여동생이 카메라를 향해 두 눈을 부릅떴지. 그 부릅뜬 눈들 뒤에서 검은 양복을 입은 석환은 까맣게 탄 손으로 연신 이마를 훔쳐 닦았어.

저 사람이 석환이 어머니잖아. 석우 아빠 여동생이래.

어머니, 어머니, 하고 부르던 사람을 이제 와서 고모님이라고 부를 수 있을까?

내 옆에 앉아 있던 여자들 중의 누군가가 콧잔등에 가루분을 찍어바르다 말고 손가락 하나를 치켜들었어.

그래, 사실은 나도 그런 게 궁금했단다. 석환이 직업군인이 되어 의정부와 강원도를 떠돌 무렵, 너는 서울에 혼자 남아 있는 석환의 어머니를 자주 뵈러 갔었지. 너는 내 딸이다, 희진아. 석환의 어머니가 네 손등을 투덕투덕 두드리며 남편 없이 혼자 아들을 키워온 과부의 설움을 이야기할 때면 너는 그녀의 버성긴 마음의 잔에 그득그득 소주를 따라부었다고 했던가?

나는 뒤로 멀찍이 떨어진 자리에 앉아 이제 막 사진액자의 네모난 틀 안에 붙박여버린 어떤 풍경을 지켜보았지. 인생을 둘러싼 모든 것들…… 화살이 되어 다시 되돌아오는 상처들마저 함께 어깨를 나란히 하고 있는 그 풍경은 내게는 너무나 낯설어서 나는 질끈 두 눈을 감아버렸단다.

구태여 너는 왜 저 속으로 꾸역꾸역 걸어들어갔니, 희진아?

카메라를 향해 두 눈을 크게 부릅뜨고 있는, 너를 겹겹이 에워싸고 있는 저 시선들…… 그 앞에서는 숨길 수도, 변명할 수도, 부정할 수도 없는…… 매순간 지나온 시간의 알갱이를 고스란히 되씹어야 하는…… 알갱이란 말 속에 숨겨져 있는 거친 속살을 씹다가 혀가 찢기고, 얼마나 더 상해야만 하는지, 얼마나 더 잘게, 잘게 스스로를 부숴야만 하는지…… 어금니가 시리게 아파올…… 저곳으로…… 너는 왜 걸어들어갔어, 이 바보야!

나는 어느 한 지점을 향하여 곧게 직선으로 뻗어 있는 희진의 손가락 하나를 바라보다 하마터면 "이 바보야!" 나도 모르게 소리를 내지를 뻔하다가는 얼른 말을 돌린다.

어디 가서 술이라도 한잔 할래?

술? 술 마실 돈 있으면 목욕이나 하겠다.

목욕?

지하에서 올라오면 그렇게 목욕이 하고 싶어. 머리도 감고 싶구, 욕조에 푹…… 하루 온종일 퍼져 있고 싶다니까. 우리 피시방 건물 이층에 화장실이 하나 있는데 아침에 거기서 눈곱만 뗀다야. 그냥, 너네 집으로 갈까? 너희 집 소파, 쿠션 빵빵하냐? 머리부터 감고 소파에 누워서 시원한 맥주 한잔, 캬!

미친년, 그러게 왜 그런 결혼을 했냐, 머리 감을 화장실도 없는 지하 피시방에서 사발면이나 축내다가 담배연기만 죽어라 들이마시고 폐암에 걸려서 뒈질 작정이었냐, 그까짓 14K 목걸이 하나를 벗어던지지 못해서 그래 그 꼴로 사냐, 어쩌고, 꾹꾹 내리눌러왔던 말들이 그만 입 밖으로 터져나오려는데 쿵따리 샤바라 빠빠빠— 소리도 요란하게 희진의 핸드폰이 울린다.

뭐? 김밥 옆구리 터지는 소리 하네. 알았다구!

누군데?

누구긴, 석우지.

넌, 남편 전화를 그렇게 받니? 왜? 석우가 늦게 온다고 한마디 하든?

한마디는 무슨…… 굴……이 먹고 싶대.

굴?

그러게 말이다. 재수 없는 인간은 뒤로 넘어져도 코가 깨진다고, 우리 피시방이 초등학교 옆에 있잖냐. 정화구역인가 뭔가에 걸려서 내년 2월까지는 피시방도 옮겨야 되는 마당에 나이 어린 남편은 굴이 먹고 싶단다.

내가, 정화구역은 또 뭐냐고, 그럼 권리금도 못 챙기는 거냐고, 버럭

화를 내려는데, 어? 왔다! 뛰어! 희진은 저 앞쪽에서 밤의 어둠을 가르며 달려오는 버스를 향해 뛰기 시작한다. 내 눈짐작으로는 아무리 빨리 달려도 저나 내 걸음으로는 따라잡지 못할 게 뻔한데도 희진은 부득부득 뛴다. 컥, 숨이 막혀 이 자리에서 고꾸라진대도 나는 뛰겠어, 지금 뛰지 않으면 안 되는 무슨 절박한 사연이라도 있는 것처럼 뛰다 희진은 버스정류장을 몇 미터 남겨두고 멈추어 선다. 허리를 굽히고 두 손으로 무릎을 짚고 서서 날숨을 몰아쉰다. 희진이 따라잡으려던 버스는 정류장에 서지도 않은 채 벌써 저만치 앞서 달려가버렸다.

내가 옆에 와 서자, 희진은 여전히 날숨을 몰아쉬며 나를 올려다본다.

야! 니가 생각해도 굴은 그렇지? 갈치를 살까봐. 굴이야…… 한번 먹으면 끝이잖니. 갈치로 해야겠다, 갈치로! 아, 씨발…… 이런 게 가난이구나. 그래도 나오니까 좋긴 좋다! 야! 석우랑 나랑 피시방에서 같이 먹고 자니까 좋은 거 하나는 있다?

내가 그게 뭐냐고 묻기도 전에 희진은 내 어깨를 툭, 한 번 치고는 굴이었다가 갈치였다가 가난이 되어버린 제 이야기를 또 훌쩍 건너뛰어 가버린다.

석우랑 나랑 교대로 피시방 지킬 때는 사랑 한 번 하려고 해도 아르바이트 써야 됐잖냐. 요새는 같이 있으니까 그거 하나는 좋아. 어? 저거…… 저 버스 맞지?

너란 아이는 도대체……

내가 또 뭐라고 대꾸를 하기도 전에 희진은 내 손을 잡아끈다. 그러고는 달려오는 버스를 향해 나보다 먼저 뛰기 시작한다. 나는 우리가 지금 왜 뛰어야 하는지…… 저 버스를 타고 가서 우리가 내려야 할 곳, 그곳이 어디인지…… 희진에게 묻고 싶지만, 그 언젠가처럼 희진은…… 냉동이 풀려 검붉은 핏물이 흥건히 고여 있는 육회 접시와 자주색 꽃무늬가 얼룩처럼 박혀 있는 테이블보와…… 제 몸이 게워낸 악취 속에서 부르르 진저리를 쳐야 하는 어떤 풍경 속으로 성큼성큼…… 내 손을 잡아끌며 뛰고 있는 희진은…… 고개를 돌려 옆을 바라보지 않는다. 나는 그, 고집스레 정면을 향해 있는 얼굴에 대고 묻지 못한다. 지금 내 손을 잡아끄는 너를 따라가면…… 그러면, 나는 어디에 나를 부려놓게 되는 거냐고. 너를 따라가면, 나…… 이혼서류에 도장을 찍지 않아도 되는 거냐고.

그래, 희진아! 난…… 내일 이혼서류에 도장을 찍어. 내가 이혼서류에 도장만 찍어주면 내 명의로 건물을 하나 더 사겠대. 간단하게 도장만 찍으면 되는데 왜 쓸데없이 양도소득세를 내냐고, 남편은 나의 철없음을 꾸짖지. 그래, 기껏해야 종잇조각일 뿐인 그깟 서류에 도장 하나 찍는다고 뭐가 달라지겠니. 그런데…… 그런데 말이야, 꿈결에서인 듯 사라락 소리를 내며 누군가 비어 있는 내 옆자리로 다가와 내 어깨를 보듬어안는 느낌에 놀라 화다닥 깨어나면 부시도록 붉은 해가 저 허공에 높이 떠서 나를 내려다보고 있는 거야. 거실 소파에 혼자 누워 나는 누구를 기다렸던 걸까? 언제나처럼 한 통의 전화도 없이 또 어딘가에서 밤을 지새워버린 남편? 그 바닥에 몇 번이고 다시 밑그림을 그려넣을 수 있는 내 몫의 선물상자 하나? 황금빛 바닷물이 출렁이는 하늘로 화살을 쏘아올리던 사람들, 황금빛과 청색의 휘황한 빛무리 속으로 녹아드는 그 붉은 화살들? 그래도…… 그래도…… 나는 아직 포장의 리본을 풀지는 않았어, 고개를 저어보지만 머리 위, 거실 유리창으로 벌써 붉은 해가 걸어들어와. 망설이지도…… 틈을 주지도 않고 성큼성큼 걸어들어와 내가 누워 있는 자리보다 더 넓게 바닥을 차지해버리는 저 부신 햇발 속에서 나는 어디로 숨어들어가 문을 걸어잠가야 할지…… 여전히 막막하지. 괜찮아, 괜찮아…… 내 몸을 뒤흔들고 있는 떨림이 잦아들기를 기다리며 가만히 거실 소파에 뺨을 대어보지만 내 뺨에 와 닿는 세상은 아직도 꺼끌꺼끌하기만 해.

사실은, 너도 그렇지, 희진아? 삐걱거리는 나무계단을 밟고 지하에서 지상으로 올라서는 순간이면 너도 질끈 눈을 감아버리고 싶잖아. 그런 순간이면 너도 나처럼 그 밤에…… 그 고속버스 안에서 우리가 함께 어깨를 나란히 하고 들었던 그 노래…… 제목도, 그 노래를 부른 가수의 이름도 몰랐던 노래…… 당신은 어디 계신지요? 저 밑에서 심판을 하며 지금 혼자인 나를 비웃으시는지요? 이제 와서 내 인생을 바꿀 수 있는지…… 그 가사를 너도 되씹잖아.

그렇잖아, 희진아!

내가 악을 쓰듯 제 이름을 부르자 희진은 놀라 잡아끌던 내 손을 놓쳐버린다. 그 바람에 나는 그만 뒤로 쿵, 엉덩방아를 찧으며 넘어진다. 뛰다…… 뒤로 넘어져…… 주저앉아 고개를 들어 바라본 정면에 그 나무가, 어떻게 저런 형태로…… 제멋대로…… 그러니까 가지치기를 당하고도 저만 혼자 엉뚱하게 옆으로 뻗을 수 있었나, 새삼 눈길을 주게 되는 느티나무 한 그루가 엉뚱하게도 내 쪽으로 가지 하나를 뻗고 있다.

어느새 내 뒤로 와 내 겨드랑이 속으로 두 팔을 뻗어 희진이 나를 일으켜세우려고 애쓰는 내내 희진의 목에 걸린 14K 목걸이, 세월의 빗금 하나가 슬쩍슬쩍 내 등을 건드린다.

그래, 희진아. 나무마다 전설 하나씩은 품고 있다지만 잔가지 하나 없이 달랑 몸뚱이만 남은 채 직선으로만 가지를 내뻗고 있는 가로수를 보며 그 속에 깃들어 있을 세월의 녹을 짐작하기란 쉽지 않은 일이야. 그래도…… 밑동에서 조금 올라가다 제 몸을 기꺼이 반으로 나누어 땅을 향해 휘어 있는 저 나무라면 그 뿌리로 전설 하나쯤은 움켜쥐고 있을 법도 하지 않니?

동서로 통하는 길을 끼고 있는 한 작은 마을이 옛날 옛날, 강원도 어느 땅에는 있었대. 동쪽에서 서쪽으로 가는 나그네와 서쪽에서 동쪽으로 가는 길손들이 모두 쉬었다 가는 마을이. 이 마을에서, 동에서 서로 가는 노스님과 서에서 동으로 가는 노스님이 만난 거야.

"가시는 길입니까?"

동에서 온 스님이 물었어.

"아닙니다. 쉬고 있습니다."

길가에 나란히 앉아 땀을 닦으며, 서로를 바라보며, 두 스님은 껄껄 웃었지.

"갈 길이 멉니까?"

이번엔 서에서 온 스님이 물었어.

"아닙니다."

"가깝습니까?"

"아닙니다."

"그럼 가깝지도 멀지도 않군요. 저 또한 그렇습니다."

두 스님은 서로 마주 보며, 미소지으며, 짊어지고 온 바랑에서 나뭇가지를 꺼내어 서로 한 개씩 맞추어보았단다.

"이 나뭇가지는 우리가 만난 기념으로 이 자리에 꽂아놓고 갑시다."

두 스님은 그 자리에 나뭇가지를 꽂아놓고 그리고 서로 다른 길로 떠나가버렸다지. 그 나무가 바로 저 느티나무라 했던가? 그러면, 희진아! 너와 내가 서로 다른 길로 갈라져버리게 된 곳, 그곳은 어디였을까?

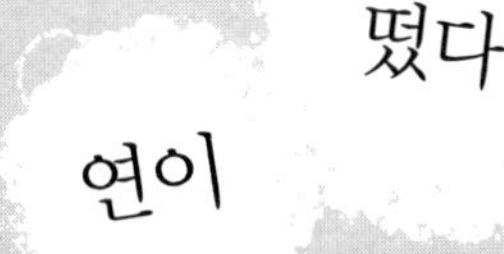

생활이라고 부르는 것으로부터 멀리 떨어져 있을 때에만

그 눈에 생기가 도는 여자……

저 여자는 다름아닌 바로 나였고, 나의 엄마였다.

사생활이란 무엇이냐? 그 할머니의 말을 빌리자면, 나만의 공간에서 나만의 시간을 갖는 것이란다. 할머니가 나만의 공간에서 나만의 시간은 가져서 뭐 하냐고 내가 묻자 그 할머니는 내 머리에다 밥숟갈을 던졌다. 그것이 그 할머니, 나의 엄마가 분가(?)를 하게 된 계기였다.

아침부터 바빠 죽겠는데 집 뛰쳐나간 엄마 생각까지 해야 된다니, 나는 거실 천장을 노려봤다.

"경비실에서 알려드립니다. 연립주택에 혼자 사는 할머니가 교통사고를 당했다고 합니다. 그 자제분이 106동에 살고 있다는데 관련된 분은 속히 경비실로 내려와주시기 바랍니다."

아침 여덟시 반부터 십 분 간격으로 늙은 경비가 방송에다 대고 떠들어대고 있었다. 연립주택에 혼자 사는 할머니, 교통사고, 106동, 관련된 분…… 방송을 듣고 있으면 다른 사람 아닌 나를 겨냥해서 떠들어대는 것만 같다. 나도 106동에 살고 있는데다 엄마는 연립주택 반지하에 혼자 살고 있으니 관련이 있다면 있을 수도 있었다. 그런데도 내가 이 사건과는 아무 관련이 없다는 것을 확신하는 데에는 분명한 이유가 있었다. 나는 떡을 한 적이 없으니까.

숙제도 안 해놓은 주제에 눈 뜨자마자 또 컴퓨터 앞에 달라붙은 큰애의 머리를 주걱으로 냅다 후려치고, 도시락 주머니에서 숟가락, 젓가락 꺼내어 닦고 부랴부랴 아침 챙겨 먹였더니 이번엔 둘째가 학교 가기 싫다고 징징대는 바람에 싫다는 걸 억지로 끌고 가서 교실에 처넣고 돌아오는 길이었다.

십이층을 눌렀는데 사층에서 엘리베이터 문이 열렸다. 떡집 주인이 사층 초인종들을 눌러대고 있었다. 아침부터 떡 배달 왔냐고 물었더니, 교통사고가 났다는 것이었다.

"그런데요?"

"우리 떡집 바로 앞에서 사고가 났다니까. 연립주택에 혼자 사는 할머닌데 며칠 전에 손녀 돌이라고 우리 떡집에서 떡을 해갔거든. 그 할머니 아들이 여기 106동에 살았는데…… 며칠 전에 내가 떡을 해다 줬는데…… 맞다, 맞어! 그 아들네가 딸만 둘이었어. 혹시 이 동에 딸만 둘 있는 집 알어?"

"딸만 둘 있는 집이라고 하면 어떻게 찾아!"

엘리베이터 안에 타고 있던 십삼층 할머니는 떡집 주인보다도 더 애가 타서 소리쳤다.

"그러지 말고 경비실로 내려가서 방송을 해달라고 해!"

방송이라는 말에 떡집 주인은 부랴부랴 경비실로 뛰어갔다.

아침부터 기분이 묘했다. 십삼층 할머니도 기분이 묘했는지 나한테 자기 집에 가서 커피나 한잔 하자고 했다. 다른 때 같으면 종신보험이라도 어떻게 하나 계약할까 하고 따라 올라갔겠지만 내가 뭐 할머니랑 떠들 기분인가, 엘리베이터가 십이층에 서자마자 얼른 내렸다.

그때부터 계속해서 같은 방송이 되풀이되었다.

연립주택에 혼자 사는 할머니? 저따위 설명을 듣고 누가 경비실로 달려가나? 나만 그런 생각을 한 게 아니었는지 경비실에서는 다시 방송을 내보냈다.

"안내말씀 드립니다. 풍년떡집 앞에 있는 건널목 앞에서 연립주택에 혼자 살고 있는 할머니가 교통사고를 당했다고 합니다. 그 가족분이 106동에 살고 있다고 합니다. 가족 되시는 분은 경비실로 내려와주시기 바랍니다."

그거나 이거나.

며칠 전에는 105동에 사는 할아버지가 자살을 하더니 이번엔 또 교통사고라니!

이 아파트 단지에 사는 여자들은 요즘 모였다 하면 그 자살사건에 대해 떠들어댔다. 105동에 사는 그 할아버지는 장애인이었다. 다리가 불편한 그 할아버지는 장애인용 차를 타고 다녔는데 입버릇처럼 죽고 말거라는 말을 해댔다. 그러다 그날은 결국 죽어버린 거였다.

"그날이 무슨 날인데?"

내가 묻자 105동에 사는 지훈이 엄마가 대꾸했다.

"그날 아침에 그 할아버지랑 나랑 엘리베이터 안에서 잠깐 얘기를 했었거든. 자동차가 고장이 나버렸다고 아침부터 화가 잔뜩 나 있더라고. 장애인용 자동찬데 그거 타고 이리저리 돌아다니는 게 그 할아버지의 유일한 낙이었거든. 그 일로 열받아서 죽었나봐. 그때도 그러더라고. 확, 죽어버려야겠다고."

정말 그게 이유였을까? 몸의 어느 한 군데가 고장나버린 장애인은 장애인용 자동차가 고장나버렸다고 그 즉시 몸이고 자동차고 아예 수리할 마음을 접어버리나? 그나저나 이게 다 무슨 쓸데없는 생각인가. 나하고 무슨 상관이라고. 그런데도 나는 나하고는 아무 상관도 없는 사건 때문에 심히 마음이 어수선했다. 연립주택에 혼자 사는 할머니, 그러니까 사생활을 찾아 떠난 그 할머니, 나의 엄마는 안 죽고 살아 있는지 슬금슬금 걱정도 되기 시작했다.

"바빠 죽겠는데!"

결국, 수세미를 집어던졌다. 할 수 없이 엄마를 찾아가기로 했다.

아파트 단지를 빠져나오는데 106동에서 나온 몇몇의 여자들이 경비실로 뛰어가는 것이 보였다. 연립주택에 혼자 사는 할머니의 자제가 나 말고도 꽤 있는 모양이었다.

엄마가 세 들어 사는 연립주택 반지하방에 가려면 집 앞 버스정류장에서 버스를 타고 세 정거장을 가야 했다. 버스정류장에 서서 버스를 기다리는데, 보기 싫어도, 안 보고 싶어도 자꾸만 철학관 간판으로 눈이 갔다. 간판만 보고도 얼굴이 확 달아올랐다.

"너 이름 뭐야?"

철학관 관장이 물었다. 첫마디부터 반말이었다. 나보다 몇 살 많이 먹은 것 같지도 않은 놈이. 그런데도 나는 기가 팍 죽어서 최미향이요, 하고 고분고분히 대답했다. 지금 생각해보면 그놈 뒤에 떡 버티고 있던 병풍 때문이었던 것 같다. 무슨 병풍이 그림은 하나도 없고 꼭대기에서부터 밑바닥까지 한문으로 뒤덮여 있는데 누가 썼는지 글자들이 당장이라도 튀어나와서 나는 무슨 자고, 나는 무슨 자다! 하고 내 무식을 꾸짖을 기세였다. 병풍도 병풍이지만 그놈이 앉아 있던 책상도 만만치 않았다. 무슨 책상이 여기도 금박, 저기도 금박, 번쩍번쩍 빛이 나는데 한번 쳐다만 봐도 돈을 내야 될 것 같았다. 사람이 자리를 만드는 것이 아니라 자리가 사람을 만든다는 말은 꼭 그놈 두고 하는 말이었다. 돈냄새 물씬 풍기는 병풍과 책상에 둘러싸여 있어서 그랬는지 그 순간에는 그놈이 마치 대단한 신통력을 지닌 도사처럼 생각되었다.

"네 남편 이름은?"

"하재권인데요."

"최미향, 하재권? 애도 있지? 애들 이름은 물어보기도 싫다! 이놈이랑 언제까지 살 거야?"

이건 뭐 첫마디부터 혼을 빼는데 당해낼 재간이 없었다. 귀신에 홀린 듯이 그놈이 지껄이는 말마다 그저 "네, 네!" 하고 대답을 하다보니 어느새 안 해도 될 말까지 죄다 고해바치고 있었다.

"자궁이 뜨거워! 남편이랑 할말도 없어. 말이 안 통하면 몸이라도 나누고 살아야 되는데 몸도 나눠봤자야. 이혼해! 이혼해도 외롭게는 안 살아. 도화살이 꼈으니 남자는 줄을 서!"

도화살이라는 말에 내가 화들짝 놀라 입을 달싹거리자 옆에 있던 엄마가 내 허벅지를 꼬집었다. 이따위 하나 마나한 얘기는 집어치우고, 어떻게 우리 사위가 다니는 직장에 계속 붙어 있을지 안 붙어 있을지 그거나 말해달라고, 엄마는 그놈 목소리보다도 몇 배 더 큰 목소리로 그놈 주둥이를 막아버렸다. 그제야 나는 내가 왜 여기, 점쟁이 앞에 앉아 있는지, 점집을 찾아온 이유를 떠올렸다. 나이 마흔에 새삼스럽게 사주팔자를 보러 온 것도 아니고, 남편이 바람을 피워 남편한테 찰싹 달라붙은 년을 떼어낼 무슨 비법을 구하러 온 것도 아니었다.

남편은 다니던 직장을 관두게 된 뒤로 술만 퍼마셨다. 그러고 보면 사람이 자리를 만드는 것이 아니라 자리가 사람을 만든다는 말은 그 사이비 점쟁이한테만 적용되는 말이 아니다. 세상에 그렇게 착한 사람이 없다고 누구에게서든지 좋은 말만 듣고 살아온 남편이었지만 직장 잃고 사람 구실 못 하게 되자 사람이 변해도 확 변해버렸다. 내가 보험설계사 일을 하게 된 것도 남편의 실직 때문이었다. 실적이 오르고 경력이 쌓이면서 "너 같은 인간이랑은 더이상 못 살겠다! 갈라서자!"라는 말이 튀어나올 뻔한 적이 한두 번이 아니었다. 그러다 천만다행으로 두 달 전부터 남편은 새 직장에 다니게 되었다. 자리를 찾자 남편은 다시 사람으로 되돌아왔다.

"가서 한번 물어라도 봐! 그렇게 용하대."

그날 아침에 남편은 현관문을 나서며 내게 종이쪽지를 내밀었다. 점집 약도였다. 회사가 어려워져서 직원들을 해고시킨다는데 수습사원인 남편이 제일 먼저 해고가 될 수도 있다는 거였다. 남편은 미신이라고 토정비결도 안 보는 사람이었다. 오죽 걱정되고 답답하면 저도 이런 생각을 다 했을까 싶었다.

그 용하다는 점집을 찾아 엄마와 나는 전철을 두 번이나 갈아타고 미아리까지 갔다. 미아리에 내려서도 건물마다 나붙은 간판들을 훑으며 족히 한 시간은 헤매고 다녔다. 그러다 찾긴 찾았는데 간판만 붙어 있고 알맹이는 비어 있었다. 몇 달 전에 이사를 갔단다. 허탕을 치고 돌아오는데 버스에서 내리자마자 하필이면 그놈이 하는 철학관이 눈에 확 들어와버린 거였다.

"그러니까 우리 사위가 직장을 계속 다닌다는 거야, 짤린다는 거야?"

후딱 대답하지 않으면 엄마는 그놈 멱살이라도 잡을 기세였다. 그런데도 그놈은 천기누설인지 악담인지 저주인지 모를 말들만 늘어놨다.

"여기 봐, 여기! 다 나와 있잖아! 부모덕이 없고 형제복이 없고 천지에 나 혼자 떠돌아다닐 팔잔데 그래도 스스로 귀하게 되는 상이라 여기도 돈, 저기도 돈! 돈은 타고났어. 그런데 왜 이 모양 이 꼴로 사느냐? 한집에 사는 놈이랑 원진살이 꼈는데 돈이 그게 내 돈이라고 내 입으로 들어오나. 엄마가 왜 하필이면 딸한테 원수를 붙여줬을꼬. 남편이랑 헤어져. 남편이랑 헤어지면 당장이라도 돈이 굴러들어와. 네 사주에는 백억도 우습다니까. 네 남편도 돈은 타고났다, 타고났어. 돈벼락에 맞아 죽을 두 인간이 같이 사는데 이게 무슨 꼴이야. 타고난 복대로 한번 잘 살아보고 싶어?"

그놈이 목을 쑥 내밀더니 내 얼굴에 제놈 눈을 들이댔다. 타고난 사주가 돈벼락에 맞아 죽을 사주라는데 어떤 년이 그걸 싫다고 하나. 얼른 또 "네이!" 하고 대답했더니, 그놈이 한다는 말이 "이름을 바꿔!" 하기에 또 얼른 "얼만데요?" 하고 물었더니, 그놈이 배실배실 웃으면서 "한 장!" 하고 손가락 하나를 쑥 뽑아올리는 것이었다. 옆에 앉은 엄마가 그 말에 손뼉을 치면서 "한 장! 십만원밖에 안 해?" 하자, 당장이라도 돈다발을 뿌려줄 듯이 후하게 웃던 그놈이 표정을 확 바꾸고는 "천만원!" 하는데 그놈 입에서 튀어나온 그 천만원이라는 말에 어찌나 놀랐는지 심장이 다 튀어나올 뻔했다. 그길로 뒤도 안 돌아보고 나오는데 그놈이 뒤에서 "이름 안 바꾸면 어떻게 되나 보라구! 이름 안 바꾸고도 네가 네 남편이랑 안 헤어지고 잘 살면 내가 내 손에 장을 지진다아—" 소리소리를 질러댔다.

계단을 내려오는데 다리가 다 후들거렸다. 그 용하다는 점집에서 점을 봤어도 뻔했을 거라는 생각도 들었다. 남편은 보나 마나 또 실업자가 될 것이다. 그러면 그 꼴을 또 어떻게 보나. 한번 겪은 일을 또 겪으라고 하면 더는 못 할 것 같았다. 한숨을 내쉬는데 엄마가 내 손목을 움켜쥐었다. 손힘이 어찌나 강한지 뿌리칠 수도 없었다.

"아줌마! 거기, 도마 위에 있는 김밥 다섯 개 우리 다 줘요!"

엄마가 끌고 간 곳은 버스정류장 옆에 붙어 있는 김밥집이었다.

"야! 한강에 뛰어들래도 한강까지 갈 힘은 있어야 될 거 아니냐. 먹어!"

엄마가 내 입에 김밥을 쑤셔넣었다. 그 순간에는 어렸을 때, 어떤 날은 왜 엄마가 돌아앉아 밥솥을 통째로 껴안고 연신 밥을 퍼먹었는지 알 듯도 해서 나는 이제 내 손으로 김밥을 집어먹기 시작했다.

거기서 그냥 "딸아! 체할라. 물이라도 마시면서 천천히 먹으렴" 하고 물이나 한 컵 따라주면 좋았으련만, 엄마는 엄마씩이나 돼가지고 위로랍시고 한다는 말이 이랬다.

"야! 너 아는 사람 중에 신원 확실한 남자 어디 없냐? 찾아보면 어디 있을 거다. 바람을 피워도 꼭 가정 있는 남자하고 피워. 그래야 너도 네 가정 지킨다. 명심해!"

명심할 게 따로 있지, 바람피우라는 말을 명심하나. 엄마는 엄마가 돼가지고 딸한테 그게 할 소리냐고 내가 언성을 높이기는 높였다. 그랬더니 엄마는 먹던 김밥까지 못 먹게 하면서, 낳아주고 길러주고 시집보내주고 그러고도 모자라 네 새끼들까지 줄줄이 키워줬더니 이제는 부모 은혜도 모르고 늙은 엄마를 괄시한다고 목 놓아 우는 것이었다.

그러고 보면 벌써 한 달도 더 된 일이다. 한 달 동안 엄마 쪽에서도 내 쪽에서도 서로 연락을 하지 않았다. 나야 지금 내 인생이 꼬이고 꼬여서 그 괴팍한 비위까지 맞춰줄 겨를이 없다지만 엄마는 내가 말대꾸 한 번 한 게, 그게 뭐 그렇게 노여워할 일이라고 전화 한 번을 못 하나. 엄마가 돼가지고 그러면 안 되지. 나는 엄마 방으로 통하는 계단을 내려가면서도 입을 씰룩거렸다.

문은 굳게 잠겨 있었다. 노인네가 어딜 그렇게 싸돌아다니나, 혀나 한번 차고 뒤돌아서면 좋겠는데 그게 또 그렇지가 않았다. 유리 너머로 흐릿하지만 방 안 풍경이 보였다. 방문턱 위에 동그스름하면서 거무튀튀한 물체가 놓여 있는데 들여다보면 볼수록 사람 머리통처럼 생겼다.

혹시나? 설마!

코가 짜부라지도록 유리에 얼굴을 들이대고 안을 들여다봐야 했다. 네년이 시도 때도 없이 들락거리면 내 사생활은 어떻게 되는 거냐면서 엄마는 끝끝내 열쇠를 주지 않았었다. 이럴 때를 대비해 열쇠라도 갖고 있었으면 얼마나 좋아, 나는 문 손잡이를 붙잡고 흔들어댔다. 옆방 총각이 나와 그 방 사는 할머니는 좀 전에 나갔다는 말을 해주지 않았으면 유리를 깨부수고라도 안으로 들어갈 작정이었다.

엄마가 갈 데라고는 뻔했다. 예술 동지들과 어울려 예술이나 하고 있겠지. 엄마를 만나야 될 무슨 다급한 용무라도 있는 것처럼 나는 엄마를 찾아 뛰었다. 다시 버스를 타고 세 정거장을 되돌아가서 내렸다. 철학관 간판에다 대고 주먹질 몇 번 해주고, 무도학원에 불이 켜졌나 안 켜졌나 확인하고, 호프집으로 들어갔다. 간판도 없고 이름도 없고 출입구에 빨간 글씨로 '호프, 치킨'이라고만 씌어 있는 이 호프집으로 말할 것 같으면 주인도 할머니, 종업원도 할머니, 출입하는 손님들도 할머니들이 대부분인 그야말로 '할머니들 천하'이다.

"안주 시켜!"

호프집 주인이자 엄마의 예술 인생의 동지인 금회 아줌마가 메뉴판을 내밀었다. 내가 뭐 술 마시러 왔나, 물만 마시고 메뉴판은 펴지도 않았는데 금회 아줌마는 벌써 생맥주 두 잔, 황도 한 그릇을 내왔다. 그러고는 나는 잔을 들지도 않았는데 내 앞에 놓인 맥주잔에 자기 잔을 쾅, 소리가 나게 부딪치고는 자기 혼자 500cc 한 잔을 단숨에 들이켰다.

"쌍년!"

금회 아줌마 잔에서 튀어나온 거품이 탁자를 적셨다. 설마 나한테 하는 소리는 아니겠고, 나한테 보험을 세 개씩이나 들어준 우리 금희 아줌마 눈에 붉게 핏발이 서게 한 그 쌍년이 누구냐고 나는 묻지 않을 수 없었다. 그래서 내가 그 쌍년이 누구냐고 "쌍"이라는 말로 첫마디를 떼는데 출입구 쪽이 소란스러워졌다. 역시나 우리 엄마의 예술 인생의 동지이자 이 호프집의 종업원인 향숙이 아줌마가 늙수그레한 할아버지 두 명을 한 팔에 하나씩 꿰차고 들어왔다.

향숙이 아줌마는 벌써 술이 어지간히 취했는지 술버릇이 나오고 있었다. 술만 들어갔다 하면 향숙이 아줌마는 콧소리를 낸다. 말끝마다 비음을 섞어가며 "아이" "흐응" "으음" 상대를 가리지 않고 교태를 떨어대는데 환갑인 할머니의 교태란 때때로 추태와 다름없다. 내게는 추태와 별반 다르지 않은 향숙이 아줌마의 교태도 늙수그레한 할아버지들의 눈에는 여전히 교태로 보이는지, 할아버지들은 향숙이 아줌마가 "아이, 아이" 할 때마다 엉덩이를 움찔움찔하며 웃어댔다. 할아버지들의 입에서 연신 웃음이 터져나오자 덩달아 향숙이 아줌마의 콧소리도 심해져만 갔다.

술이 취했을 때 남자와 여자가 나타내는 증상이 사뭇 다른데, 남자에게서 나타나는 유형 1위는 영웅형이라고 한다. 평상시에는 소심한데 술 몇 잔 들어가면 목소리가 커지고, 세상 여자가 다 제 여자인 듯 호기를 부리는 유형이 영웅형이라고 할 수 있겠다. 그러면 여자는? 술 취한 여자한테서 많이 나타나는 유형 1위는 요부형이란다. 술만 들어갔다 하면 자기가 세상에서 제일 섹시한 줄 아는 여자, 세상 남자가 모두 자기의 미모에 홀딱 넘어가서 흐물흐물해지는 줄 아는 여자, 이런 여자를 요부형이라 한다면, 향숙이 아줌마가 꼭 그 요부형이다. 이런 대책 없는 영웅형 남자와 요부형 여자한테는 그에 합당한 대처방법이 있는데, 그럼 그 방법이 무어냐? 바로 개무시다.

그런 사태가 벌어질 줄 알았으면 금희 아줌마한테 더 일찍 그 좋은 방법을 가르쳐주었을 텐데…… 금희 아줌마는 내가 '개무시'라는 최선의 방법을 가르쳐주기도 전에 분연히 일어섰다. 향숙이 아줌마의 추태를 응징하기 위해!

그런데 내가 생각해도 금희 아줌마의 그 응징의 방법은 시작부터가 옳지 않았다. 첫마디가 "야! 네년 냄비는 뭐 금테를 둘렀냐?"였으니, 응징이라기보다는 못생긴 년의 히스테리에 가까웠다.

"말이 너무 지나치십니다."

향숙이 아줌마 옆에 앉은 할아버지가 곧장 반격을 시도했다. 나이 들수록 인격으로 사는 거다, 치기도 예뻐 보일 수 있는 때는 지나지 않았느냐, 여자 입에서 그따위 단어들이 마구 마구 튀어나오다니, 늙으면 여자도 아니냐! 우아한 노년은 처음엔 함께 늙어가는 처지에 대해서 이야기하는가 싶더니 나중에는 어째 이야기가 이상하게 흘러가서 여자가 어쩌고저쩌고, 금희 아줌마가 제일 싫어하는 훈계를 하고 있었다.

지나치긴 뭐가 지나치냐, 이 새끼야. 네놈 말하는 꼴을 보니, 먹물깨나 든 것 같은데 먹물 든 놈은 여자는 안 처먹고 먹물만 들이붓고 사니. 그래 그렇게 고결한 인생이 남의 아르바이트생은 데리고 나가서 뭐 했냐. 셋이서 오붓하게 먹 갈고 난 치고 글씨 썼니? 금희 아줌마가 오른손 검지를 빼들고 삿대질을 해대자 우아한 노년은 향숙이 아줌마 손을 잡아끌었다.

"나가십시다, 이여사!"

그뒤부터는 뭐가 뭔지 정신도 차릴 수 없었다. 우당탕! 의자가 넘어지고, 악! 향숙이 아줌마 입에서 비명이 터져나오고, 어어! 숨넘어가는 소리가 들리고, 쾅! 출입문이 닫히고, 그리고 내 앞에는 머리를 산발한 금희 아줌마 혼자 남아 술잔을 높이 치켜들고 있었다.

"쌍년!"

이제는 그 쌍년이 누구인지 나도 익히 아는 터라, 금희 아줌마 잔에 내 잔을 세게 부딪쳤다.

패배는 늘 금희 아줌마의 몫이었고, 금희 아줌마가 사랑을 잃고 찾아와 패배자만이 누릴 수 있는 유일한 특권인 신세타령을 늘어놓으면 엄마는 손톱깎이를 꺼내오곤 했다. 엄마가 손톱을 다 깎고 발톱까지 다듬고 난 뒤에도 금희 아줌마의 넋두리는 한참을 더 이어지곤 했다. 저 얘기 저거 언제 끝나나, 하고 엄마가 손톱깎이를 만지작거리다 이참에 너도 손톱이나 깎아라, 내 손목을 움켜쥐면 그때 꼭 문이 열렸다. 술기운 탓인지 색기 탓인지 향숙이 아줌마는 얼굴에 홍조를 띠고 들어와서는 뒤에서 금희 아줌마 허리를 와락 끌어안고는 했다. 그러고는 그대로 금희 아줌마 등에 얼굴을 묻고 울었다.

몇 달 간격으로 줄기차게 봐온 장면이었지만 볼 때마다 나는 어리둥절했다. 향숙이 아줌마와 금희 아줌마, 이 둘 사이의 위계질서를 어린 나로서는 도저히 이해할 수 없었다. 향숙이 아줌마는 예쁘다. 금희 아줌마는 힘이 세다. 힘이 센 금희 아줌마는 향숙이 아줌마를 이긴다. 예

쁜 향숙이 아줌마는 힘이 센 금희 아줌마의 남자들을 꼼짝 못하게 한
다. 힘이 센 금희 아줌마는 남자한테는 약하다.

나는 이 두 여자의 관계를 거울 삼아 하루는 힘이 센 여자가 되겠다
고 운동장을 뛰다가도, 아니지 아냐, 미모가 최고야, 엄마 몰래 오이 마
사지를 하기도 하면서 정서적으로 매우 불안한 사춘기를 보내야 했다.

"미향야! 너는 알지? 향숙이 그년이 사람이니? 오늘 일만 해도 그렇
다. 내가 이 호프집 인수할 때 누구 믿고 이걸 시작했냐고. 칼국수다 청
국장이다 내가 먹는장사에는 도가 텄어도 술은 안 팔아봤잖어. 향숙이
그년이 호프집은 지가 잘 안다고 해서 그년 믿고 시작했더니만. 아이,
쌍년!"

금희 아줌마의 말에 따르면, 호프집 경험이 없는 금희 아줌마는 시간
당 이천오백원을 주고 향숙이 아줌마를 아르바이트생으로 고용했다는
것이었다. 그런데 이 늙은 아르바이트생은 탁자도 안 닦고, 냅킨이 떨
어져도 채워놓을 줄 모르고, 남자 손님만 들어왔다 하면 그 옆에 앉아
서 술시중만 든단다. 오늘도 향숙이 아줌마는 영감탱이들이 들어오기
가 무섭게 옆에 앉아 하하호호 색기를 부리다가 급기야는 영감탱이들
을 따라 나갔다. 노래방에 가서 두 시간 동안이나 놀다 들어와서는 "여
기, 호프 세 잔!" 하고 도리어 주인한테 일을 시키더란다.

"향숙이 그년은 호프집 아르바이트로 돈 벌어, 노래방 도우미 해주
고 돈 벌어, 꿩 먹고 알 먹고 좋은 건 저 혼자 다 해처먹는데, 나는 돈
줘, 술 갖다줘, 그러고도 욕이나 처먹고 있으니, 이게, 이게 말이 되는
거냐? 엉?"

금희 아줌마는 대답을 재촉하듯 나를 쳐다봤다. 이 시점에서 나는 망설이지 않을 수 없었다. 오랜 세월의 경험을 통해 나는 알고 있었다. 여기서 향숙이 아줌마 흉을 봐봤자 돌아오는 거라고는 뒤탈뿐이라는 사실을. 내가 금희 아줌마의 역성을 들어 향숙이 아줌마 흉을 보는 바로 그 순간에 향숙이 아줌마는 저 문을 열고 들어올 것이다. 그러고는 언제나 그렇듯이 금희 아줌마의 넓은 등짝에다 얼굴을 묻고 울 것이다.

금희야, 너도 알지. 내 사주에 도화살이 낀 거. 도화살도 종류가 여러 가진데, 남자 덕에 잘 사는 도화살이 있는가 하면, 남자만 들끓고 세상 사는 데는 하등 도움이 안 되는 도화살도 있단다. 내 도화살이 바로 그거잖어. 아까는 내가 귀신에 홀렸지. 색기라는 거, 그거 안 타고난 년은 모른다. 내가 색기만 줄줄 흐르지 않았어도 내 남편, 내 새끼 꿰차고 잘 살고 있을 거 아니니. 금희야, 나 왜 이러니?

향숙이 아줌마가 도화살과 색기 때문에 망가진 인생을 회상하면, 금희 아줌마는 처음엔 눈을 흘기다가도 예쁜 년 인생도 못생긴 년 인생보다 나을 것이 없다는 사실에 새삼 흐뭇해하며 향숙이 아줌마를 얼싸안는 것이었다.

너나 나나 망가진 인생! 나이 삼십 넘으면 배운 년이나 안 배운 년이나 똑같고, 사십 넘으면 있는 년이나 없는 년이나 똑같고, 오십 넘으면 예쁜 년이나 못생긴 년이나 똑같다잖냐! 인생 뭐 있냐! 인생은 짧고 예술은 길다! 한평생 식당 일을 한 그 투박한 손으로 금희 아줌마가 녹음기의 재생 버튼을 꾸욱 누른다. 그러면 향숙이 아줌마는 코를 팽 풀고 일어난다. 예쁜 여자와 힘이 센 여자 사이로 음악이 흐르고, 두 여자는 육 박자 리듬에 맞춰 앞으로, 뒤로, 옆으로, 과거를 지나쳐 오늘을 돌아 지루박 속으로 녹아들어간다.

대부분의 여자들의 우정이란 것이 전화통이나 붙들고 벤치에 앉아 수다 떨다가 생겨나서 수다로 끝장나는 데 반해 엄마와 금희 아줌마, 향숙이 아줌마의 우정은 춤으로 시작해서 춤으로 마감을 하는 것이다.

누구 역성을 들어야 되나, 눈치를 보느라고 나는 앞에 놓인 맥주도 한 모금 맘 편히 못 마시고 있는데 금희 아줌마는 벌써 생맥주 몇 잔을 연거푸 들이켜고는 또 어딘가로 전화를 걸고 있었다. 신호는 가는데 저쪽에서 받지를 않았다.

"야! 니 엄마는 요새 뭐가 그렇게 바쁘냐?"

금희 아줌마가 내게 핸드폰을 넘겨줬다. 핸드폰 액정화면에 엄마의 핸드폰 번호가 떠 있었다. 여전히 신호만 가고 받지 않았다. 이거 정말 무슨 일 있는 거 아냐? 연립주택에 혼자 사는 할머니, 교통사고, 열받아서 확 죽어버렸다는 할아버지……까지, 불길한 생각이 들기 시작했다.

"아줌마! 요새 우리 엄마 여기 자주 와요?"

"요새 나도 얼굴 통 못 봐. 눈만 뜨면 보라매로 달려가던데."

"보라매? 보라매공원? 거긴 왜요?"

우리 엄마가 거기 왜 가는지는 금희 아줌마도 알지 못했다. 금희 아줌마는 내게 우리 엄마 역할을 대신해달라고, 그러니까 자기 넋두리나 더 듣고 가라면서 새로 맥주 한 잔을 따라왔다. 지금이 뭐 맥주나 마실 땐가, 나는 엄마를 찾아 호프집을 뒤로했다.

차도 저 끝에서부터 6514번 버스가 다가오는데 버스에 씌어 있는 보라매공원이라는 글자를 보자마자 웬일인지 숨이 막혀왔다. 이대로 집으로 되돌아가서 내 아이들과 내 남편과 내 걱정으로만 이 하루를 보내고 싶기도 했고, 이 버스를 타고 가서 반드시 엄마를 봐야만 될 것도 같았다. 달려오던 버스는 뒤로도 앞으로도 더 가지 않고 정확하게 내 앞에 멈춰 섰다. 나는 보라매공원행 버스에 올라탔다.

눈 돌리는 곳마다 할머니들은 있었다. 버스 안에는 손자를 자리에 앉히려고 어디 빈자리 없나, 눈동자를 바쁘게 움직이는 할머니가 있었고, 보도에는 유모차를 끌고 나온 할머니, 쪽파 나부랭이를 늘어놓고 그 앞에서 졸고 있는 할머니, 유치원에서 손녀를 데리고 나오는 할머니가 있었다.

버스 안에서 바라본 할머니들은 이상하게도 내 마음을 푸근하게 했다. 어린애와 함께 있는 할머니들에게서는 구도가 잘 맞아떨어지는 그림을 볼 때의 안정감이 느껴졌다. 모두가 현관문을 열고 나가도 빈집에 남아 화초가 시들지 않게 물을 주고, 아이들의 운동화를 빨고, 장식장 위에 쌓인 먼지를 털어낼 이는 그네들뿐이라는 생각이 들게 했다.

버스에서 내리자마자 유리 너머로 보이던 풍경에 쩍, 하고 금이 가는 듯했다. 공원은 그 입구에서부터 떠들썩했다. 무슨 일인가에 마음이 상했는지, 서너 명의 할아버지들이 벤치 하나를 차지하고 앉아 서로 언성을 높이고 있었다.

"딸년은 다 소용없다니까. 나도 오죽했으면 그랬겠어."

"자식한테 허락은 왜 구해? 그냥 살아버려."

"허락은 무슨…… 살림을 차리려면 돈이 있어야 될 거 아냐."

"딸년들이 다 그렇지……"

칠순이나 되었을까, 딸년은 다 소용없다는 할아버지는 필터 끝까지 타들어간 담배를 비벼끄고는 못내 아쉬운 듯 입맛을 다셨다. 저 할아버지 딸년은 도대체 무슨 짓을 했기에 제 아버지 입에서 딸년은 다 소용없다는 말이 나오게 했을까, 귀를 열고 들어보니 이런 얘기였다.

늙은 아버지 곁에는 늙은 어머니가 있었다. 그런데 이 늙은 어머니가 어느 날 훌쩍, 죽어버렸다. 이 늙은 아버지, 혼자서 밥해먹고, 혼자서 빨래하고, 혼자서 청소하고, 혼자서 잠을 자다보니 하루에도 몇 번씩 울화가 치밀기 시작했다. 아내가 살아 있었을 때는 밥을 짓기는커녕 주방에도 들어가본 적이 없었던 이 늙은 아버지는 집안일에 서툰 만큼 딸년이 미워지기 시작했다. 늙은 아버지가 혼자 살고 있으면 딸년이라도 자주 찾아와서 청소도 해주고 밥도 해주고 용돈도 자주자주 놓고 가야 될 것이 아닌가. 늙은 아버지가 여자를 얻어야겠다는 생각을 하게 된 것도 그러니까 결국은 이 딸년 때문인 것이다. 그런데도 이 불효막심한 딸년은 늙은 아버지가 혼자 사는 게 힘들다고, 여자를 얻었으면 좋겠다고, 빈말처럼 한마디 내비친 걸 가지고 길길이 날뛰더란다. 아버지가 사람이냐, 우리 엄마 죽은 지 얼마나 됐다고 여자 얘기를 꺼내느냐, 우리 엄마 살아 있었을 때 아버지가 언제 한 번이라도 우리 엄마를 위해준 적이 있느냐, 눈에 불을 켜고 달려드는데 이건 뭐 딸년이 아니라 빚 받으러 쫓아온 빚쟁이보다도 그악스러웠다. 그러나, 이 늙은 아버지는 이렇게 생각했다. 말을 꺼내지 않았으면 또 몰라도 이왕 말을 꺼낸 김에야 반드시 결론을 내려야 한다고. 늙은 아버지는 기왕이면 살림을 깨끗하게 하는 여자였으면 좋겠다고, 작은 소망도 하나 덧붙여 말했다. 그러자 이 딸년이 늙은 아버지 손을 가만히 잡더란다. 늙은 아버지의 눈을 지그시 바라보던 이 딸년이 마침내 무슨 말인가를 하려는 듯이 입술을 달싹거렸다. 늙은 아버지는 딸년의 입에서 나올 말을 알고 있었다. "아버지! 아버지가 이렇게 힘들어하시는 줄은 제가 미처 몰랐습니다. 제가 어떻게든 찾아보겠습니다"라고 딸년이 말하면, 너무 서두르지는 말아라, 라고 이 늙은 아버지는 딸년에게 해줄 말까지 이미 생각해두었다. 그런데 이 딸이라는 년이 한다는 말이, 우리 시어머니는 남편이 죽은 지 삼십 년이 넘도록 혼자서 잘 살아오셨다, 죽은 남편 생각하면서 아들들 잘 키우고 이제는 손자, 손녀 키우는 낙으로 잘도 사는데 아버지는 그게 할 소리냐? 아버지가 여자를 들이면 내 체면은 뭐가 되겠느냐, 혼자서 삼십 년을 살아온 시어머니한테 이런 얘기를 어떻게 하느냐고 오히려 늙은 아버지를 가르치려 들었다.

이 대목에서 옆에 앉아 있던 한 할아버지는 "저런 죽일 년!" 하고 추임새를 넣었고, 또다른 할아버지는 불효막심한 딸년을 둔 할아버지에게 담배 하나를 내밀었다.

"우리 며느리보다야 낫네."

그뒤로 할아버지들의 이야기가 아니 불효막심한 자식들에 대한 험담이 계속해서 이어지는데, 그 모습이 영락없이 흥부전의 한 대목이었다. 입에 풀칠이라도 해보겠다고 매품을 팔러 온 가난뱅이가 어디 흥부 너뿐이냐, 여기 모인 사람들 중에 가난하지 않은 이가 누가 있겠노, 어디 내 가난 한번 들어볼거나, 감영에 모인 가난뱅이들이 서로 제가 더 가난하다고 가난 자랑을 하듯이 할아버지들은 제 자식들이 저지른 불효막심한 짓거리에 대해 이야기하고 있었다. 그러다 할아버지들의 말소리가 갑자기 뚝 끊겼다.

할아버지들이 바라보는 곳에 할머니 한 분이 있었다. 조금 전까지만 해도 비어 있던 맞은편 벤치에 앉아 할머니는 한 손으로는 양산을 받쳐 들고 한 손으로는 원피스의 주름을 바로잡았다. 진분홍 원피스의 밑단에 달린 레이스가 할머니의 가는 발목 위에서 나풀거렸다. 할아버지들의 시선이 발목에서부터 점점 더 위로 올라가 할머니의 가슴 앞에서 가지런히 매듭이 지어져 있는 카디건의 리본에 이르자 할머니는 일어나 걷기 시작했다. 한 걸음 내디딜 때마다 할머니의 머리 위에서 양산이 흔들거렸다.

"저 여자지?"

딸년은 다 소용없다는 할아버지가 손가락질을 하고, 며느리를 모시고 산다는 할아버지가 고개를 끄덕거렸다. 그 옆에서 묵묵히 담배를 피우던 할아버지는 양산 밑으로 흘러내린 원피스의 주름이 할머니의 엉덩이 위에서 물결치는 것을 바라보았다. 얼마 전부터 이 공원에 나타나 몸을 팔고 있다는 저 할머니, 그들 앞에 버티고 있는 텅 빈 자리를 잠시 메웠다가 또 훌쩍 날아가는 늙은 여자에 대한 이야기로 늙은 사내들은 무료한 시간을 땜질하기 시작했다. 저 여자가 가지고 다닌다는 그 소형 펌프만 있으면 우리같이 쪼그라든 인생도 벌떡벌떡 일어선다는데……그들은 몸 파는 할머니에 대한 추문과 추측으로 더이상 발기가 되지 않는 자신들의 성기를 일으켜세우고 있었다. 그 곁에서 나는 동네 아줌마들에게 둘러싸여 하드를 먹던 여자아이를 떠올렸다.

동네에 행실이 안 좋기로 소문난 여자가 있었는데, 나의 엄마였다. 엄마는 내가 행실이라는 단어의 뜻을 알 만한 나이가 됐을 때부터 행실이 나빴다. 어디에도 화풀이를 할 데가 없을 만큼 가난한 여편네들은 내게 하드 하나를 사주곤 했다. 내가 그 하드를 다 먹을 때까지 옆에 세워두고 행실이 안 좋기로 소문난 여자의 험담을 늘어놓는 것으로 그들은 잠시나마 위안을 얻곤 했다. 하드 하나를 다 먹을 즈음에는 엄마에 대한 추문과 추측이 운동화 위에 얼룩져 있는 초콜릿과 범벅이 되어 있곤 했다.

이유도 모르면서 나는 그 할머니를 쫓아 걷고 있었다. 할머니의 머리 위에서 양산은 흔들거리고, 공원의 나무들은 가지를 흔들며 길을 열었다. 나는 그 길 위로 올라가 기억 속으로 스며들어갔다.

좁고 길게 끝없이 뻗은 그 골목길을 가운데에 두고, 살아온 세월만큼 담벼락에 주름을 새겨넣은 집들이 이어져 있었다. 집들은 오래도록 빗질을 하지 않은 머리카락들 같았고, 먼지와 가난으로 뒤덮여 멀리서도 눈살을 찌푸리게 했다. 날은 아직 밝지 않았고, 새벽의 어둠 속에서 안개가 피어올라 낡은 집들과 엄마를 감싸안았다. 희뿌연 안개 속에서 엄마의 엉덩이가 흔들리고 있었다. 그것은 손짓하는 듯도 했고, 따라오지 말라고 손사래를 치는 듯도 했다. 길 양편으로 갈라져 서 있는 낡은 집들이 어둠 속에서 길을 열었다. 나는 그 길 위로 올라가 흔들리는 엉덩이를 쫓아갔다. 사이를 두고 엄마는 잠깐씩 멈추어 섰다. 그러고는 허리를 굽혀 두 발로 딛고 서 있는 길을 향해 손을 내밀었다. 그 길 위에서 엄마는 무언가를 집어들었고, 자신이 움켜쥔 그 무엇을 물끄러미 바라보다 몸뻬 주머니에 쑤셔넣었다.

나는 내 엄마가 새벽의 어둠 속에다 닦아놓은 길 위로 올라가 내 엄마처럼 허리를 굽혀 내 엄마가 움켜쥐었던 그 무엇을 나도 움켜쥐었다. 은행 몇 개가 내 손바닥 위에 올라와 있었다. 좁고 길게 끝없이 이어져 있는 골목길 위로 나무에서 떨어진 은행들이 발자국을 내고 있었다. 옆에 잠들어 누워 있는 딸아이의 얼굴을 내려다보다 가만히, 들키지 않으려고 숨소리를 죽여가며 몰래 집을 빠져나와 새벽의 어둠 속을 걸어가는 이유가 이것 때문이었다니! 나는 내 손바닥 위의 은행들을 내려다보았다. 더러는 누군가의 무심한 발걸음에 짓이겨져 있었다. 그 무심한 발걸음 중에는 저기 안개 속으로 사라져가는 내 엄마의 것도 섞여 있을 터였다.

안개가 짙어져가고 있었다. 안개 너머에서 엄마는 가끔씩 허리를 굽혔고, 은행을 주웠고, 길 위에 나 있는 발자국을 따라 걷고 있었다. 안개 속에서 나는 길을 잃었다. 내가 내 안의 무엇인가에 사로잡혀 길을 잃고 두리번거리는 사이에 엄마는 내가 모르는 다른 길로 접어들었다.

나는 엄마를 집어삼킨 안개 속으로 달려갔다. 어금니를 악물어야만 하루를 버텨낼 수 있는 여자들이 잠들어 누워 있는 집들은 그 집들이 품고 있는 여자들만큼이나 단단하게 빗장을 지르고 있었다. 어금니를 악물고 있는 집들 사이로 한쪽 구석에서부터 지붕이 내려앉고 있는 집 한채가 보였다. 그 집의 문은 급하게 벗어던진 신발처럼 열려 있었다. 나는 그 문 안으로 들어가 낡은 집이 비밀처럼 품고 있는 방 하나를 보았다.

엄마는 내가 지켜보는 줄도 모르고 거울 앞에 앉아 있었다. 우리가 세 들어 살고 있는 방만큼이나 초라한 그 방에는 화장대가 놓여 있었다. 거울의 테두리를 따라 자개로 만들어진 꽃들이 피어 있었고, 꽃을 피워낸 나무는 뿌리 대신 제 몸 빛깔을 온 방 안에 뿌려대고 있었다. 검은빛도 눈이 시리게 환할 수 있다는 사실을 나는 그 자개화장대를 보고서야 알게 되었다.

사랑에 빠진 남자가 연인을 위해 방 하나를 마련하듯 엄마는 아무도 몰래 그 방을 준비했다. 살림이 아무것도 없는 그 방은 온전히 그 화장대를 위한 것이었다.

나는 내가 입고 있는 바지를 내려다보았다. 잠옷 대신 입는 체육복은 오래 전에 이미 발목 위로 올라와 있었다. 엄마는 화장대 앞에 앉아 있었다. 나는 한쪽에서부터 지붕이 내려앉고 있는 집의 담벼락에 등을 기대고 서 있었다. 엄마는 뒤에서 질끈 잡아맨 머리를 풀었다. 나는 철 지난 여름옷을 입고 서서 새벽바람에 오소소 돋아난 팔뚝의 소름을 쓸어내렸다. 엄마는 고개를 약간 옆으로 기울이고 머리를 빗기 시작했다. 나는 가져보지 못한 새 교복을 생각하며 손으로 입을 틀어막았다. 새 학기가 시작된 어느 날, 함바집으로 찾아간 내가 교복을 맞춰달라고 했을 때 설거지를 하다 말고 나온 엄마는 몸뻬바지에 물 묻은 손을 닦으며 말했다. 엄마 꼴을 보고도 너는 그런 말이 나오니. 엄마의 손은 설거지물에 불어 있었고, 잔뜩 화가 난 사람의 얼굴처럼 붉어져 있었다. 며칠이 지나갔고, 그사이에 나는 입어보지 못한 새 교복에 대한 미련을

버렸다. 내가 교복 대신 밀린 수업료에 대한 이야기를 꺼냈을 때 엄마는 고무 쓰레빠를 벗어 내게 발을 보여주었다. 엄마의 발은 오래도록 거친 땅을 걸어온 듯 피곤해 보였다. 갈라진 뒤꿈치 사이로 엄마가 걸어온 길이 보이는 듯도 해서 나는 질끈 눈을 감고, 얻어입어 길이가 짧은 교복의 소매로 눈가의 물기를 훔쳐 닦았다.

내가 새 교복과 밀린 수업료와 열쇠 달린 일기장을 내 마음에서 멀찍이 밀어내고, 대신 그 자리에 엄마의 불은 손과 갈라진 뒤꿈치를 들여놓는 동안에 엄마는 엄마만의 방에 자개화장대 하나를 들여놓고 있었다.

이제 엄마는 연인의 몸을 어루만지듯 화장대를 매만지고 있었다. 손가락들이 거울의 테두리를 한 바퀴 쓸어내리는 사이에 엄마의 얼굴은 벌써 화장대 위에 아로새겨져 있는 꽃들보다도 환히 빛나기 시작했다. 엄마의 두 눈은 생기로 가득 차 있었다. 어린 나는 오로지 저 눈빛을 보기 위하여 학교에서 상을 타오거나 이미자의 〈동백 아가씨〉를 멋들어지게 부르려고 노력하곤 했다. 그러나 아이들 곁에 있을 때만 활기를 띠고, 살림을 돌보는 것으로 죽어서도 자식들 사이에 자리를 남겨놓으려 하는 여느 다른 엄마들과는 달리 엄마는 우리가 생활이라고 부르는 것으로부터 멀리 떨어져 있을 때에만 그 눈에 생기가 돌았다.

내가 〈동백 아가씨〉를 수십, 수백 번 연습한다 해도 딸아이의 그런 노력쯤으로는 엄마의 눈에 밝게 빛나는 별 하나를 띄워줄 수 없으리라. 나는 밖으로 나와 아무렇게나 열려 있는 그 집의 문을 닫았다. 안개 속을 걸어가 내가 빠져나온 방으로 되돌아갔다. 방은 비좁았고, 머리맡까지 살림살이들이 들어차 있는 방에서 나는 잠들기 위해 오래도록 뒤척였다. 다음날 아침 내가 잠에서 깨어났을 때 엄마는 벌써 함바집으로 일을 하러 나간 뒤였다. 엄마의 베개 위쪽으로 껍질을 벗기지 않은 은행들이 수북이 쌓여 있었다.

"눈은 장식으로 달고 다니나!"

미처 보지 못하고 유모차에 부딪혔다. 졸다 깨어난 아이가 울음을 터뜨렸다. 아이의 아빠는 유모차의 손잡이를 고쳐잡으며 눈을 흘겨떴다. 내가 아이와 아이의 아빠에게 한번 더 미안하다는 말을 하는 사이에 양산을 쓴 할머니는 어딘가 내 시선이 닿지 않는 길로 접어들었다.

사람들 속에서 나는…… 길을 잃은 듯했다. 공원을 휘둘러보았다. 환갑이 되어서도 잘록한 허리와 어깨까지 늘어뜨린 긴 생머리를 간직하고 있는 할머니, 사생활을 찾아 떠난 할머니, 내 엄마의 모습은 어디에도 보이지 않았다. 공원은 노인들의 몫이었고, 벤치 위에 멍하니 앉아 아무것에도 초점을 맞추지 않는 노인들의 머리 위에서 연이 날고 있었다. 그 공원에서 날고 있는 것은 그 연뿐이었다.

많은 노인들이 연을 날리고 있는 할아버지를 에워싸고 있었다. 연은 너무 높이 날아올라 무슨 모양인지, 어떤 색깔인지도 분간할 수 없었다. 다만 그 할아버지가 움켜쥔 실패에서 하늘의 한 점으로 쭉 뻗어올라간 은색의 연실만이 꿈틀거리며, 진저리치며 너른 하늘에 눈부신 빗금을 긋고 있었다. 더러는 탄성을 내질렀고, 더러는 연이 날아올라간 그 높이에 기가 죽은 듯 침묵했다. 무리 중의 누군가가 연의 실패를 움켜쥔 할아버지에게 물었다.

"그거 어떻게 하는 거유? 높이도 올렸네."

끈을 놓치면 안 되는 무슨 절박한 사연이라도 있는 것처럼 실패를 움켜쥐고 있던 할아버지가 그 말에 깜짝 놀라 소리쳤다.

"그걸 내가 어떻게 압니까? 나도 구경하러 온 사람인데 이거, 이거 연 날리던 사람이 화장실에 다녀온다고 날더러 이걸 붙들고 있으라잖어. 이 사람은 화장실에 가서 왜 이렇게 안 오는 거야?"

남이 날리던 연을 엉겁결에 떠맡게 된 할아버지는 당장이라도 그 실패를 다른 사람에게 넘겨주고 그 자리를 떠났으면 했다. 당신이 좀 들고 있을래요? 그 할아버지가 이 사람, 저 사람에게 실패를 내밀고, 그를 에워싸고 있던 사람들이 고개를 내젓거나 손사래를 치며 뒤로 물러서는데 무리 뒤쪽에서 갠기갱갠지갱갠그라갱객갱! 요란한 소리가 울려 퍼졌다.

갠기갱갠지갱갠그라갱객갱!

더궁더궁덩더궁덩덩!

궁궁－ 궁궁－ 궁궁궁!

징— 징— 징— 징!

여자 상쇠가 동, 서, 남, 북, 중앙을 돌면서 진을 만들고, 그 뒤를 장구와 북과 징을 든 할아버지들이 따르고 있었다. 쇠가 개개개개개개개갠그라객갱! 목청을 높이면 그 뒤를 장구가 더더더더더더더더더더덩 받고, 북이 구구구구구구구구구구궁, 징이 징——징——징——징——징—— 주거니 받거니 한판 신나게 놀아대는데 어찌나 흥이 나는지, 풍물패를 따르는 깃발에 씌어 있는 글자들도 덩달아 어깨를 들썩거렸다.

할아버지들이 갑자기 뒤로 둥그렇게 물러나는가 싶더니, 활짝 열린 그 중앙으로 여자 상쇠가 머리를 내두르며 달려들어왔다. 짙은 화장에 가려 나이를 가늠할 수 없는 얼굴을 가진 그 여자는 저를 에워싼 남자들 사이를 오가며 쇠를 흔들어댔다.

여자 상쇠가 "갱 객 객갱 그라 객 얼——— 쑤!" 하고 살랑살랑 엉덩이를 흔들며 장구 멘 할아버지 앞으로 다가갔다. 홀린 듯 넋을 빼앗긴 듯 여자의 엉덩이와 여자의 가슴과 여자의 미소를 바라보다 장구 멘 할아버지는 박자를 놓쳐버리고는 뒤늦게 "덩 딱 딱덩 기라 각 얼——— 쑤!" 장구채를 휘둘렀다.

남자들 사이를 오가며 내고 달고 맺고 끊는 여자 상쇠, 그 늙은 여자에게는 힘이 있었다. 바라보는 사람을 취하게 만들고, 세월을 비껴가게 해서 살갖의 주름도 무화시켜버리는 힘이 그 여자에게는 있었다. 그 여자가 쇠를 흔들어댈 때마다, 그 여자의 흘겨뜬 눈에 뼈 마디마디까지 굳어버린 노인네들이 녹신녹신하게 허물어질 때마다, 나는 온몸이 확확 달아올랐다.

자궁이 뜨거워!

철학관 관장이라는 놈이 내뱉은 헛소리가 등이며 팔에 달라붙고, 약을 먹어도 치유되지 않고, 굿을 해도 풀어지지 않는 병이 열꽃으로 피어올라 내 몸을 뒤흔들었다. 저기 둥그렇게 남자들이 에워싸고 있는 여자, 남자들의 시선이 가슴에서 엉덩이를 한 바퀴 쓸어내리는 사이에 벌써 불에 달궈진 쇠처럼 환히 빛나기 시작하는 여자, 생활이라고 부르는 것으로부터 멀리 떨어져 있을 때에만 그 눈에 생기가 도는 여자……

저 여자는 다름아닌 바로 나였고, 나의 엄마였다.

　화장대가 있는 방에서 빠져나오면 엄마는 뒤꿈치가 갈라진 발로 다시 살림살이들이 빼곡히 들어찬 방으로 되돌아와 설거지물에 불은 손으로 내 손을 잡는다. 너 아는 사람 중에 신원 확실한 남자 어디 없냐? 바람을 피워도 꼭 가정 있는 남자하고 피워. 그래야 너도 네 가정 지킨다……고, 내 손을 쓸어내리는 엄마의 눈은 그러나 생기를 잃고 막막한 시간 속을 떠돈다. 나는 엄마의 그 생기 없는 두 눈을 바라보다 몰래 집을 빠져나와 골목길을 걸어간다. 길 양편으로 갈라져 서 있는 낡은 집들이 안개 속에서 길을 연다. 나는 그 길 위로 올라가 희뿌연 안개 너머에서 아른거리는 그 무엇을 쫓는다. 그것은 손짓하는 듯도 하고, 따라오지 말라고 손사래를 치는 듯도 하다. 사이를 두고 멈춰 섰다가 뒤돌아보다가 허리를 굽혀 무심한 발걸음에 짓밟힌 열매 하나를 내 몸을 살피듯 들여다보다가도 어느새 또 나는 화장대가 있는 방의 문을 열고 들어간다.

　공원은 쇠와 장구와 북과 징이 만나 얽히고 풀리고 맺히고 꿈틀거리는 소리로 깨어나고 있었다. 저 자리에 내가 있었으면…… 저리로 달려가서 이 지랄 같은 열기가 내 몸에서 다 빠져나갈 때까지 진저리치고, 뛰고, 날아올랐으면…… 내가 홀린 듯 나이를 가늠할 수 없는 여자의 달아오른 뺨을 바라보는데 아——— 하는 탄성과 함께 연이 날아올랐다. 엉겁결에 남이 띄우던 연을 붙잡고 있던 할아버지는 연을 놓친 실패를 붙잡고 발을 굴렀다. 연은 줄을 끊고 날아올라 노인들의 머리 위에 빗금을 긋고 있었다.

연을 좇아 나는 공원을 휘둘러보았다. 벤치 위에 앉아 있는 노인들, 아이의 세발자전거를 뒤에서 밀어주는 노인들, 술 마시는 노인들…… 그 너머로 한 사내가 노인들의 마을 귀퉁이에 짐을 풀고 있었다. 사내의 손끝에서 갈라진 땅으로 액자들이 내려지고 있었다. 허리가 반쯤 뒤로 꺾인 나무 아래 액자들이 등을 붙이고 섰다. 일렬로 늘어선 액자들, 투명한 유리가 반짝이고 있었다. 깊은 주름 속으로 표정을 감출 줄 알게 된 노인들이 멀리서도 빛을 뿜어내고 있는 그 무엇을 보려고 모여들기 시작했다. 등이 굽은 노인들이 액자 앞에 쭈그려 앉았다. 혈기 좋은 물줄기 쭉쭉 뻗어내려오는 폭포수 그림을 보고 있었다. 젊어서는 꽤 곱상했을 것 같은 노파가 한 명 혼자 등을 돌리고 앉아 언덕에 나란히 서 있는 은행나무 두 그루를 싫증도 내지 않고 쓰다듬고 있었다. 내가 그 노파의 얼굴을 보려고 걸음을 재촉하는 동안, 노파의 손끝에서 유리는 둥근 세월이 되어가고 있었다. 살아온 세월만큼 손금에 주름을 새겨넣은 노인들이 유리액자 하나씩을 가슴에 품는 오후에, 연이 떴다.

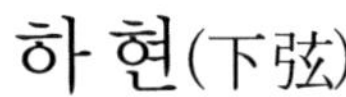

하 현(下弦)

바다와 하늘이 맞닿아 있는 곳,
아비의 끝으로 집어등 불빛이 녹아내리고 있었다.
누군가 밤바다에 매어단 알전구들을 바라보며
아들은 어느새 일곱 살 무렵의 꿈 하나를 건져올리고 있었다.

사내가 안으로 들어섰을 때, 주인 여자는 깜빡 잠이 들어 있었다.

홀은 지방에서 올라온 하주들로 북적거리고, 까칠한 얼굴의 사내들이 내뱉는 말들이 막걸리 사발을 채운다. 난로 위에 올려놓은 들통 속에서 소뼈가 물러가고, 탁자 밑으로 빈 술병의 수가 늘어간다. 막걸리 사발에 담배꽁초를 비벼끄거나 홀 바닥에 침을 내뱉으며 성미가 급한 사내들이 주인 여자를 몰아친다.

"니미, 왜 밥 안 줘!"

"술 떨어졌어!"

엉덩이 부분이 허옇게 닳은 몸뻬바지를 입고 홀과 주방 사이를 왔다 갔다하는 주인 여자의 발걸음이 바쁘다.

사내의 입에서 나직한 목소리가 흘러나와 탁자 위에 두텁게 내려앉은 먼지가 나풀거렸을 때, 주인 여자는 그래서 간만에 "갑니다!" 하고 목청껏 소리를 내질렀다. 끝에서부터 꺼멓게 변색이 시작된 홀 천장의 형광등 하나가 그 소리에 화답하듯 타닥 소리를 내더니 꺼져버렸다. 실내의 어둠이 한 겹 더 두터워졌다.

"아무도 없습니까?"

홀에 붙어 있는 골방에다 대고 사내가 물었다.

홀과 주방 사이를, 담배연기와 들통에서 뿜어져올라오는 김 사이를 뛰어다니다 여자는 문지방을 넘듯 꿈과 현실의 경계를 넘어와 어둑한 실내를 바라보았다.

홀 입구에 낯선 사내가 서 있었다. 사내가 쓰고 있는 모자챙 위에 눈이 내려앉아 있었다.

"물 좀 마실 수 있을까요?"

누운 채로 주인 여자는 잠시 사내를 바라보았다. 등 대고 누워 있는 전기장판이 아직은 따뜻했다. 몸을 추슬러 일어서기가 쉽지 않았지만 사내의 등뒤로 열려 있는 가게 문이 보였다. 한데서 불어온 바람이 문 틈새를 뚫고 들어와 벽에 걸린 달력을 후려쳤다. 주인 여자는 한숨을 내쉬었다.

"밥은 드셨수?"

사내의 대답을 듣기도 전에 주인 여자는 털신을 꿰어 신었다. 털신 끌리는 소리는 골방 앞에서 시작되어 사내가 서 있는 문 앞을 지나 주방으로 이어졌다. 주방 안쪽에서 그릇이 부딪히고 오래 참은 기침을 토해내듯 수도가 물을 쏟아내는 소리가 들려왔다.

사내는 문 가까이에 있는 탁자 앞에 가서 앉았다.

탁자 위에는, 밑바닥에 희뿌연 막걸리 국물이 말라붙어 있는 스테인리스 사발 몇 개와 밥풀이 붙어 있는 수저들이 한데 처박혀 있는 냄비 하나가 놓여 있었다. 그 냄비를 내려다보다 사내는 뜬금없이 해변의 모래사장에 처박힌 트럭 한 대를 떠올렸다.

주방에서 들려오는 칼질 소리가 빨라져가고 있었다. 그 소리에 박자를 맞추기라도 하듯이 사내는 빠른 속도로 회상 속으로 빨려들어갔다.

"아이에게 물 한 컵만 먹일 수 있을까요?"

낯선 사내의 말에 식당 여주인은 사내아이를 돌아다보았다. 주인 여자의 눈길이 닿자 아이는 아버지가 입고 있는 야전잠바의 끝자락을 와락 움켜쥐었다. 아버지가 걸치고 있는 야전잠바는 색이 바랬고, 군데군데 올이 풀려나온 잠바 끝자락을 움켜쥔 아이의 손톱엔 때가 끼어 있었다. 오래도록 빗질을 하지 않았는지 아이의 머리카락은 귀 뒤쪽에 엉겨붙어 있었다.

"거기 좀 앉아요."

난로 위의 들통에 소뼈를 쏟아붓고 주인 여자는 주방으로 들어갔다. 아버지는 눌러쓰고 있던 모자를 벗어 아이의 어깨며 등짝을 사정없이 털어댔다. 아버지의 모자와 아이의 어깨 위에 쌓여 있던 눈이 바닥으로 떨어져내렸다.

아버지와 아들은 문가에 자리를 잡고 앉았다. 방금 전까지만 해도 사람들로 북적거렸는지 식당 안에는 담배 냄새와 음식 냄새가 묘하게 뒤섞여 있었다. 두서넛이 둘러앉아 술판을 벌였는지 탁자 위에는 막걸리 사발이며 먹다 남긴 조기에, 아직도 김이 뿜어져나오는 해장국 뚝배기

따위가 어지럽게 흩어져 있었다. 아이는 저도 모르게 입맛을 다셨다. 그러고는 곧 무슨 몹쓸 짓을 저지르다 들킨 사람처럼 얼굴을 붉혔다. 아이가 옆에 앉은 아버지를 곁눈질하는데 아버지의 얼굴이 아들의 얼굴보다도 붉다.

주방으로 물을 가지러 들어간 주인 여자는 좀체 밖으로 나오지 않았다. 물이 끓는지 아무렇게나 올려놓은 들통의 뚜껑이 심하게 달그락거렸다. 아버지는 아들을 난로 옆으로 밀어붙였다. 불가에 앉아 있으려니 얼었던 몸이 풀리면서 바짓가랑이에 묻어 있던 눈이 불길에 녹듯이 아버지와 아들의 마음도 흐물거리며 녹아내렸다. 소뼈해장국의 '뼈' 자 하나가 떨어져나간 아크릴 간판이 바람에 흔들리는 소리가 아득하게 스쳐 지나갔다.

난로 곁에서 언 손을 비비다 아버지는 다시 모자를 눌러썼다. 주인 여자는 애초부터 그들 부자에게 물 한 잔의 선심도 베풀 생각이 없었던 건지도 모르겠다. 마지못해 자리에서 일어났지만 아이는 쉬 걸음을 떼지 못했다.

낯선 사내가 아들을 앞세우고 밖으로 나가려 할 즈음에 주인 여자가 쟁반을 들고 나왔다. 쟁반엔 노릇노릇하게 구워낸 조기 두 마리와 청국장 한 냄비와 아이가 좋아하는 계란말이까지 놓여 있었다.

아버지와 아들 앞에 밥상이 차려졌다. 주인 여자가 아이 앞에 수저를 밀어놓아주었지만 아버지와 아들은 앞에 놓인 음식을 바라보기만 했다.

"어차피 내일 되면 죄다 버릴 거, 쓰레기 줄여준다 생각하고 들어요. 밥값 내란 말은 안 할 테니까."

그제야 아버지는 수저를 집었다. 아이는 씻지 않아 더러운 손으로 계란말이를 집어 입에 쑤셔넣었다. 그 모습에 아이의 아버지는 얼굴을 붉혔고, 주인 여자는 아이의 손등을 후려쳤다.

"수저는 장식이냐?"

주인 여자는 아이를 주방으로 끌고 들어갔다. 설거지 다라이 옆에 아이를 앉히고는 머리를 감기고 목에 낀 때를 벗기고 손을 닦아주었다.

"몸에 물 댄 적이나 있는 거야? 더럽다, 더럽다 해도 이렇게 시커먼 땟국물은 첨 본다!"

주인 여자의 손길은 억셌다. 여자가 아이의 얼굴이며 목에 찬물에 불어터진 손을 갖다댈 때마다 아이는 그 억센 손길에 놀라 움찔거렸다. 그러나 그러면서도 그 거친 손끝에 다정함이라고 불러도 좋을 그 무엇이 스며 있는 것도 같아서, 아이는 그 억센 손길에 가만히 저를 맡겨두고 있었다. 엄마에 대한 기억을 갖지 못한 아이는 여자의 그 억센 손길과 거친 말과 여자에게서 맡아지는 음식 냄새로 엄마의 빈자리를 메워가고 있었다.

"천천히 좀 먹으라니까! 잔칫집 가서 밥 먹다 뒈졌다는 애 얘기도 너는 안 들어봤냐?"

낯선 사내와 사내의 아들이 밥을 먹는 동안 주인 여자는 아이 옆에 앉아 아이의 물 묻은 머리를 수건으로 말려주었다. 주인 여자가 아이의 머리를 말리고 이제는 빗질까지 해주는 것을 보고 낯선 사내는 아이의 엄마를 떠올리고야 말았다.

"애 엄마도 저애한테는 끔찍했는데……"

아내는 어디에 있는지, 사내 혼자 아들 하나를 데리고 전국을 떠돌아다닌다고 했다. 트럭의 짐칸을 개조해 수세미며 빨랫비누, 옷걸이에 고무장갑 따위를 싣고 다니며 그날 벌어서 그날 먹고사는 하루살이 인생을 살고 있다고.

"그래도 이애라도 있으니까……"

아버지는 생선살을 발라 아이의 입에 넣어주었다. 그 순간의 아버지의 눈빛은 섬뜩하리만치 다정했다. 어떤 예감이 뇌리를 스치고 지나가 아이는 울음이 터져나오려는 입을 밥으로 틀어막았다.

고맙다는 말을 몇 번이나 되풀이하고 나서야 아버지와 아들은 밖으로 나왔다.

칼날을 세운 바람이 사방에서 불어왔다. 거세어진 눈발 사이로 아버지의 트럭이 보였다. 트럭은 마지막 남은 타이어를 갈아끼우고, 어두워져가는 저녁 하늘 아래 희미하게 빛나고 있는 두 갈래 길 앞에서 눈에 파묻혀가고 있었다. 공판장의 담벼락 밑에 세워둔 몇 대의 리어카들이 바람이 불 때마다 멈춰 선 트럭 대신 바퀴를 굴렸다.

아이는 눈을 찌푸렸다. 해가 지자 어둠에 휩싸인 곳에서는 바람이 바짝 얼어붙은 공기를 가르는 소리가 드세어지고, 드문드문 불빛이 새어나오는 곳에서는 사람들의 두런거리는 말소리가 들려오는 듯했다.

아버지가 앞장서 걷기 시작했다. 아이는 뒤를 돌아봤다. 어둠 속에서 불 밝히고 서 있는 그 식당은 더없이 아늑해 보였다.

아버지는 바다로 간다고 했다. 그곳으로 가려면 저 두 갈래로 갈라진 길 중에서 어느 길로 달려가야 하는지, 아들은 물었다. 아버지는 핸들 위에 두 손을 올려놓고 눈앞의 하늘과 길들을 바라보았다. 아버지가 보는 그 하늘과 그 길들을 아들도 바라보았다. 아들의 눈에는 그 하늘과 길들이 그저 어둡기만 했다.

툴툴거리며 트럭이 길 위로 올라섰다. 얼어붙은 눈이 바퀴에 부서지는 소리가 들려왔다. 오르막길과 내리막길이 이어지고 몇 개의 마을이 바퀴 뒤로 사라져갔다. 길은 좁아졌다가 넓어지고, 트럭은 산을 휘돌아 황량한 들판으로 뻗어나가 온몸으로 바람을 견디고 서 있는 마른 갈대밭을 스치고 지나갔다. 어둠 속에 점점이 흩어져 있는 집들과 무슨 이정표처럼 반짝이는 교회의 십자가들이 아스라이 멀어져갔다. 아이는 간간이 성에 낀 유리창에 눈을 들이밀고 뒤를 돌아다보곤 했다. 눈 내린 길 위에 난 두 줄기 바퀴 자국이 힘겹게 트럭 뒤를 쫓아오고 있는 것이 보였다. 선명하던 바퀴 자국이 내리는 눈에 덮여 희미해질 때마다 아이는 왠지 가슴이 내려앉았다. 언젠가 읽었던 동화 속의 한 장면이 생각났기 때문이었다. 집으로 돌아가기 위해 길 위에 빵 부스러기를 흘려놓았던 여자아이의 이름이 그레텔이었던가? 바퀴 자국이 눈에 묻혀 지워져가는 것을 지켜보고 있노라니, 아이는 자신이 마치 그 그레텔이 된 것만 같았다. 집으로 돌아가는 길을 영영 잃어버리고 만 동화 속의 주인공이.

자갈밭을 지나 언덕 앞에서 길이 끊겼다. 저 언덕을 넘어올라가면 무엇이 있는지 아버지도 아들도 알지 못했다. 길이 끊긴 곳에서 아버지는 마지막 남은 담배에 불을 붙였다. 담뱃불이 손가락 끝에 닿을 때까지 아버지는 눈앞의 한곳을 바라보았다. 아버지의 눈길이 가 닿은 곳에서 길은 끊겨 있었고, 다시 그곳에서부터 올라야 할 언덕은 시작되고 있었다.

기어를 잡은 아버지의 손에 힘이 들어갔다. 맞은편에서 불어온 모랫바람이 트럭의 전면 창을 때렸다. 짐칸에 덧씌운 비닐이 우우우우 바람에 맞서 으르렁거리는 소리가 들려왔다. 아버지의 이마에 팬 주름을 따라 땀방울이 고여갔다.

돌아갈 곳이 없기 때문에 앞으로만 나아가야 하는 아버지는 얼어붙어 쉽게 길을 내주지 않는 언덕을 상대로 싸우고 있었다. 승부가 날 것 같지 않은 싸움이었다. 낡은 바퀴들이 언 땅에 부딪쳐 신음하는 소리가 그악스러웠다. 아이는 귀를 틀어막았다.

아버지와 아들의 입에서 누가 먼저랄 것도 없이 환희에 찬 탄성이 새어나왔던 그 한순간에 트럭은 언덕 위로 올라서서 저물어가는 하늘 아래 끝없이 펼쳐진 바다를 보여주고는 순식간에 밑으로, 밑으로 달음박질쳐 내려갔다.

모래사장에 머리를 처박고 트럭은 멈춰 섰다. 허공에 붕 뜬 뒷바퀴들만이 몇 번인가 공중에다 대고 원을 그렸다.

“왔구나…… 바다에.”

아버지는 말했다. 저 앞의 바다를 보라고. 모래에 처박힌 트럭은 돌아보지 말라고.

아이는 바다를 보았다.

태어나 처음으로 만난 바다는 어둠이었다. 눈길 가 닿는 곳 모두가 어두웠다. 아버지는 바다를 보라 했지만 그래서 아이는 밤하늘을 올려다보았다. 밤하늘은 별을 품고 있었다. 어두운 밤바다와 끝자락을 맞대

고 있는 밤하늘은 알전구를 매어달고 있는 상점의 쇼윈도를 떠올리게
했다. 조그만 알전구에서 새어나온 불빛이 상점의 쇼윈도를 노랗게 물
들이면 유리 안쪽의 세상은 휘황한 빛무리에 휘감겨 알전구보다도 더
환히 빛나기 시작했다. 일곱 살 무렵에 아이의 꿈은 아버지의 트럭에
알전구를 매다는 것이었다. 아이는 뒤를 돌아다봤다. 트럭은 모래에 처
박혀 있었다. 일곱 살 무렵의 아이의 꿈도 함께 처박혔다.

아이는 모래 위에 서서 제 곁에서 멀찍이 떨어뜨려놓았던 꿈 하나를
밤하늘에 매어달고 있었다. 아버지가 등뒤로 와서 아이의 어깨 위에 두
손을 올려놓았다. 아이를 돌려세우고 아이의 가는 목을 몇 겹으로 휘감
고 있는 목도리를 움켜쥐었다. 아버지의 두 눈에 이유를 알 수 없는 열
기가 번지고, 아이의 목에 감겨 있는 목도리의 매듭이 바짝 조여지는가
싶더니 곧 헐렁해졌다. 아버지는 아이의 목에 몇 겹으로 휘감겨 있는
목도리의 매듭을 풀었다. 매듭을 푸는 아버지의 손길은 다정했다.

"이건 놀이야. 까막놀이라고 아버지도 어렸을 때는 참 많이 했었지.
자, 네가 술래다."

아이의 눈에 눈가리개가 씌워졌다. 아버지가 손뼉을 치는 소리가 가
까이에서 또 멀리에서 들려왔다. 그 소리를 향해 아이는 허공에다 대고
두 팔을 내밀었다. 불빛 한점 새어들어오지 않는 어둠 속에서 아이는
소리를 찾아 허우적댔다.

얼마의 시간이 흘렀을까.

해변의 모래를 훑고 지나가는 파도 소리와 먼 데서부터 불어와 쉴 곳
을 찾아 헤매는 바람 소리가 아버지의 손뼉 치는 소리를 집어삼켰다.

아이는 허둥대다 제 다리에 걸려 넘어졌다. 입 안에 모래가 들어찼다. 어떤 예감이 뇌리를 스치고 지나가 아이는 울음이 터져나오려는 입을 모래로 틀어막았다. 모래사장에 머리를 처박고 누워 아이는 귀를 틀어막았다. 모래사장에 처박힌 트럭의 문이 흔들거리는 소리, 그 끝이 집으로 되돌아가는 길과 맞닿아 있는 두 줄기 바퀴 자국이 눈에 파묻혀 지워지는 소리, 바람이 모래를 일으키는 소리, 밤바다가 밀려와 아버지를 집어삼키는 소리……가 귀를 틀어막은 손가락들 사이를 파고들어와 아이를 덮쳤다. 아이는 눈가리개로 눈을 가렸으면서도 질끈 눈을 감았다.

밤하늘의 알전구가 일제히 꺼졌다.

아이의 머리 위에서 눈발은 차츰 거세어져갔다. 아이의 아홉 해가 눈에 묻혀 지워져가고 있었다.

주방에서 들려오던 칼질 소리가 끊겼다. 털신 끌리는 소리가 이어지고, 사내 앞에 놓여 있던 냄비가 옆으로 치워졌다. 그 자리에 주인 여자는 쟁반을 내려놨다. 깊은 회상에서 깨어나 정신을 차리려는 듯 사내는 몇 번인가 고개를 가로저어댔다.

"들어요. 밥값 내란 말은 안 할 테니까."

주인 여자는 사내의 고갯짓을 돈이 없다는 뜻으로 받아들였고, 사내를 안심시키기 위해 사내 쪽으로 수저를 밀어놓아주기까지 했다.

사내는 수저를 집어들었다. 쟁반 위에는 너무 익어 신내가 코를 찌르는 김치 몇 조각과 밥 한 공기와 청국장 한 냄비가 전부였다.

"요새는 손님이 거의 없어놔서…… 반찬이고 뭐고 준비를 해봤자 버리는 게 일이라우. 댁이 안 왔으면 이 두부도 이거 내일은 버릴 참이었다니까……"

주인 여자는 사내 앞에 자리를 잡고 앉아 사내가 묻지도 않은 말들을 늘어놓기 시작했다. 아파트와 백화점, 대형마트들이 하나 둘 들어서고 재래시장을 찾던 사람들의 발걸음이 뜸해졌다는 얘기며 가게 앞에 전구를 내건 상인들이 지나가는 손님들을 외쳐 부르는 소리와 트럭의 경적 소리로 새벽부터 살아 꿈틀거리던 공판장 건물이 이제는 이 늙은이처럼 낡아가고 있다는 이야기가 주인 여자의 한숨 뒤로 이어졌다.

주인 여자가 입을 벌릴 때마다 단내가 훅 끼쳐왔다. 오래도록 입을 다물고 말을 참아온 사람들에게서만 맡아지는 냄새였다. 그 냄새를 사내는 코를 킁킁거리며 들이마셨다. 언젠가 아홉 살짜리 사내아이가 억센 손길에 저를 가만히 맡겨두고서 엄마의 빈자리를 메웠던 그 냄새를 주인 여자의 체취 속에서 한 번만 더 맡아보려고 사내는 애를 썼다. 그러나 사내가 애를 쓰면 쓸수록 먼지와 바람만이 드나드는 빈집의 냄새만 코를 메울 뿐이었다. 사람들의 왁자한 말소리와 넘쳐나는 음식 냄새가 뒤섞여 코를 킁킁거리기만 해도 덩달아 괜히 배가 불렀던 그때 그 냄새로 지금의 빈자리를 메우기에는 스무 해가 넘는 시간은 너무 길었는지도 모른다.

사내는 두부 몇 점이 떠 있는 청국장 냄비에 수저를 찔러넣었다. 한 숟가락 그득 떠서 밥에다 대고 비볐다. 사내가 청국장에 비빈 밥을 수저로 떠올리자 맞은편에 앉아 있던 주인 여자가 김치를 찢어서 올려놨

다. 손가락 끝에 묻은 김칫국물을 몸뻬에다 대고 문지르며 주인 여자가
물었다.

"어디서 오는 길이유?"

사내는 주인 여자의 물음으로 하여 뜻하지 않게 떠올리게 된 기억을
힘겹게 되새기는 것 같은 표정으로 지그시 주인 여자를 건너다보았다.

아이를 흔들어 깨운 것은 소리였다. 다급하게 내지르는 비명 소리 뒤
로 이를 악물고 참는 듯한 흐느낌이 이어졌다. 그 소리를 따라 아이는
계단을 올라갔다. 복도 끝 방에서 새어나오는 소리 위로 저물녘의 해가
내려앉고 있었다.

소리는 소녀의 가슴 안쪽에서 시작되어 가슴을 부풀렸다가 목울대를
타고 올라와 악다문 이빨들 안쪽에서 출구를 찾지 못해 웅성거리고 있
었다. 소녀가 밖으로 내놓지 못하고 애써 안으로만 집어삼키는 그 소리
에 아이는 명치께가 아파왔다. 비슷한 소리를 아이는 알고 있었다. 그
소리는 냉기에 곱은 손을 얼마간이나마 녹여주던 연탄난로를 뒤로하고
다시 눈발이 흩날리는 길을 향해 올라설 때 아버지의 악다문 입술 사이
에 있었고, 아버지가 눈가리개를 씌워주던 순간에 목까지 차오른 물음
을 모랫바람으로 틀어막던 아이의 입 안쪽에도 있었다.

무당이 혼을 불러들이듯 소녀가 애써 참고 있는 그 소리는 아이의 기
억을 불러왔다. 아이는 소녀를 향해, 아니 소녀가 집어삼키고 있는 소
리를 향해 두 팔을 내밀었다. 그러나 언제인가처럼 또 아이는 소리를
움켜쥐기도 전에 넘어졌다. 옆구리로 묵직한 통증이 전해져왔다. 입 안

가득 비릿한 피냄새가 들어찼다. 장판 위로 핏물이 튀었다. 그 붉은빛이 너무도 고와서 망연히 바라보는데, 아이의 머리 위에서 소녀의 머리채를 잡아끌고, 아이의 허리를 발로 차는 남자의 얼굴이 장판 위에 튄 핏물보다도 붉다.

어디에고 화풀이를 해야만 오늘 하루를 버텨낼 수 있는 남자가 소녀에게 주먹을 내질렀다. 그 주먹을 소녀는 온몸으로 받아내고 있었다. 소녀는 눈을 감았다. 눈을 감고, 무릎 사이에 얼굴을 묻었다. 소녀는 아무 말도 하지 않았다. 울음을 집어삼켰다. 그때마다 소녀의 몸이 점점 더 작아졌다.

남자는 걷잡을 수 없는 상태에 이르러 있었다. 왜 욕을 하는지, 왜 주먹을 내지르는지 남자는 스스로도 알지 못했다. 소녀가 남자의 손을 뿌리쳤을 때, 남자는 소녀가 상처를 입혔다고 생각했다. 돈을 주고 여자의 몸을 사러 와서도 정작 여자의 몸에서 느껴지는 냉기에는 상처를 입고 마는 여느 보통 사내들처럼.

아이가 남자를 가로막았다.

이 여자는 몸을 파는 아가씨가 아닙니다. 이 여자는 안마사예요.

남자는 아이의 말을 들으려 하지 않았다. 상처를 상처로 갚으려고만 했다. 상처 입히는 주먹과 메마른 말들이 남자를 부추겼다. 남자의 입에서 '벌레'라는 말이 튀어나왔다. 아이는 주먹을 쥐었다. 왜 주먹을 내지르는지, 왜 멈출 수 없는지 아이는 스스로도 알지 못했다.

소녀가 울음을 터뜨렸다. 참아서 곪아터진 그 소리가 아이를 흔들어 깨웠다. 아이는 꿈에서 깨어난 듯 초점이 흐려진 눈으로 주위를 둘러봤다. 방구석에 소녀가 혼자 앉아서 아이 쪽을 쳐다보고 있었다. 남자는 고개를 모로 돌린 채 바닥에 나자빠져 있었다. 아이는 남자의 코에 볼을 갖다댔다. 가느다랗게 숨소리가 새어나왔다. 아이는 찢긴 자리에서 피가 배어나오는 주먹을 다른 한 손으로 말아쥐며 소녀에게 다가갔다.

아이의 그림자가 소녀의 그림자 위에 겹쳐졌다. 소녀의 몸이 들썩거리기 시작했다. 아이가 소녀에게 가까이 가자 소녀는 방구석으로 기어갔다. 회색으로 짓뭉개진 소녀의 눈에 두려움이 차오르는 것을 아이는 보았다. 소녀의 입술이 일그러졌다. 오래 참았던 울음이 소녀를 집어삼켰다. 소녀는 막다른 골목에 몰린 짐승이었다.

아이는 더이상 움직일 수 없었다. 가까이 다가가면 소녀는 겁을 집어먹고 더 잔뜩 몸을 웅크릴 터였다.

아이는 우두커니 서서 방 안을 휘둘러보았다. 방바닥에 아무렇게나 던져져 있는 여성지가 눈에 띄었다. 아이는 소녀 앞에 앉아 여성지의 한 면을 펴고 읽어나갔다. 그리고 또다른 한 면. 아이는 소녀 또래의 여자들이 관심을 가질 만한 면을 찾아 읽어나갔다. 올 겨울에 유행하는 치마는 어떤 스타일인지, 위기와 위기를 거듭해 끝내는 메이저 대회마다 우승컵을 거머쥔 한국의 자랑스런 딸이 언제 귀국을 하는지, 여성지에 실린 기사들을 읽어나가는 아이의 목소리에는 먼 여행에서 이제 막 돌아온 사람의 안도감과 피로감이 뒤섞여 있었다.

그 목소리를 향해 소녀가 손을 내밀었다.

불빛 한점 새어들어오지 않는 어둠 속에서…… 가까이에서 또 멀리에서 들려오던 소리를 향해 걷다 점점 더 희미해져만 가는 소리를 움켜쥐려고 허공에 두 팔을 내밀고 허우적대던 제 모습을, 그대로 옮겨놓은 듯했다.

"저는요…… 정미라고 해요."

앞을 볼 수 없는 소녀가 손을 내밀고 있었다.

아이는 허공에 떠 있는 손 하나를 바라보았다. 사람은 언제 허공에다 대고 손 하나를 내미는지 아이는 알고 있었다.

소녀의 손을 잡은 그 순간에 아이는 빈손에 이름 하나를 움켜쥐었다.

벽에 걸린 거울이 코밑에 거뭇거뭇 수염이 돋아나 있는 청년과 청년에게 손 하나를 맡겨둔 채 온몸의 떨림이 잦아들기를 기다리는 맹인 안마사를 내려다보고 있었다.

맹인의 손을 움켜쥔 청년의 손에는 담뱃불로 지진 자국이 여러 개 나 있었다. 손등 위에 새겨져 있는 그 흉터가 낯설어 아이는 눈을 부릅떴다. 그러나 아무리 크게 눈을 부릅떠도 질끈, 눈을 감고 살아온 세월이 몇해였는지 가늠할 수 없었다. 그 두터운 시간의 벽에 어떤 무늬들을 새겨넣으며 이곳까지 흘러왔는지도 아이는 기억해낼 수 없었다.

소녀가 "저기요……" 하고 말을 건네며 아이를 바라보았다. 초점이 없는 소녀의 눈에 비친 자신의 얼굴을 아이는 놀라서 들여다보았다. 그것은 스무 살 청년의 얼굴이었다.

소녀의 하루는 단조로웠다. 더듬거리며 계단을 밟고 올라가 손님 방에 들어가 안마를 하고, 안마가 끝나면 더듬거리며 계단을 밟고 내려왔다. 일이 없는 동안에는 안마사 방에 앉아서 호출을 기다렸다.

어느 날 문득 눈을 떠 거울을 들여다봤을 때는 청년은 이미 스무 살이 되어 있었고, 바닷가 안마시술소의 현관 보이로 지내고 있었다. 청년의 하루는 소녀의 하루를 닮아갔다. 소녀가 손님 방에서 나오면, 청년은 현관문을 열어주거나 상한 구두코에 퉤퉤 침을 뱉어가며 구두를 닦다가도 소녀를 지켜보곤 했다. 환히 불 켜져 있는 곳에서도 더듬거리며 위태롭게 걸어가는 소녀의 모습에서 청년은 자신의 모습을 발견하곤 했다. 아주 가끔씩은 앞날이라든가 미래라든가 하는 단어들이 목구멍까지 치밀어올라오기도 했지만 그러나, 언제나 현재뿐인 청년의 하루살이에 내일이라는 것은 언제 쓰러질지 알 수 없는 철거촌의 가로등 같은 것이었다. 그러니까 청년도 역시 불 켜져 있는 곳에서도 더듬거리며 위태롭게 걷고 있었다.

안마사 방에 들어가면 소녀는 캄캄하게 불을 끄고 앉아 꼼짝도 하지 않았다. 간간이 들려오는 책장 넘기는 소리만이 소녀의 존재를 알려주었다. 소녀가 손끝으로 점자책 위의 점들을 하나하나 매만지는 모습을 지켜보고 있노라면, 청년은 모래를 씹는 듯 입 안이 꺼끌꺼끌해지곤 했다. 아버지가 눈가리개를 씌워주던 순간에 목까지 차오른 물음을 모래로 틀어막았듯이, 소녀는 모래처럼 우툴두툴한 글자들로 어둠을 틀어막고 있었다.

시력을 잃은 소녀에게는 어둠과 빛이 매한가지라는 사실을 알면서도 청년은 어둠 한복판에 내던져져 있는 소녀의 모습을 참기 힘들었다.

청년은 틈나는 대로 안마사 방으로 갔다. 청년의 발걸음 소리가 들리면 소녀는 신통하게 알아듣고는 일어나 불을 켜주었다. 손으로 벽을 더

듣거리면서 불을 켜주는 것, 소녀가 청년을 위해 해줄 수 있는 유일한 일이었다.

그러면 청년은 소녀를 위해 책을 읽어주었다. 소리를 내어 책을 읽어주는 것, 어둠을 살아내고 있는 소녀에게 손뼉을 쳐주는 일이었다. 때로 어떤 소리는 길을 찾게 해주기도 하고, 또 어떤 소리는 길을 내어줄 듯이 앞으로 바짝 다가와서는 벼랑 끝으로 등을 떠다밀기도 하지만, 그러나 불빛 한점 새어들어오지 않는 어둠 속에서는 가까이에서 또 멀리에서 들려오는 소리만이 움켜쥘 전부라는 것을 청년은 알고 있었다. 청년은 힘껏 손뼉을 쳐주고 싶었다. 끊이지 않고 계속되는 소리가 되어주고 싶었다. 그 소리로 소녀의 어둠을 가르고 들어가 그 안에 잘 닦인 길 하나를 마련해주고 싶었다.

하루치의 양식을 마련하듯 헌책방에 가서 책을 사는 버릇이 생기게 된 것은 그즈음부터였다. 처음엔 소녀에게 읽어줄 만한 것들을 구하기 위해 갔고, 나중에는 치유를 위해 병원을 찾는 환자의 마음으로 찾아갔다.

안마시술소의 계단을 밟고 올라가 지상으로 나서면, 밀려오고 밀려가는 바다가 있었다. 여름이면 피서객들이 몰려와 바닷물에 몸을 씻고 떠나가고, 겨울이면 누군가 미처 챙겨가지 못한 수경이나 수영모 따위가 바닷물에 휩쓸려들어갔다. 불꽃처럼 일렁이다 스러져가는 여름과 모래 속에서 숨죽이다 겨울이면 바다 속으로 사라져가는 것들 사이를 지나쳐 걷다보면, 어느새 갈매기 소리도 잦아들고 누군가 횟집 담벼락에 휘갈겨써놓은 염병할 사랑, 지우다 만 낙서 옆으로 삐딱하게 매달려 있는 낡은 간판이 보였다.

그러면 청년의 발걸음은 빨라지고, 마음은 벌써부터 앓는 소리를 냈
다.

헌책방의 뒤틀린 책꽂이에 꽂혀 있는 책들은 흠집과 얼룩에 대한 기
록이었다. 누렇게 변색된 책장을 넘길 때마다 은밀한 상처들이 모습을
드러냈다. 의안(義眼)과 절단된 손가락과 깨진 무릎으로 남은 그것들
은 질척거리는 시장 골목에서 뛰쳐나왔고, 바람이 불어가는 방향으로
묻어가지 못하고 혼자 떠돌다 덫에 걸리거나 달려드는 차에 뛰어들어
끝장이 나버리거나 했다. 한결같이 어깨를 움츠리고 있었고, 실오라기
하나 걸치지 않은 맨몸을 제 이빨과 제 손톱으로 할퀸 것들이었다.

그러나 이상스러운 일은 그 얼룩과 흠집 사이로 간혹 속살이 드러나
기도 했는데, 그 속살만큼은 부대끼고 닳은 흔적을 찾아볼 수 없을 정
도로 온전하다는 사실이었다. 책장을 넘기다 얼룩과 흠집 사이로 드러
난 속살을 만지기라도 하는 날이면, 청년은 단단한 응어리들이 활자가
되어 꿈틀거리다 책장을 넘기는 손가락 끝으로 빠져나가버리는 것을
느꼈다.

서랍을 열고 그 안에서 필요한 물건을 찾아내듯 청년은 책을 펼치고
그 안에서 자신의 것과 닮은 흠집들을 찾아내었다.

청년이 흠집 하나를 찾아서 들고 오면, 소녀는 무엇이 보이기라도 하
는 듯 마른 손을 들어 그 흠집을 더듬어나갔다.

때때로 책 읽는 청년의 목소리 뒤로 회상에 잠긴 소녀의 목소리가 이
어지기도 했다.

소녀가 기억해내어 들려주는 이야기는 그러나 그 끝이 언제나 한곳

에서 끊겼다. 양 갈래로 땋아 늘어뜨린 소녀의 머리 모양과 나뭇가지로 운동장의 모래 위에 그려놓은 단짝친구의 얼굴과 그 얼굴을 발그레하게 달구어놓았던 저녁놀과 꼭 한 번 가보았다던 높다란 천장의 성당에 관한 이야기도 열한 살의 문턱을 넘지 못했다.

아버지의 트럭이 밤바다 앞에서 멈추어 섰듯, 소녀의 기억은 시력을 잃은 그 나이에 멈춰 있었다. 소녀는 열한 살에 시력을 잃었다고 했다. 그러나 열한 살 이후의 기억은 갖지 않으려 하는 소녀를 보면서, 청년은 소녀가 스스로 길을 끊었다고 생각했다.

청년은 더 자주 헌책방을 찾아갔다.

흠집과 얼룩 사이에서 길들을 찾아내어 들고 오기 시작했다. 청년이 읽어주는 시와 소설 속에서 새는 검은 땅에서 날아올라 하늘에 길을 만들고, 무너진 다리는 강으로 흘러들어가 강 너머의 들판과 맞닿고, 벼락에 맞아 쓰러진 나무의 뿌리는 돌을 뚫고 들어가 땅속에서 그 옆에 서 있는 나무의 뿌리와 얽혀 제 밑동을 굳건히 했다.

어느 때부터인가 맹인 안마사들은 안마가 끝나면 약속이나 한 듯이 안마사 방으로 모여들었다. 더러는 불의의 사고로 시력을 잃은 맹인들과 어둠이 어둠인지 모르고 살아온 선천적 맹인들과 맑은 물에 새로 마련한 의안을 닦아 끼운 맹인들이 청년을 가운데 두고 둘러앉았다. 모여 앉은 사람들 중에는 성한 눈을 가진 여자들도 있었는데, 온 세상을 몸 뚱어리 하나에 의지해 사는 여자들이었다. 약을 먹고 영양제까지 맞아가면서 몸을 파는 여자들도 맹인들 틈에 끼어 앉았다.

"가난한 내가 /아름다운 나타샤를 사랑해서 /오늘밤은 푹푹 눈이 나린다 // 나타샤를 사랑은 하고 / 눈은 푹푹 날리고 / 나는 혼자 쓸쓸히 앉어 소주(燒酒)를 마신다 / (……) / 나타샤와 나는 / 눈이 푹푹 쌓이는 밤 흰 당나귀 타고 / 산골로 가자 출출이 우는 깊은 산골로 가 마가리에 살자 // 눈은 푹푹 나리고 / 나는 나타샤를 생각하고 / (……) / 산골로 가는 것은 세상한테 지는 것이 아니다……"*

청년이 시 한 편을 읽고 나서 무언가 할말이 많은 듯한 눈빛으로 맹인들과 여자들을 둘러보면, 그들은 하나만 더 읽어달라고 아이처럼 졸라대는 것이었다.

몸 파는 여자들은 담뱃진에 검누렇게 변한 이 사이로 한숨을 내쉬고, 안마사들은 저린 팔을 주무르며 청년의 이야기에 귀 기울였다. 청년이 들려주는 소설이나 시가 이 세상에서 가장 아름다운 것인 양 집중해서 듣고 있는 여자들…… 지쳐 피로한 얼굴로 앉아 있지만 그 순간만큼은 앞이 보이지 않는 맹인들의 눈에도, 살아온 햇수만큼 말 못 할 사연들을 흉터로 지니고 있는 여자들의 눈에도 열띤 그 무언가가 반짝였다.

어느덧 청년의 하루는 그 잠깐 동안의 반짝임을 위해 바쳐졌다.

구두를 닦다가도, 사우나에서 때밀이를 하다가도 청년은 길 밖으로 내몰린 사람들에게 오늘은 어떤 책을 읽어줄까, 고민했다. 생각나는 대로 메모를 하고, 그러다 나중에는 자신의 이야기를 몇 자 적어보기도 하던 청년이 그런 일들에서 완전히 손을 떼게 된 것은 오 년이란 시간이 흐른 뒤였다.

그날은 추석이었고, 맹인 안마사들도 몸 파는 아가씨들도 다 비번을 내서 고향으로 떠난 뒤였다. 옮겨온 지 얼마 되지 않은 김양 누나만 청년과 함께 남아 가게를 지켰다.

"이런 날 무슨 손님이 있겠어."

김양 누나는 간판 불을 끄자고 했다. 청년은 바지 뒷주머니에서 구겨진 지폐 몇 장을 꺼내 탁자에 올려놨다.

청년은 간판 불을 끄러 올라가고, 김양 누나는 음식을 주문하려고 수화기를 집어들었다. 신호음이 몇 번 울리기도 전에 사내들이 몰려들어왔다. 들이붓자마자 가슴이 확 달아오르는 독주로도 부족해 사내들은 어디에고 납작 엎드려 있고 싶어했다.

귀향하지 못한 사내들이 등 대고 누울 아랫목을 찾아 김양 누나의 몸 여기저기를 더듬다 끝내는 발 뻗을 자리 한 뼘도 찾아내지 못하고 뜨끈한 울음을 토해낼 때, 청년은 위층에서 들려오는 소리를 제 손으로 지우려는 듯 상한 구두코에 몇 번이나 구두약을 덧바르고 있었다.

전표에 찍힌 숫자만큼의 사내들을 혼자 다 받아내고, 김양 누나가 분화장 범벅이 된 얼굴로 내려왔을 때는 벌써 날이 뿌옇게 밝아오고 있었다. 실은, 나 같은 것한테도 엄마라고 불러주는 아이가 있다고, 나 같은 것도 애 엄마라고, 김양 누나는 청년의 어깨에 기대어 흐느껴 울었다.

"살 속을 파고든 비수를 품고 / 둥그레진다는 것, 그건 / 욱신거리는 상처를 머금고 사는 일이다 / 입술을 윽 깨물고 상처 속으로 들어가 한 몸이 되는 일이다 // 열매들은 모두 빗방울을 닮아 둥그레질 것이다 / 빗방울의 아픔을 궁글려 탱탱한 탱자알이 될 것이다……"**

언젠가 읽었던 시 한 편을 들려주는 것 말고는 청년은 달리 해줄 수 있는 것이 없었다.

"지석아, 너…… 시인 돼라. 국어선생님이 되든가."

김양 누나가 자취를 감춘 것은, 너는 책을 잘 읽어주니까 둘 중에 하나를 하면 꼭 성공할 거라고, 청년의 손등을 두드려주었던 바로 그 아침이었다. 그뒤로 얼마 지나지 않아 청년은 뜻밖의 사실 하나를 더 알게 되었는데, 추석을 이레나 남겨두고 고향에 다녀오겠다면서 비번을 내어 내려갔던 정미가 실은 다른 가게로 옮겨갔다는 것이었다.

청년은 계단을 뛰어올라갔다. 안에서 지른 빗장을 풀고 안마시술소의 철문을 열자마자 밤바다가 밀려와 청년의 눈앞을 가로막았다.

어디서 오는 길이냐고 주인 여자가 한번 더 되풀이해서 물었으나 사내는 좀체 입을 열지 못했다. 주인 여자의 그 짧은 물음은 사내에게 과거의 내력을 자세히 밝히라는 추궁은 아니었다. 그러나 그 물음으로 하여 사내는 자신이 지나온 길을 되짚어오고 있었다. 사내의 기억 속에서 아이는 모래로 입을 틀어막고 울음을 집어삼키다 허공에 내민 손 하나를 붙들고 일어나 청년이 되었고, 눈앞을 가로막은 밤바다 앞에서 홈집과 얼룩들 사이에서 찾아낸 길들을 전부 다 파도에 쓸려보내고 서른 초반의 사내가 되어 있었다.

그러고 나서 이제 한 늙은 여자 앞에 사내는 앉아 있었다.

"바다에서 오는 길입니다."

사내가 바다에서 오는 길이라고 대답하자 주인 여자는 이번에는 또 "뭐 하는 사람이우?"라고 물었고, 그러자 사내는 자신을 만물장수라고 밝혔다. 트럭의 짐칸을 개조해 수세미며 빨랫비누, 옷걸이에 고무장갑 따위를 싣고서 전국을 떠돌아다닌다고 했다.

"만물장수? 나이도 별로 안 들어 뵈는데…… 하기야 뭐 이상한 일도 아니지. 언젠가는 말이야, 어떤 남자가 애 하나를 데리고 들어와서는 물을 달라는 거야. 그 남자도 만물장수였는데, 그때가 벌써 언제야……"

주인 여자는 그렇게 하면 지나간 시간을 되돌릴 수 있기라도 한 것처럼 한동안 달력을 올려다보았다. 눈곱 낀 눈으로 밑에서부터 위로 날짜를 되짚어올라가다 주인 여자는 띄엄띄엄 말을 이어갔다.

잠투정하는 아이에게 무릎을 내어주고 자장가를 불러주는 듯한 목소리로 주인 여자는 사내에게 옛이야기 하나를 들려주었다.

새벽이면 과일을 실은 수십 대의 리어카들이 공판장 건물에서 달려나오는 소리와 입찰을 알리는 종소리로 사람들이 기지개를 대신하고, 상인들이 걸어오는 주문전화로 잠시도 쉴새가 없던 시절의 어느 겨울날, 식당에 낯선 손님이 찾아들었다. 떠돌이 만물장수와 그의 아들이었다. 초등학교 일학년이나 될까 말까 한 아이나 아버지나 둘 모두 형편없는 몰골이었고, 애한테서 나는 냄새가 어찌나 지독하던지 숨쉬기가 거북할 정도였다.

아버지는 아이에게 물이나 한잔 얻어먹이고 가겠다고 하는데, 아이는 얼마나 배가 고팠으면 그 국물에 담배꽁초들을 비벼끈 해장국에도 입맛을 다실 정도였다.

주인 여자가 밥을 차려주고 주방으로 데리고 들어가 머리를 감겨주고 씻겨주었더니, 아이는 배도 부르고 피곤하기도 했던지 제 아버지 옆에 앉아 졸기 시작했다.

더이상은 신세를 질 수 없다면서 아버지가 연거푸 사양을 하는데도 주인 여자는 아이를 방에 데려다 뉘었다. 아이가 깨어나기를 기다리며 주인 여자와 아이의 아버지는 이런저런 이야기를 나누었다.

그러다 주인 여자의 이야기가 그 아버지와 아이의 엄마가 한 고아원 출신이었다는 대목에 이르자 사내는 탁자 앞으로 바투 붙어앉으며 그다음 말을 재촉하는 것이었다.

"고아원이라니요?"

"애 엄마는 어디에 두고 남자 혼자 애를 데리고 떠돌아다니느냐고 내가 물었지. 그 사람 말이, 애 엄마나 자기나 둘이가 다 고아원 출신이라는 거야. 한 고아원에서 자라서 결혼을 했다는데 그 결혼식 얘기가 안됐더라고."

따라주는 막걸리를 받아마시며 애 아버지가 애 엄마와의 일을 들려주었는데, 주인 여자는 나이가 들어서도 가끔씩 하객이 한 명도 없었다는 그 결혼식 이야기를 종종 떠올리곤 했다는 것이었다.

"고아원 출신끼리 합동결혼식을 올렸다는구만. 결혼식이 끝나고 음식 값을 치르려고 식당에 내려갔대요. 손님이 몇명이나 다녀갔느냐고 물었다지. 그랬더니 달랑 국수 한 그릇 값을 내라고 했다는 거야. 주례선생이 와서 국수 한 그릇 먹고 간 것 말고는, 아무도 오지 않았다는 거지."

그런 이야기가 오고 간 뒤에 그러면 애 엄마는 어디에 있느냐고 주인 여자가 다시 또 묻는데, 마침 잠에서 깨어난 아이가 일어나 밖으로 나왔다. 주인 여자가 애한테 숭늉이라도 한 사발 더 가져다주려고 주방으로 들어갔다가 나왔더니 이미 부자는 떠나고 없었다. 아버지와 그 아들이 앉아 있던 자리에 대신 양은냄비 하나가 놓여 있더란다.

"밥값 대신 두고 간 거지…… 뭐, 이 냄비가 그 냄비일지도 모르지. 하도 오래되어서 어느 게 어느 건지…… 아무튼 버리지는 않았으니까……"

주인 여자는 청국장이 남아 있는 양은냄비를 들었다 내려놨다. 사내는 냄비를 바라보았다. 손잡이 하나가 떨어져나갔고, 어찌나 세게 문질러댔는지 철수세미가 훑고 지나간 자리마다 칠이 벗겨져 있었다. 양은냄비에 식은 국물을 넣고 다시 데워오듯이 스물몇 해 전의 기억을 고스란히 불러올 수는 없지만, 찌그러지고 거멓게 타들어간 그 밑바닥에서 거기 눌어붙어 있는 스물몇 해가 어떠했으리라는 것을 짐작하기란 어렵지 않았다.

사내의 눈에 열기 비슷한 것이 번져가고 있었다.

"애 엄마를 찾아간다고 했는데 만났나 몰라……"

"그래, 그 남자가 정말 애 엄마를 찾아간다고 했단 말이지요?"

사내는 이제 얼굴빛마저 달라져 있었다. 사내가 추궁하듯이 다그쳐대자 주인 여자는 엉겁결에 고개를 끄덕거리고는 늙은이가 지나가는 소리로 한 얘기를 왜 그렇게 꼬치꼬치 캐묻는 거냐면서 오히려 사내에게 그 까닭을 물어왔다.

그러자 사내는 할말이 많은 듯한 얼굴로 주인 여자를 건너다보더니 곧 입을 다물어버리고 말았다.

"젊은 사람이 실없기는……"

주인 여자가 사내 앞에 놓인 그릇들을 치우기 시작했다. 먹다 남은 청국장 냄비에 밥공기며 김치를 담아내왔던 접시를 포개어 쟁반에 주 워담고 자리에서 일어섰다. 깊은 상념에 덜미를 잡힌 듯 한동안 말이 없던 사내가 그제야 급히 입을 떼었다.

“여기 계속 계실 겁니까?”

“나? 나야 어디 갈 데가 있나. 여기 말고는 아는 데가 있어야지.”

“공판장 건물도 철거되고 나면 그때는……”

“어디든 다 사람 사는 덴데 뭐 밥 먹으러 오는 사람 없으려구?”

젊은 사람이 남 일엔 또 왜 그렇게 관심이 많으냐고, 오지랖이 넓으 면 가난하게 산다는 옛말도 못 들어봤냐면서 주인 여자는 사내를 되게 한번 나무라고는 주방으로 들어갔다.

사내는 밖으로 나왔다.

문을 열자마자 공판장 건물이 사내의 눈앞을 가로막았다. 상인들은 떠나갔고, 혼자 남아 낡아 스러져가는 건물 앞에서 사내는 눈앞을 가로 막은 그 밤바다를 다시 보고 있었다.

그것은 아비를 집어삼킨 바로 그 바다였고, 사내 자신이 접어든 막다 른 길이기도 했다. 그 앞에서 아비는 아들을 버렸고, 아들은 빈손에 움 켜쥐었던 이름 하나를 찾아 헤매다 얼룩과 흠집 속에서 찾아낸 길들을 놓아버렸다.

검은 땅에서 날아올라 하늘에 길을 내는 새, 강으로 흘러들어가 강 너머의 들판과 맞닿고, 돌을 뚫고 들어가 땅속에 더 너른 길을 예비하 는 길…… 손끝으로 더듬거리며 찾아낸 길, 책을 뒤져 찾아낸 길들이란, 저 살기등등한 바다 앞에서는 전부 무효였다.

그 밤바다 앞에 섰을 때는, 아들은 이미 그 안을 가르고 들어가 잘 닦인 길 하나를 마련해주고 싶은 어둠마저도 잃어버린 사람이 되어 있었다.

밤바다가 밀려와 아들의 발을 적셨다. 어디선가 손뼉 치는 소리가 들려왔다. 가까이에서 또 멀리에서, 확연히, 희미하게 들려오는 그 소리를 따라 들어가 질끈, 눈을 감으면 그만이었다. 해변에 벗어놓은 신발도 곧 바닷물에 휩쓸려오리라.

아비를 집어삼킨 그 바다로 아들은 걸어들어갔다.

바닷바람이 귀를 후려쳤다. 밑바닥에서 불어온 바람 속에는 날이 박혀 있었다. 모든, 날 선 것들이 내지르는 울부짖음이 지척에 와 있었다. 등 떠밀려 바다 속으로 걸어들어간 사람들, 그 악에 받친 사연들이 발톱을 세우고 달려들었다. 바짓가랑이에 묻어 있는 생의 흔적들을 잡아뜯고, 가슴팍의 한점 얼룩으로 남아 있는 안간힘도 후벼파서 끝내는 끝장을 보고야 말겠다고 덤벼들었다.

한 번, 두 번, 세 번…… 파도가 덮쳤다. 밤바다가 제 가슴팍을 열어 날려보내는 화살들, 그 무수한 화살들이 구멍을 내고 피를 보겠다고 달려드는 과녁이 되고 나서야 아들은 비로소 아비의 끝에 생각이 미쳤다.

여기 서서, 저 무수한 화살에 살을 내어주고 아비는 무엇을 보고 있었을까?

어서, 어서, 어서!

끝에서 불어온 파도가 살점을 도려내는 소리로 어둠이 들썩거렸다.

오기였을까. 아들은 아비가 본 끝을 보아주리라, 눈을 부릅떴다.

박차고 뛰어오를 밑바닥도 잃어버리고 턱까지 물에 잠겨 아비가 본 끝을 향해 두 손을 내밀었을 때, 아들의 눈을 뚫고 들어온 아비의 끝은 델 듯 뜨거운 빛이었다. 왜 팔을 내젓는지, 왜 멈출 수 없는지 스스로도 알지 못하면서 아들은 빛을 향해 나아갔다.

바다와 하늘이 맞닿아 있는 곳, 아비의 끝으로 집어등 불빛이 녹아내리고 있었다. 누군가 밤바다에 매어단 알전구들을 바라보며 아들은 어느새 일곱 살 무렵의 꿈 하나를 건져올리고 있었다.

바람이 거세어지는지, 파도가 칠 때마다 어둠 속에 숨죽이고 있던 것들이 숨소리를 내며 일어나 꿈틀거리기 시작했다. 저 막막한 밤바다 너머 무수히 많은 발자국들을 지우며 불어온 바람 속에서 누군가 손뼉 치는 소리, 누군가 흐느끼는 소리가 들려왔다.

"지석아, 너…… 시인 돼라."

아들은 눈 섞인 바닷바람을 맞으며 빛이 어둠을 뒤적거리는 모습을 오래도록 바라보았다.

눈앞을 가로막고 선 공판장 건물을 향해 사내는 걷기 시작했다. 흩날리는 눈발 사이로 공판장의 담벼락 밑에 세워둔 트럭이 보였다. 트럭은 어두워져가는 저녁 하늘 아래 희미하게 빛나고 있는 두 갈래 길 앞에서 눈에 파묻혀가고 있었다.

핸들 위에 두 손을 올려놓고 사내는 눈앞의 길들을 바라보았다. 저 길 위로 올라서면 그 끝자락이 어디에 닿을지는 사내도 알지 못했다. 다만, 달려오는 차들이 앞서 달려간 차들의 바퀴 자국을 지우며 어둠 속으로 사라져가고 있었다.

기어를 잡은 사내의 손에 힘이 들어갔다. 맞은편에서 불어온 바람이 트럭의 전면 창을 때렸다. 짐칸에 덧씌운 비닐이 우우우우 바람에 맞서 으르릉거리는 소리가 들려왔다. 트럭이 흔들릴 때마다 조수석에 놓여 있는 노트도 한 권, 덩달아 몸을 뒤척였다. 그 첫 장이 '길'이라는 제목의 시로 시작되는 노트에는 사내가 밤바다에서 길어올린 시들이 여러 편 적혀 있었다.

사내는 길 위로 올라섰다. 얼어붙은 눈이 바퀴에 부서지는 소리가 들려왔다. 눈 내린 길 위에 난 두 줄기 바퀴 자국이 트럭 뒤를 쫓아갔다.

"그래, 인제는 어디로 가는 길이유?"

주인 여자가 물었으나 홀에서는 아무 대답이 없었다. 사내에게 숭늉이라도 한 사발 가져다주려고 주방으로 들어갔던 주인 여자가 다시 밖으로 나왔을 때는 사내는 이미 떠나고 없었다. 사내가 앉아 있던 자리에 빨간 고무장갑 한 켤레가 놓여 있었다.

절뚝거리며 주인 여자는 사내를 쫓아나갔다. 칼날을 세운 바람이 사방에서 불어왔다. 거세어진 눈발 속에서 몇 그루 남지 않은 나무들이 어두운 하늘에 켜진 별들을 향해 허공에다 대고 두 팔을 내밀고 있었다.

* 백석, 「나와 나타샤와 흰 당나귀」 중에서
** 손택수, 「탱자나무 울타리 속의 설법」 중에서

하현(下弦)의
어둠 속에서 찾은 희망

해 설 | 김 종 욱 (문학평론가)

이제 작가 이명랑은 새로운 문학적 영토를 찾아서 탐색을 시작한다.

자신의 새로운 문학적 영토가 발견되는 순간까지 그녀의 탐색이 계속될 것이며,

작품집 『입술』은 이 년여에 걸친 탐색의 결과인 셈이다.

1

이명랑의 첫번째 작품집 해설을 부탁받고 조금은 당혹스러웠다. 첫번째라니? 처음 이명랑을 만났던 것은 1996년 무렵이었다. 문학무크지 『새로운』 발간을 준비하다가 시 「에피스와르의 꽃」을 만났던 것이다. 그후 일 년여 만에 그녀는 장편소설 『꽃을 던지고 싶다』를 통해서 소설가로 변신했고, 이어 『삼오식당』 『나의 이복형제들』과 같은 장편소설을 우리 앞에 선보였다. 그러니, 소설가로 등단한 지 벌써 십 년여가 지나서야 첫번째 작품집을 출간한다는 사실 자체가 믿기지 않았던 것이다.

그런데, 『입술』에 실려 있는 작품들을 보니 비교적 최근에 씌어진 것들이었다. 1999년 발표된 「미니 초코파이」를 제외한다면, 모두 2004년 이후에 발표된 것이다. 2004년 장편소설 『나의 이복형제들』을 발간한 이후에 단편소설 창작에 전념했던 셈이다. 그러고 보니, 여러 문예지들에서 자주 이명랑이라는 이름을 보게 되었던 듯도 하다. 갑자기 그녀가, 왜 단편소설에 관심을 가졌는지에 대해서 궁금해진다.

이명랑이라는 이름과 함께 붙어다니는 것은 '영등포시장'이라는 공간이다. 그녀가 발표했던 장편소설들이 모두 이곳을 무대로 하고 있으며, 몇 권의 에세이집 또한 그 울타리를 벗어나지 않고 있기 때문이다. 영등포시장에서 태어나고 자랐던 경험이 작가로서의 이명랑을 특징짓는 표지였던 것이다. 그런데, 이번 작품집에 실려 있는 작품들 중에서 영등포시장이라는 공간을 무대로 한 작품은 찾아보기 어렵다. 「누군가 목덜미를 잡아챘다」와 「하현下弦」만이 영등포시장과 관련을 맺고 있다. 그렇지만, 두 작품 모두 영등포시장만을 그리는 것이 아니라, 다른 공간과의 관련 속에서 영등포시장이 등장하고 있다. 더욱이 그 속에서 그려지는 영등포시장의 모습은 이전의 소설과는 분명한 차별성을 지니고 있는 것처럼 보인다.

이명랑의 문학적 공간이 어떻게 변화하고 있는지를 살피기 위해서는 먼저 「누군가 목덜미를 잡아챘다」를 살펴볼 필요가 있다. 이 작품의 주인공은 소설 「그들도 가끔은 포르노그래피를 꿈꾼다」를 구상하던 중 시장에서 오랫동안 고물장수로 일했던 영식이 아저씨를 만난다. 그는 1970~1980년대부터 영등포 일대를 제 집 안처럼 구석구석 다니면서 영등포의 변화를 몸소 경험했던 인물이다. 그런데, 주인공은 영식이 아저씨를 만나러 영등포시장으로 가는 길목에서 낯선 경험을 한다. 아파트 단지에서 길 하나만 건너면 도착할 수 있는 가까운 거리였음에도 불구하고 심리적으로는 아득하고 멀게만 느껴졌던 것이다.

　아파트 단지와 시장으로 통하는 골목 사이에 무슨 경계선처럼 버티고 있는 건널목 앞에 서서 신호등의 빨간 불이 보행신호로 바뀌기를 기다리는 그 짧은 순간에 나는 내가 시장으로부터 얼마나 멀리 떨어져나왔는지 인정하지 않을 수 없었다. 그러나 비단 나만 변한 것은 아니었다. 내 앞에 펼쳐져 있는 건널목 저편의 풍경도, 저 풍경 속에 스며 있는 소리와 사람과 심지어는 공기마저도 달라져버린 것이다.(「누군가 목덜미를 잡아챘다」, 69쪽)

　심리적인 거리감은 그녀가 영등포시장 사람이 아니라는 사실에서 비롯한다. 그녀는 시장통의 구둣방 건물 삼층에서 살다가 근처 아파트 단지로 이사를 갔던 것이다. 변한 것은 아파트 단지로 옮겨간 '나'만이 아니다. 영등포 부근이 뉴타운 개발 예정지역으로 지정되면서 상인들도 시장을 떠난다. 그들이 시장에서 사라지면서 "멱살잡이와 욕지거리와 아귀다툼을 하면서도 한시도 놓지 않고 움켜쥐고 있던 생의 활기마저도 함께" 사라진다. 더욱이 공판장이 있던 자리에 한 정당의 당사가 들어서면서 영등포시장만의 활기 넘치던 풍경을 찾기 어렵다. 상인들이 떠난 자리에는 어느 곳에도 갈 수 없는 사람들만이 남는다. 자신이 태어나고 자랐던 고향은 그렇게 낯선 곳으로 변모해버렸던 것이다.
　「하현」에 등장하는 공판장 옆의 "어둠 속에서 불 밝히고 서 있는 그 식당"은 어떠한가? 그곳은 작가가 전작 『삼오식당』을 통해서 우리에게 보여주었던 매우 낯익은 곳이다. 하지만, 그곳의 풍경 역시 예전과는 전혀 다르다. 공판장이 없어지면서 "사람들의 왁자한 말소리와 넘쳐나는 음식 냄새가 뒤섞여 코를 킁킁거리기만 해도 덩달아 괜히 배가 불렀던 그때"와는 달리 "먼지와 바람만이 드나드는 빈집의 냄새"로 가득 차 있던 것이다.

주인 여자는 사내 앞에 자리를 잡고 앉아 사내가 묻지도 않은 말들을 늘어놓기 시작했다. 아파트와 백화점, 대형마트들이 하나 둘 들어서고 재래시장을 찾던 사람들의 발걸음이 뜸해졌다는 얘기며 가게 앞에 전구를 내건 상인들이 지나가는 손님들을 외쳐 부르는 소리와 트럭의 경적 소리로 새벽부터 살아 꿈틀거리던 공판장 건물이 이제는 이 늙은이처럼 낡아가고 있다는 이야기가 주인 여자의 한숨 뒤로 이어졌다.

주인 여자가 입을 벌릴 때마다 단내가 훅 끼쳐왔다. 오래도록 입을 다물고 말을 참아온 사람들에게서만 맡아지는 냄새였다.(「하현」, 269쪽)

이렇듯 작가의 문학적 고향이었던 영등포시장은 과거와는 전혀 다른 모습으로 변해버렸다. 영등포 청과시장이나, 삼오식당 모두 과거의 활력을 잃은 채 조금씩 낡아가고 있었던 것이다. 더구나 소설 속의 주인공 역시 영등포시장을 떠나 아파트 생활을 시작했다. 그것은 작가 이명랑의 모습이기도 할 것이다. 따라서 작가는 새로운 변화를 모색해야만 하는 처지에 직면한 것처럼 보인다.

설령 영등포시장이 예전의 모습을 그대로 유지하고 있었다고 하더라도 작가적 변화는 불가피했던 것으로 보인다. 전작 『나의 이복형제들』을 통해서 그러한 징후는 이미 나타나고 있었다. 이 작품에서 영등포시장은 과거의 『삼오식당』에서 보였던 활기차고 생동감 있는 삶으로서 포착되지 않는다. 오히려 어두운 지하의 공간에서 이방인으로서 살아가는 마이너리티들의 우울하고 비참한 삶에 작가적 관심이 집중되어 있다. 이렇듯 지상과 지하, 표면과 이면에서 펼쳐지는 영등포시장의 이중성이 구조적으로 포착됨으로써 작가의 시선은 더이상 머무를 곳을 찾지 못하게 된다. 작가는 새로운 문학적 영토를 찾아 떠나야만 했던 것이다.

결국 도심 재개발사업으로 상인들은 시장에서 쫓겨나고, 영등포시장의 작가 이명랑 역시 그곳에서 추방된다. 이제 작가 이명랑은 새로운 문학적 영토를 찾아서 탐색을 시작한다. 그녀가 새롭게 발견한 문학적 영토는 어디일까? 이번 작품집을 통해서 그것을 단정하는 것은 불가능해 보인다. 그녀의 시선은 영등포시장 옆에 자리한 아파트 단지에서 멈추기도 하고, 때로는 멀리 태국의 치앙라이까지 건너가기도 한다. 그리고, 여러 작품들에서는 어느 곳에도 머물지 못한 채 세상을 떠돌고 있는 인물들을 그리기도 한다. 아직까지 그녀는 자신이 머물 곳을 찾지 못하고 있는 것이다. 자신의 새로운 문학적 영토가 발견되는 순간까지 그녀의 탐색이 계속될 것이며, 작품집 『입술』은 이 년여에 걸친 탐색의 결과인 셈이다.

2

　자신의 문학적 고향에서 축출된 채 낯선 공간을 떠돌고 있는 작가의 모습은 작품 속에서도 발견된다. 소설집에서 자주 등장하는 장소는 「연이 떴다」와 「누군가 목덜미를 잡아챘다」, 그리고 「그림 앞의 장미와 꽃병」과 같은 작품들에서 등장하는 '아파트 단지'이다. 이곳은 영등포 시장에서 그리 멀리 떨어지지 않은 곳에 자리잡고 있기는 하지만, 시장 과는 전혀 다른 논리를 지닌 채 움직인다. 서로 다른 사람들이 한데 어울려 왁자지껄한 세계를 형성하던 시장과는 달리 아파트는 「그림 앞의 장미와 꽃병」에서 보이는 것처럼 사소한 차이가 위계를 만들어내는 공간인 것이다.

　하지만, 작가는 아파트 자체의 공간적 의미를 탐구하려는 방향으로 서사를 진행시키지 않는다. 대신, 작가 자신을 닮은, 소설을 읽고 글을 쓰는 '여자'를 등장시킨다. '여자'는 아파트 다용도실을 개조한 자신의 '동굴'에서 혼자서 글을 쓴다. 그녀가 글을 쓰는 것은 상처를 치유하는 방법이다. "남한테는 절대로 말할 수 없는 거, 또 있을 거야. 노트를 하나 마련해봐. 거기다 다 써버려. 쓰다보면 기억이 날걸? 네가 네 속에 숨겨놨던 것들이 너를 찢고 나올 거야. 다 받아적어. 그리고 묻어버려." 이렇듯 자신의 내면에 억눌려 있던 수많은 응어리들을 언어로 표현함으로써 상처는 객관화되고 치유될 가능성을 얻는다.

　하지만, 내면의 상처를 품어내는 말들은 타인을 향한 소통의 언어가 아니다. '여자'의 글은 항상 봉인된다. 그녀는 글을 쓴 후에 항상 페이지마다 풀로 붙여버리는 것이다. 내면에 유폐되었던 말은 용암처럼 용솟음치지만, 수많은 상처의 기억들은 한 페이지, 한 페이지에 갇혀 하나의 방이 된다.

　책상 오른쪽에 붙어 있는 서랍에서 풀을 꺼내 펼쳐진 페이지에 발랐다. 풀칠한 페이지에 옆 페이지를 대고 눌렀다. 자주 찾지 않아 문 위에 붙여놓은 종이의 글자들이 먼지에 뿌옇게 흐려진 방 하나가 종이와 종이 사이로 사라졌다. 누군가 풀로 붙인 그 페이지들을 억지로 떼어낸다 해도 그 방의 온전한 모습을 재현해낼 수는 없을 것이다.(「그림 앞의 장미와 꽃병」, 47쪽)

　어린 시절의 기억 때문에 고통받는 또다른 사람 '그 여자'가 있다. 그녀 역시 자신의 기억에 휩쓸려들어가지 않기 위해 나름의 방식으로 기억을 풀어낸다. "밤에는 기억에 휩쓸려들어가지 않으려고 구슬 꿰는 일에 몰두"하는 것이다. '그 여자'에게 있어 구슬을 꿰는 일은 '여자'가 글을 쓰는 것과 다를 바 없다. 그녀는 검은 구슬을 꿰며 밤마다 기억을 지워나간다. 구슬로 채워진 상자와, 글자로 채워진 노트는 그녀들의 상처를 담고 있는 저장소이다. 누구에게도 말할 수 없어서 내면 속에 응어리진 채 단단하게 자리잡고 있던 상처의 기억들은 「누군가 목덜미를 잡아챘다」에서 드러난 것처럼 살기 위해서 도려내야만 했던 과거인 것이다.

　과거를 찾는 시간여행을 통해서 망각되었던 것들이 모습을 드러내자, 이명랑의 소설들은 『삼오식당』에서 볼 수 있었던 명랑하고 쾌활한 성격을 더이상 유지하지 못한다. 그런 의미에서 1999년에 발표한 「미니 초코파이」는 이명랑식 우울의 전주곡일 것이다. 이 소설의 주인공이 간직하고 있는 상처는 가족으로부터 버림받은 기억이다. 아이를 가질 수 없었던 아버지를 둔 아이는 끝내 아버지의 세계에 발을 들여놓지 못한 채 홀로 세상에 내동댕이쳐진다. 그래서 남겨진 아이는 "풍만한 가슴을 가진 진짜 여자"가 아니라 "스물두 살이 넘도록 생리 한 번 안 해본" 미성숙한 여자로 자라게 된다. 결국, 아이를 갖지 못한다는 이유로 사랑하는 사람조차 떠나고 난 뒤, 그녀는 "두꺼운 블라인드를 방 끝까지 늘어뜨리고" "방문을 꼭꼭 걸어잠"근 채 세상과 단절된 자기만의 세계에 스스로를 유폐시킨다.

「미니 초코파이」에서 나타났던 것과 다를 바 없는, 세상 끝에서 버림받거나(「하현」), 다락방이나 외딴 방에 감금되어 있는(「고양이가 간다」 「사령死靈」) 주인공의 모습은 이명랑의 소설에서 자주 발견된다. 그들은 끊임없이 세상을 향해 손을 내밀지만, 그들의 손을 따뜻하게 맞아주는 이는 거의 없다. 차가운 세계 속에 홀로 내던져진 그들은 스스로를 세계로부터 단절시킴으로써 자신을 가까스로 버텨낸다. 그리고 세상을 향해 차디찬 적의와 증오, 그리고 복수의 의지를 갈고 닦는다.

일직사자가 쇠몽둥이로 등을 내려치면 월직사자가 달려들어서 쇠사슬로 얽어매고는 사람의 넋을 떼어가는데 오빠는 밤마다 꿈을 꾼다고 했어요. 쇠몽둥이로 얻어맞고 쇠사슬로 묶이는 꿈을 꾸다 일어나면 다 죽이고 싶다고 했어요. 오빠만 여기다 처넣어두고 편안한 잠을 자고 있는 식구들을 갈갈이 찢어 죽이고 싶댔어요. 그런 말을 하고 나서는 저승 사자가 눈앞에 나타나기라도 한 것처럼 벌벌 떨어댔어요. 그런데도 누구 하나 달려와보지 않았잖아요.(「사령」, 149쪽)

흘러내리는 눈물을 닦아낼 수도 없는, 산송장이나 다름없는 자신의 몸이, 재수 없는 병에 걸려 불구의 몸이 되어버린 자신의 처지가, 영희는 억울하고 또 억울하다.
나쁜 짓이라도 원 없이 해봤더라면 이렇게 억울하지는 않으련만.
억울하다 억울해.
너무 억울해서 영희는 정말이지 지랄발광이라도 하고 싶다.(「고양이가 간다」, 166쪽)

하지만, 그들은 세상을 향해 온갖 독설을 퍼붓고 증오의 칼날을 벼리지만, 정작 그들의 말을 들어주는 사람은 아무도 없고, 그들에게는 칼을 휘두를 힘조차 없다. 그들의 외침은 소리없는 메아리가 되어 자신들의 주변만을 떠돌 뿐이며, 자신의 영혼에 더욱 깊은 상처를 남길 뿐이다. 세상 사람들이 만들어놓은 문턱과 경계를 넘지 못한 채 그들은 그렇게 날마다 조금씩 죽어가고 있는 것이다.
한편에 "어른이 되지 못한 계집아이"(「그림 앞의 장미와 꽃병」)들, 『양철북』에 등장하는 오스카처럼 세상의 질서를 거부한 채 미숙하게 죽어가는 존재들이 있다면, 다른 한편에는 세상의 질서를 일찍 깨우쳐버린 조숙한 존재가 있다. 「정직한 너에게」에서 주인공은 바로 그런 존재이다. 그는 혼자 있고 싶었지만, 늘 혼자 있지 못했다. "혼자만의 비밀을 간직하려는 계집아이의 노력은 늘 조롱과 비웃음으로 끝을 맺곤했"고, "수줍음이라든가 기쁨이라든가 삶의 은밀한 비밀 같은 것들을 살포시 가려줄 뚜껑이" 없었던 것이다. 그래서 어린 나이에 이미 "'삶'이라 부르는 이 모든 자질구레함과 남루함과 끔찍함"을 알아차린 조숙한 아이는 속임수로 윗몸일으키기를 헤아리다가 친구에게 발길질을 당한 후에도, 자신의 윗몸일으키기 횟수를 조작해줄 아이를 찾아 두리번거린다. 그렇게 대학에 들어갔고, 돈 많은 남편을 만나 결혼하고 아이까지 낳았던 것이다. 그렇지만, 그녀가 선택한 길 역시 잘못되어 있다는 사실을 아는 데에는 그리 오랜 시간이 필요하지 않았다. 출산예정일을 앞두고 혼자서 아이의 배냇저고리와 손싸개와 기저귓감과 양말을 준비하면서 그녀는 "제가 짚은 허방의 무늬"를 알아차린다. 사랑해서 결혼한 것이 아니라 "조건이 맞으니까 같이 사는 거"라는 말과 함께 남편은 아내가 내민 손을 무참히 거절하는 것이다.

자신이 태어나고 자랐던 영등포시장에서 추방된 채 낯선 세계를 떠돌고 있는 작가는 타인을 향한 적의와 증오를 간직한 채 겨우 살아가고 있는 사람들을 발견한다. 그들이 세상을 살아가면서 힘들고 괴로울 때마다 타인의 도움을 바라며 손을 내밀지만, 세상은 항상 냉혹하게도 그들의 손을 뿌리치고 있는 것이다. 또한 영등포시장에서 사람들 사이를 떠돌아다니면서 하나의 공동체를 구성하던 언어는 대화성을 상실한 채 오로지 자신만을 향해 있거나, 혹은 타인을 향한 비수가 되었을 뿐이

다. 세상이 그들에게 던지는 말에는 진실이 깃들어 있지 않고, 행동에
는 타인을 향한 배려가 사라져버렸다. 세상에서 버림받은 존재들이 생
에 대한 마지막 의지를 표현하고 있는 손길과 언어들이 그렇게 흔적도
없이 사라져가면서 세상은 '하현'의 어둠 속으로 점점 깊이 잠겨간다.

3

　최근작인 「널래 날래 까우리로 까이라?」는 그런 점에서 작가 이명랑
의 새로운 변화를 볼 수 있는 작품이다. 이 작품은 개인의 기억과 민족
의 아픈 역사를 중첩시킴으로써 작가의 상상력을 더욱 확장시킨다. 소
설은 라후족 마을을 방문한 한 여성의 여행기로 채워져 있다. 소설 속
에 등장하는 라후족은 우리 민족이 그랬던 것처럼 "솟대를 세우고, 집
집마다 돌아다니며 지신밟기와 흡사한 춤을" 추고 "색동옷을 입고 씨
름을 하고 호랑이를 숭배하며 정선아리랑 가락의 노래를 부"르는 소수
종족이다. 서울과 치앙라이 사이에 엄청난 거리가 존재함에도 불구하
고 두 집단 사이에 존재하는 여러 문화적 유사성을 이해하기 위해서 사
람들은 라후족을 고구려 유민들의 후손이라고 추정하기도 한다. 7세기
후반 나당 연합군에 의해 멸망한 뒤 "고구려의 언어, 풍속 등을 지키며
독자적으로 살았"던 고구려 유민들이 오랜 유랑의 세월을 거치면서 현
재의 라후족이 되었다는 것이다.
　그런데, 외세에 의해 국가를 빼앗기고 역사와 문화조차 잠식당해야

했던 아픔을 떠올리게 만드는 라후족의 마을에서 주인공 '어진'은 세상사의 추악하고 비열한 이면을 만나게 된다. "우리도 지켜내지 못한 우리의 전통을 지키며 살아가는 사람들, 한 뿌리에서 나온 사람들을 만났다는 감격까지는 아니라고 해도 그 손을 맞잡았을 때 아주 작은 떨림"을 경험할 수 있기를 바랐지만, 달러의 위력 앞에 여지없이 소멸해가는 소수부족의 비애와 식민주의자들의 오만을 만났던 것이다. 주인공의 눈앞에 펼쳐진 라후족의 삶은 참혹하기 그지없다. 에이즈나 죽을 병에 걸린 서양인들은 재산을 정리해 이곳으로 들어와서는 일 달러짜리를 뿌려대면서 왕처럼 살다가 죽어간다. 순결한 영혼을 지닌 소녀들은 일 달러를 벌기 위해 뭔지도 모르는 병에 걸려 죽어가고, "수천 년 동안 힘들게 지켜온 그네들만의 삶"은 만신창이가 된다. 뿐만 아니라 고유한 문화적 전통을 지켜오던 라후족 사람들은 태국 정부에서 운영하는 학교에 다니면서 태국말을 배우고, 태국 문화를 배우면서 자신들의 언어와 문화를 잠식당하고 있다. "건전한" 태국 국민으로 재탄생하는 과정에서 라후족으로서의 정체성은 사라질 운명에 처해 있는 것이다.

이렇듯 세계화의 과정 속에서 달러의 위력이 소수종족의 삶을 피폐화시키듯이 국가주의의 획일성은 소수민족의 문화를 폭력적으로 소멸시킨다. 따라서 치앙라이 라후족의 삶 속에서 발견되는 제국화 혹은 물신화의 음울한 풍경은 오늘의 서울이 지나쳐온 과거의 시간을 담고 있다. 제국화·물신화되는 과정에서 자기도 모르는 사이에 잃어버렸던 것들을 되살려주는 마술적인 거울인 것이다. 따라서 "눈앞에 존재하는데도 보지 못하던 것"들이 이곳 치앙라이에서 새로운 의미로 구성된다.

사실, 주인공 어진은 구 년 전에 태국으로 신혼여행을 왔다가 최선생이라는 인류학자를 만난 적이 있다. 그는 치앙라이에 살고 있는 소수종족과 오래 생활하면서 한국인의 뿌리에 대해서 깊이 연구하고 있었다. 이곳에서 최선생을 만난 남편은 "고구려 포로들이 과연 언제까지 중국인으로 동화되지 않고 독자적으로 살아남았"는가를 연구하는 데 몰두한다. 그런데, 지도교수가 논문의 주제와 연구성과를 가로채어 한 학회지에 소논문으로 발표하자, 남편은 세상과 맞서는 대신 더욱 비열한 방법으로 세상의 질서에 편승한다. 학원에 취직하여 논술선생으로 이름을 날리면서 순진한 후배들을 꼬드겨 원고를 쓰게 하고 자신의 이름으로 교재를 출판하는 짓거리도 서슴지 않았던 것이다. 결국 남편은 권모술수가 판치는 세상과 싸우는 길 대신에 자신을 끝장낸 지도교수가 그러했던 것처럼 협박과 책략의 기술로 자신의 명예와 이익을 도모하는 파렴치한이 되고 말았다.

그런데 어진은 라후족 마을을 찾아가는 과정에서 과거 때문에 고통받는 또 한 사람을 만난다. 한때 대한민국 최고의 가수라는 찬사를 받으며 노래하던 스타가 타이 한이라는 이름의 관광 가이드로 생활하면서 "마약을 하거나 뚜쟁이 노릇을 하면서 아무렇게나 되는대로 살아가는" 모습을 바라보게 보는 것이다. 주인공은 이혼한 전남편과 타이 한의 모습 속에서 "과거의 실패를 인정하지 않으려다 더 엄청난 실수를 저지"르고, "불행을 피해 달아났다가 더 불행해진 사람의 얼굴"을 발견한다. 그리고 두 사람을 통해 비춰진 자신의 모습도 그들과 크게 다르지 않음을 깨닫는다. 마약에 취하거나 돈에 집착하거나 여행을 떠나거나 "더 불행해지지 않으려는 안간힘"뿐이었던 것이다.

이처럼 소설은 소수종족의 삶을 위협하는 물신화와 제국화의 폭력과 함께 상처 때문에 고통받는 사람들의 삶을 보여준다. 실패와 후회로 얼룩진 과거의 기억으로부터 달아나기 위해서 그들은 위악과 타락의 길로 접어들었던 것이다. 고구려라는 말만 들어도 화를 내는 전남편과, 보란 듯이 남편이 팽개친 논문의 주제로 책을 내고야 말겠다고 이곳을 찾아온 어진 자신이나, 마약에 취한 채 라후족 처녀에게 한국으로 가자고 어깨를 들썩이며 울고 있는 타이 한은 모두 자신의 과거와 힘겹게 싸우고 있는 것이다.

시간은 붙잡을 수 없지만, 한번 지나간 시간은 흔적을 남긴다. 과거를 송두리째 괄호치고 완전히 다른 무엇이 된다고 해도 시간은 그림자처럼 우리를 따라다닐 것이다. 현재를 살아가는 한 지나간 시간의 그림자는 항상 우리 곁에 머무른다. 상처받는 것이 두려워 망각하고자 했던 것들은 온전히 그림자가 되어 현재의 삶에 깊은 음영을 드리울 것이다. 따라서 망각할 수 있다고 믿지만 망각되는 것은 아무것도 없다. 오히려 내 바깥에 있는 망각의 그림자에 나를 비춰보면서 끊임없이 사유하고 반성할 때에 현재의 진정성은 확보될 수 있다. 결국 어진은 "한순간이나마 만개한 꽃처럼 찬란하게 저를 몽땅 피워본 사람만이 저토록 오래 앓을 수 있다"는 사실을 깨닫는다. 과거를 망각하려는 의지는 과거와 싸우고 있다는 것을 의미하며, 그것은 무엇인가를 찾으려는 과정과도 상통한다. 절망과 타락의 심연이 깊을수록 희망을 찾기 위한 의지 역시 더욱 강렬해지는 것이다.

먼 우회로를 거쳐 이명랑이 발견한 이 길은 「하현」의 그것과는 다를 수밖에 없다. 「하현」을 아름답게 만드는 것은 결국 현실 속에서 사라져 가는 '삼오식당'의 흔적이었다고 할 수 있다. 오래된 것들의 그림자가 냉혹한 현실을 일시적으로 감추고 있었던 것이다. 이에 비해서 「널래 날래 까우리로 까이라?」는 아무것도 존재하지 않지만, 앞으로 찾아가야 할 길이 무엇인지를 분명하게 보여준다. 그 길은 이미 『나의 이복형제들』에서 보였던 부분이기도 하다. 우리 안에 은폐되어 있던 수많은 상처들, 숨쉬는 것조차 힘들 정도로 억압의 무게를 견디고 있는 우리 바깥의 배다른 형제들을 바라보아야 하는 것이다. 그 길 앞에 이명랑은 서 있다.

작가의 말

아주 먼 길을 걸어온 듯도 하고, 이제 막 먼 길을 떠나려고 짐을 꾸려 길 위로 나선 듯도 합니다.

걸어온 먼 길에서 내가 만났던 사람들……

"기도로도 안 될 땐 찬양을 해요. 하나님을 섬기는 삶은 매일 매일이 나와의 싸움이지요. 작가님도 슬프거나 노하게 될 때, 찬양을 해보세요. 제가 먼저 불러볼게요. 하나님의 음성을 듣고자 기도하면 귀를 기울이시고 내 기도를 들어주신다네……"

찬양을 하는 여자. 정말 노래를 못했는데 힘들 때마다 찬양을 했더니 이제는 노래를 잘하게 되었다는 여자는 내 옆에 앉아 그럴 수 없이 경건한 얼굴로 노래를 했습니다.

이 여자는 어떤 순간에 혼자 찬송가를 불렀을까?

어디에서 혼자 찬송가를 불렀을까?

누가 볼까, 누가 들을까, 혹여 목소리가 새어나갈까, 한 손으로 제 입을 틀어막고 찬송가를 불렀을 여자…… 내 옆에 앉아 찬송가를 부르는 여자의 평온한 얼굴 위로 혼자 울음을 집어삼키며 노래를 불렀을 여자의 어두운 밤이 겹쳐져 나는 그녀의 손을 꼭 쥐었더랬습니다.

"정수리에서 배꼽까지, 온몸으로 호흡을 합니다. 숨을 들이쉴 때마다, 들이쉬었던 숨을 다시 밖으로 토해낼 때마다, '용서, 용서, 용서……' 용서라는 말을 되풀이했습니다. 용서하지 않으면 여기, 가슴에 응어리가 생기지요. 깊은 밤, 내 안의 응어리가 나를 걷어찰 때마다 용서, 용서, 용서……"

중년의 사내는 내 앞에 놓인 빈 잔을 물끄러미 바라보다 내 몫의 빈 잔에 술을, 그득 따라주었습니다. 빈 잔에 술을 채우듯 그렇게 자기 앞에 앉아 있는 타인의 삶도 채워주려고 애쓰는 사내의 모습에서 나는 '용서'라는 말의 힘을 느꼈습니다. 삼십대의 그의 모습을 기억하고 있었기 때문이지요. 삼십대의 그는 누구와도 말을 섞지 않았고, 세상에 대한 적의로 가득 차 있었습니다. 세상을 향해 비수의 칼을 갈던 사내가 이제 그 칼끝을 자기에게로 돌려 '용서'라는 말을 건져올린 것이었습니다.

그뒤로 나는 잠들 때마다, 눈 뜰 때마다 "용서, 용서, 용서……" 용서라는 말을 들이켰다 토해내고는 했습니다.

"감사합니다, 수복강녕. 감사합니다, 수복강녕. 감사할 일이 없어도 늘 감사합니다, 라고 입버릇처럼 말해요. 감사할 일이 없을 때는 더 열심히 감사합니다, 라고 수백, 수천 번씩 되풀이했습니다. 힘들었지요. 죽어라, 죽어라! 마치 누가 나를 죽이려고 작정을 한 것마냥 힘든 일만 생기더라구요. 불행은 썰물처럼 들이닥치잖아요. 그때, 정말로 죽어버려야겠다, 목숨줄을 놓으려고 했을 때, 누가 나한테 가르쳐줍디다. 감사합니다, 수복강녕! 그렇게 해보라고. 지푸라기라도 잡는 심정으로 감사하다고, 비명을 지르듯 감사하다고 소리쳤지요."

대부도에서 돌아오는 길, 나의 어머니와 동년배인 여자는 투덕투덕, 내 손등을 두드리며 어루만지며, 내게 "감사합니다"를 나누어주었습니다. 내 손을 어루만지는 여자의 손은 주름으로 뒤덮여 있었습니다.

이 주름들 속에는 또 얼마나 많은 상처들이 고여 있을까?

살아간다는 것, 나이를 먹는다는 것은 어쩌면 수많은 상처들을 제 몸의 주름으로 만들어 가지는 일인지도 모르겠구나, 그런 생각을 하며 나는 내 손을 어루만지는 여자를 향해 가만히 말해보았습니다.

"감……사합니다."

감사하다고, 입 밖으로 그 말을 내뱉자마자 이상하게도 눈물이 났습니다. 눈물로 뿌옇게 흐려진 시야를 뚫고, 내가 걸어온 길에서 만났던 사람들이 내게로 걸어왔습니다. 지나온 먼 길에서 내가 만났던 사람들…… 모두, 어떻게든 용서하고 화해하고 그리하여 우리가 일상이라 부르는 하루하루의 삶을 끌어안은 이들이었습니다.

무엇이든 끌어안기 위해 누구는 기도를 하고, 누구는 "용서"와 "감사합니다"를 되풀이한다면, 나에게는 글쓰기가 있습니다.

왜 쓰는지 더는 묻지 않게 되었습니다.

이제야말로 저 '삼인칭의 세계'로 나는 곧장 걸어갈 것입니다.

짐은 벌써 다 꾸렸습니다.

감사합니다.

감사합니다.

감사합니다.

2007년 4월 이명랑

| 수록작품 발표지면 |

「널래 날래 까우리로 까이라?」 …… 『창작과비평』 2006년 겨울호

「그림 앞의 장미와 꽃병」 …… 『세계의문학』 2006년 여름호

「누군가 목덜미를 잡아챘다」 …… 『실천문학』 2005년 봄호

「미니 초코파이」 …… 『작가세계』 1999년 여름호

「사령 死靈」 …… 『한국문학』 2005년 가을호

「고양이가 간다」 …… 『문학사상』 2004년 10월호

「정직한 너에게」 …… 『현대문학』 2004년 11월호

「연이 떴다」 …… 『문학수첩』 2005년 겨울호

「하현 下弦」 …… 『문학동네』 2006년 봄호

문학동네 소설집

입술

ⓒ 이명랑 2007

| 1판 1쇄 | 2007년 4월 23일 |
| 1판 2쇄 | 2007년 7월 16일 |

지은이	이명랑
펴낸이	강병선
책임편집	조연주 고경화
펴낸곳	(주)문학동네
출판등록	1993년 10월 22일 제406-2003-000045호

주 소	413-756 경기도 파주시 교하읍 문발리 파주출판도시 513-8
전자우편	editor@munhak.com
전화번호	031) 955-8888
팩 스	031) 955-8855

ISBN 978-89-546-0304-1 03810

∗ 이 책의 판권은 지은이와 문학동네에 있습니다.

  이 책 내용의 전부 또는 일부를 재사용하려면 반드시 양측의 서면 동의를 받아야 합니다.

∗ 이 도서의 국립중앙도서관 출판시도서목록(CIP)은 e-CIP 홈페이지(http://www.nl.go.kr/cip.php)에서

  이용하실 수 있습니다.(CIP제어번호: CIP2007001168)

www.munhak.com